丛书主编 阎晶明

主 编 王彦艳

2023 中国小小说精选

太阳鸟文学年选

# 另一个地方

辽宁人民出版社

图书在版编目（CIP）数据

另一个地方：2023中国小小说精选 / 王彦艳主编 . —沈阳：辽宁人民出版社，2024.1
（太阳鸟文学年选 / 阎晶明主编）
ISBN 978-7-205-10996-7

Ⅰ . ①另… Ⅱ . ①王… Ⅲ . ①小小说—小说集—中国—当代 Ⅳ . ①I247.82

中国国家版本馆CIP数据核字（2023）第252219号

出版发行：辽宁人民出版社
　　　　　　地址：沈阳市和平区十一纬路25号　邮编：110003
　　　　　　电话：024-23284300（发行部）
　　　　　　http://www.lnpph.com.cn
印　　刷：辽宁新华印务有限公司
幅面尺寸：145mm×210mm
印　　张：9.75
字　　数：210千字
出版时间：2024年1月第1版
印刷时间：2024年1月第1次印刷
责任编辑：祁雪芬
装帧设计：丁末末
责任校对：耿　珺
书　　号：ISBN 978-7-205-10996-7
定　　价：58.00元

# 让文学闪烁出更加多彩的光泽

◎ 阎晶明

辽宁人民出版社的太阳鸟文学年选丛书又要跟读者见面了。

以体裁划分类别，以年度为选编范围，为正在发生的文学进行优中选优的筛选，这是一件读者需要、文学界人士热心为之的工作。各类年选纷纷推出，它们绝不属于选题重复的原因是，当下中国，每一年发表和出版的文学作品不计其数，只有"海量"一词可以作为"定量"描述。即使再热心的读者，哪怕是专业的文学工作者，要从中立刻识别出优与劣，筛选出有价值、可称上乘的作品，也绝非易事，特别是那些散见于文学刊物及报纸副刊的作品，很多人恐怕连接触的时间和机会都没有，文学的年度选本于是应运而生。从众多报刊中选出若干作品，提供给为工作而忙碌、为生活而奔波，却又愿意为文学腾出一点时间、从文学中享受阅读快乐的人们，就是这种年选工作的目的。通过集中阅读与欣赏，读者又可由此打开一个更大的界面，去阅读、欣赏更广泛的文学作品。辽宁人民出版社坚持做这项工作已逾二十年，在读者中建立起了良好的信誉。继续做好这一工作，努力做到优中选优，为读者负责，是编委会的共同责任。

新出版的太阳鸟文学年选，分散文、杂文、短篇小说、小小说、随笔共五卷。承担每一卷编选工作的编委，都是从事文学创作、评论、编辑工作的专业人士。他们具有广阔的阅读视野，是文学动态的及时追踪者，对所选门类的创作有较多介入和较深理解。当然，即使如此，要完成好这一任务也非轻而易举。编选者必须对本年度文学创作全局具有广泛了解和全面掌握，同时还必须具有专业眼光，从大量的作品中寻找出确实能够代表本年度创作水准的作品来。他还应具有公正的态度，处理好个人审美趣味与兼顾不同艺术风格的关系，能够在一个选本里多侧面地呈现和反映过去一年中国文学发生的变化及其多样性。出版社也是基于这些考虑而聘请并组成编委会的。我们希望这些选本能够为读者喜欢和认可，让这些浓缩的精华可以最大程度地展现出中国作家取得的最新创作实践，最大程度展现文学创作的新风貌。

我们正处在一个急剧变化的时代，生活总是展现着新的、更新的一面。经济社会在发展，人们的生活方式在变化。中国与世界的联系越来越紧密，同时也出现许多新的复杂现象和问题。科学技术的迅猛发展极大地改变着我们的生活。全面、深入地了解时代，反映现实，饱满地、准确地描摹生活中的变与不变，绝非易事。但我们仍然要相信，文学是最能够形象生动反映时代生活的艺术。作家是时代脉搏最敏感的感应者，是时代生活的生动记录者。作家从广泛的素材积累中凝练题材主题，通过个人的情感过滤来抒怀，从个人的思想出发对所描写的人与事作出评价，表达态度。这一切的过程中，又无不烙印着时代的痕迹，刻写着社会发展的趋势。从小中总会看出大，小我总是交融于大我之中。

党的二十大报告指出，文学艺术要"坚持以人民为中心的创作导向，推出更多增强人民精神力量的优秀作品"。"增强人民精神力量"，就成为对优秀文艺作品的本质要求。文学总是作用于人们精神的，根本上应该是积极的、向上的，满怀着理想和执着信念，给人以力量的。在作家创作与读者需求之间，如何便捷地、快速地嫁接起这种沟通的桥梁，让作家的表达和读者的心声形成呼应，产生精神上的共振，编辑在其中发挥着重要的、不可替代的作用。而我们这些从已发表的作品当中再进行筛选的编选者，同样承担着重要职责。我们希望自己的工作能够体现出这样的真诚，能够让读者感受到这种责任意识。当然，我们更希望的是，读者从这些选本中读到一个特定时期中国当代文学的优秀作品，从中看到一个广阔、丰富的人生世界和情感世界，获得广博的知识和信息，得到美好的艺术享受。

太阳鸟在阳光照耀下展现着精美而多彩的羽毛。愿我们的文学闪烁出更加多彩的光泽！

是为序。

阎晶明

2022 年 10 月 18 日

# 2023年的小小说现场

◎ 王彦艳

2023年的小小说现场，有事可记。

1980年代初，小小说的创作与出版以一种文学现象的态势进入公众视野。从那时起到1990年代末，经由以王奎山、孙方友、聂鑫森、侯德云、谢志强、凌鼎年、马宝山、沈祖连、刘国芳、刘建超、戴涛、滕刚等为代表的主力小小说作家，以王蒙、冯骥才、林斤澜等为代表的"对小小说情有独钟的文坛大家"的创作实践，小小说文体的重要传统和经典样貌逐渐成形。进入新世纪，小小说创作蔚然成风。2002年，秦俑创建的小小说作家网，成为小小说作家交流沟通的重要平台，也为新作者参与小小说创作提供了重要入口。2007年、2008年，小小说作家网连续举办两届"全国小小说新秀选拔赛"，致力于发掘小小说新生力量。2008年，首届全国小小说青春笔会在河南关山举办。从新秀赛和关山青春笔会走出了非鱼、夏阳、安石榴、宋以柱、李伶伶、郭凯冰、安庆、朱宏等，他们把更新的写法、更为丰富而具有差异性的个体写作带入小小说。2023年，依然是基于对发现、培养新作者的考虑，第二届全国小小说青春笔会暨2023青年作家训练营于8月23日至27日在河南新乡小冀镇举办，又一次为小小说创作队伍注入了新鲜血液。

2023青年作家训练营原计划面向全国遴选20名学员，要求作者为1980年1月1日及以后出生者，每位应征学员递交近两年创作的小小说作品5篇（其中至少2篇为未公开发表作品），作品优者留。训练营成立了评审委员会。作为评委，我审阅了几乎所有的应征作品。

即便这场文学活动由深耕小小说数十年的《小小说选刊》《百花园》发起，事实上在一开始，评委们都心照不宣地启动了"对活动降低期待"的心理机制——传统纸质期刊对年轻人的号召力，还能有多大呢？"八〇后""九〇后"以及在移动互联网高速发展的时代成长起来的"〇〇后"对小小说会有多大的热情呢？征稿启事发出后，主办方比应征学员更忐忑。从小小说的发展历史上看，青春笔会对文体的发展至关重要。这次笔会的情况会从一定程度上反映出，小小说事业、小小说这支中国文坛的轻骑兵，在新媒体时代是否还能开辟另一番新的天地。

主办方等来了惊喜。第一个惊喜是应征的人数、作品的数量大大超乎预期——原定的20个学员名额，最后增加为34个，其中"八〇后"15名、"九〇后"13名、"〇〇后"6名。学员中年龄最大的出生于1980年，最小的出生于2004年；其中有大学教师，也有在校高中生。第二个惊喜是来稿作者几乎遍布全国所有省区市，最后选定参加训练营的学员来自全国23个省、自治区、直辖市。第三个惊喜，也是最大的惊喜，就是他们的作品质量普遍较高。

我打开的第一个学员的作品，是包文源的，他发来了一部长达6万余字的《超短篇故事集》。其作品透出的是文学性质、精神性质、科技性质，给人从未有过的小小说阅读体验。他的文字里灌注有诗，诗里有当下最新的科技元素。这是不像小小说的小小说，他仿佛是个新的博尔赫斯……这个选本里的《婴》，能很好地让人了解他的创作特色。在训练营中，他说："最重要的是想象力。主题概念、情节故事、语言表达背后都是想象力……相比于情节结构、节奏、人物刻画、细节描写等技术，想象力更是一种纯直觉、纯感性，因此更是一种纯美学。"他的写作原则，一是要远离理念，二是要使用自己的新语言。

包文源的写作思考、作品中呈现的特质，代表着小小说未来的某种方向。"最重要的是想象力"，几乎是这批学员的写作共识，九峰云的《抚摸的秘密》、飘尘的《雨从天上来》是其中的代表作。在小小说中，想象力多会通向诗意，而学员邢东洋的《急诊室的故事》是直接将琐屑的当下日常写出了诗意，其中有喧嚣之下的沉静，有生命的无常与生生不息。它是对当下生活、处境的凝视，展现了生活细腻的肌理，这肌理一层层展开，像水的波纹。读者在波纹里看到自己的倒影，那些自己经历过的或未经历过的，都有了一种无比熟悉的感觉，就像夜晚台灯下的气氛。感受到这种气氛，文中那些现实中排斥的景象、彼此冷漠的人便会突然间聚拢起来——原来我们大家本就是一体，忧伤、坚韧、温暖糅合成诗意笼罩着这篇短短的文字。诗意，对小小说很重要，会在某种程度上填补小小说文体的先天不足——体量短小，一览无余。

相较于前辈小小说作家，某种程度上，新生代作家缺乏生活经验，但他们懂得使用人类文学的库存资源，而且他们的使用方法和前人有很大的不同，是一种更具想象力的使用。《婴》里写到，喜鹊一族负责编纂悲剧，某天一只喜鹊遇到了人，喜鹊透过肉体，看见了他胸膛内一颗若琉璃状的心：他读过的每个文字，在其中燃烧，释放出最温暖的光。喜鹊看见那片光——万物悲剧，尽写其中。自此以后，喜鹊只鸣喜，不再写悲。这段文字的来处是哪里？纪昀的《阅微草堂笔记》中有一章名为《滦阳消夏录》，讲了一个老学究赶夜路遇亡友的故事。包文源这段文字的直接灵感很有可能来自故事中亡友说的话："凡人白昼营营，性灵汩没。惟睡时一念不生，元神朗澈，胸中所读之书，字字皆吐光芒，自百窍而出，其状缥缈缤纷，烂如锦绣。"——他对库存资源的使用，已经远远不同于之前常见的"故事新编"。

　　老一辈小小说作家回忆过去，善写乡愁，年轻的新生代则"回忆未来"，写作的资源有一部分来自电子游戏。他们营造未来的场景、揣摩未来的感受已经摆脱了隔膜感、生硬感，如王大烨的《充气人》。

　　在训练营中，感触最深的是这些年轻学员对文学的态度：诚挚、纯粹，不染杂质。年轻的他们，让人心生敬意。这一点，在他们对世界各地作家的评价、鉴赏中体现，在他们现场修改作品的态度中体现。他们看重自己的写作手艺，犹如他们看重尊严。

　　选入这部年选本的训练营学员作者还有刘兆亮、何君华、莫小谈、刘晶辉、陈雨辰、塔娜、杨逸云、周泽宇。刘兆亮2006年便以《青岛啊，青岛》而强势登场，此番回归带来的《谈年》等作品更显深沉厚重。何君华、莫小谈、刘晶辉以及未参加训练营的青年作家阿痴、大正、陈尧等人的作品也都体现了作者明确的创作风格和文学追求，有力地塑造着未来的小小说样貌。

2023年，老一代"小小说专业户"仍保持稳定输出的创作势头。新生代小小说作家的登场为小小说文体注入了新鲜活力，会让小小说文体的发展更为稳定、有力。小小说前辈的作品、经验如山一样存在，在这个背景之下，年轻作家的优势可以充分发挥，而他们的不足，也势必在新老碰撞中得到完善。

# 目录

# 老班长

◎ 张子影

见到宋伟的第一眼我有点儿吃惊，明明40岁出头的人，居然已经满头白发。

他马上捕捉到了我的疑惑，自己拍了一下脑袋，哈哈一笑说："没办法，要思考的事情太多了。"利落的语气、磊落的姿态、眉宇间闪出的旷达以及举手投足间的豪迈，使得军人的气质秉性袒露无遗。

老兵宋伟是山东邹城人。不久前，在庆祝五一国际劳动节暨全国五一劳动奖和全国工人先锋号表彰大会上，老兵支书、"全国最美退伍军人"宋伟荣获全国五一劳动奖章。

5月的后八里沟村，绿树鲜花、小桥流水，村中央公园的大喇叭里播放的军歌仿佛比以往更加嘹亮。宋伟大步流星地走在村子里，所有见到他的人都会微笑地同他打招呼。有了这么多光荣头衔的宋伟，在村里，却有一个特别的称谓：老班长。

宋伟当过四年兵，在部队的最高职务是班长。这是他最为自豪的经历。讲起为什么回村当支书，不免让他牵出来一段辛酸的往事。

那天，宋伟从部队退伍回到村里时，已是傍晚，天有些阴，宋伟刚走进村里就差点儿摔一跤。村里唯一的一条泥巴路上到处堆着垃圾和柴火，路两旁全是低矮破旧的土砖屋。宋伟走进家，却没有看到父母。他这才知道，哥哥成家了，因为没钱盖房，父母亲只好把家里这三间土坯房稍稍修葺后让给了哥嫂，老两口则搬进村大队的传达室。小屋逼仄简陋，冷如冰窖，根本无法再增加一人栖身。宋伟把所有的退伍费留给二老，背上背包，转身离开了村子。

那天晚上，宋伟深一脚浅一脚地走在夜色里，眼泪哗哗直流，心头好似有一块大石头堵着。他在心里发誓：一定要发奋努力，要让父母亲有自己的房子住。

宋伟进了城，靠着自己的努力，事业蒸蒸日上。几年过去，他已经拥有了两家很有规模的公司，年收入百万，成了周围十里八乡响当当的人物。

一个寒气袭人的冬日，宋伟外出回来，见几个衣着简朴的人站在公司大门外，旁边还停着一辆破旧的拖拉机。打头几位老者很似面熟，一望才知道都是后八里沟村的。见宋伟停好了车，几个人一齐围了上来……

原来，村里"两委"即将换届，乡亲们想请宋伟回村当领路人！一位老者用颤抖的手拉着宋伟说："你好几年没回来了，回村吧。别的村一个个都富起来啦，咱们村不能再穷下去啦！"

送走了乡亲，宋伟把自己关在办公室里想了一整天。

宋伟夜不能寐。他的人生第一次面临如此艰难的选择：一边是他辛苦八年多打拼出来的公司，此时正如日中天；另一边，是村里乡亲们一双双饥渴期盼的眼睛。

父亲觉察到儿子心事重重，询问之后，儿子向父亲陈述了原委。

父亲沉默良久，末了，说了一句话：一个人富了，不算富，要是能让全村人都跟着富起来，那才是你的本事。

宋伟的心里一下子热了。虽然脱掉了军装，但是军人的热血还在胸膛里流淌。

宋伟不是个莽撞的人，他决定回村一趟，去仔细了解情况。

村委会是两三间土平房，门前的院子里杂草丛生，四下堆满了烂砖碎瓦，还有经年未处理的破旧农具、垃圾，窗台蛛网密布。推开吱嘎作响的房门，屋内桌椅破旧，一堆账本堆在桌子上，纸质蜡黄、字迹暗淡，内容却令人心惊：村里总共拖欠外债达20余万元……这些就是村委会的全部"家当"。

站在村委办公室，宋伟心里别提多难过了。从小在村里长大，宋伟当然知道村子穷，但没想到时至今日还穷成这样。好大一会儿，宋伟站在那里不说话，陪他一起来的村民代表也惴惴不安。他们盯着宋伟，很怕他会说出撂挑子的话。但出乎所有人的意料，宋伟点头说："我干……"

十几年过去了，老兵宋伟将当初欠债20余万元的穷困村，变成如今资产数十亿元的"全国文明村""中国美丽乡村"。

这年农历正月十五元宵节这天，后八里沟村男女老少无不兴高采烈、喜气洋洋。大家聚集在村里的广场上，等待村两委组织"全村福"照片拍摄。只见村中心的"孝贤"广场上，聚集了2000多人，人人笑容满面，广场上欢声笑语。摄影师深深地被感动了，随着照相机"咔嚓"一声，一张"心齐人家"的巨幅画面定格了后八里沟村人的幸福。

见到宋伟过来了，乡亲们纷纷招手喊道："老班长，站我这儿！"

头发花白的"当家人"宋伟站在人群中，他的脸上笑得像朵花。

# 午休的父亲

◎ 梁晓声

8月的北京，与全国许多省市一样，无可奈何地处于近年少有的高温时节。月末那几天，官方预报达到三十二三摄氏度；人们说实际气温还要高一两度。特别是中午，一丝风也没有，每一片树叶都静止着，看上去皱巴巴的，水分被大量蒸发必然如此。人若置身户外，如在桑拿房中，片刻便会出汗，会感到缺氧似的，仿佛空气中的氧分也被蒸发了。医生们频频出现在电视节目中，提醒民众做好防暑降温的自我防护。

我住的小区从6月份就开始进行老旧小区的楼房改造了，过程挺复杂——搭脚手架、罩防尘网、刮墙皮、抹水泥、固定保温的泡沫块；一幢楼改造结束，差不多要十几道工序。

我家住的那幢楼刚搭完脚手架。我因颈椎病，不敢享受空调，所以不但开着窗，而且连入户门也开着，那样会使空气最大限度地对流，感觉能稍微凉快点儿——起码心理上会觉得凉快点儿。

"嗨，吃了没？我也吃过了！大中午的还能干啥？歇着呗！好好好，小声点儿……住户屋里开着电视呢，我不是怕我说话声小你听不清嘛……"

一天中午，我在家边吃饭边看电视。今年我有点儿耳背了，不知不觉便将电视声调得挺大。不过楼上楼下都是三口之家，白天大人上班，孩子上学，两家亦无老人，不至于扰邻。

然而我竟听到门外一个男人大声所说的话，遂将电视声调小。受好奇心驱使，起身走到门口，探头向外看了一眼——但见一个裸着上身的四十余岁的男人仰躺在二楼和三楼之间的拐角那儿，身下垫着一片由废旧纸箱拆成的纸板，纸板上铺着脏兮兮的工作服。他头枕一块塑料泡沫，一手拿着手机，一手扇风凉，一小片扇形的纸板，分明是从身下那块大纸板上撕下来的。他那同样脏兮兮的裤子的裤筒卷到了膝部，小腿布满褐红色的墙漆点子。他支起他的膝，双脚放胶鞋上。他躺着的地方原本是有窗户的，窗扇已被连框拆去，窗口赫然。在那日，在那个中午，那儿的确是稍微凉快点儿的地方。或者，更准确的说法是——能使他躲避一下濡热的地方。而他周围，遍地碎墙渣子。上午有工人钻过孔，工作尚未结束，下午还得接着干，没有清扫的必要。他一个额角贴着创可贴，不是那种窄窄的小长条形的，而是有三四个那么宽的方形的。

我缩回头，关了电视，继续吃饭。

"老婆，那什么，我那摩托，你要推到棚子里，以防下雨淋了它。不会下雨？这什么话？老天爷听你的？万一半夜下场大雨呢？再旧不是还能骑吗？不也是钱买的吗？钱是大风刮来的？别啰唆了！我也想家行了吧？想家不包括想你吗？多大人了，还撒娇有意思吗？我又不是第一次外出打工！闺女在旁边？快让她跟我通话！……"

走廊拢音，那男人的话声，我听得更清楚了。

"好闺女，每次听到你的声音，老爸的心情都是幸福的！（他学小品演员的口吻，将'的'说出搞怪的腔调）还不能返校？那就更要把网课上好。学习这事，靠的就是自觉。不是为老师学的，也别当成是为我和你妈学的。我们的人生反正就这样了，一切为你着想我们心甘情愿。可你刚高一，人生还长呢，文凭含金量高点儿将来找工作不是容易些吗？知道这个道理就好。钱不是问题！爸还是那句话，你将来能考到什么份儿上，爸妈就有能力供你到什么份儿上。不行！可别改视频！又不是几年没见了，视什么频呢！你非视频我可关机了啊！聊会儿就行。认真听着，老爸得嘱咐你几句。你妈也在上班，你要心疼她，有空儿，屋里屋外的活儿多干点儿，就当替老爸干了。我这儿一切都好，别牵挂我。热！北京也热。老爸这会儿正在午休呗。我们有临时工棚嘛。怎么可能每人一张床，你想得太美了，没那么好的条件。但是有通铺，铺的新凉席，每人都有睡的地方。还有大风扇，凉快得很，特解乏……"

我想我再听下去似乎是一个偷听者了，顿觉害臊，便去关门，却不料见到了这样一幕——楼上的姗姗正与她妈上楼。姗姗才上小学二年级，她妈需每天中午将她接回家。她看着那男人的样子吃惊不小，呆立在一级台阶上。姗姗妈也不由得"呀"了一声，却立刻对女儿说："上楼啊，叔叔是热的。"

那男人旋即坐起，慌忙往身上披工作服，连说："见笑见笑。"

姗姗妈说："理解，有什么可见笑的呀。"她边说边牵着姗姗的手上楼去了。

而那男人站起也不是，再躺下仍不是，样子恓惶极了。

我关上门正漱口，听到有人敲门。开门一看，见是那男人。

我问："有事儿？"

他语无伦次地说："没事儿，可也有事儿。就是拜托您替我向楼上那位女同志表示一下歉意，刚才我那样子是违反纪律的，求她千万别向施工办公室举报我，举报了会扣我工资的……"

我笑道："彻底放心，她不会的，我也不会。"

"多谢多谢，这天真是的，热得人没处躲没处藏的，水泥地不是凉快些嘛。"

他窘窘地退下了楼梯。

我就又敞着门洗起餐具来。洗罢一转身，见小姗姗拎着塑料袋在门外看我。

我刚要开口，小姗姗将手指压在自己唇上，接着指指塑料袋。我走到门口，她小声说，里边的东西本是她妈让她送给"午休的叔叔"的。

我也小声说："那你送过去呀。"

她细声细气地说："叔叔睡着了，爷爷过会儿替我送给他吧。"

我扭头看去，见那位午休的父亲，背朝楼梯，蜷着双腿，已睡着了。他的工作服也不垫在身下了，不知怎么被他弄成一团搂在怀里。想必，起初是盖在身上的。

我接过塑料袋一看，装的是两瓶矿泉水、一瓶可乐，还有一个很水灵的刚洗过的大桃子。

"爷爷您轻点儿关门。"小姗姗说完，踮起脚尖，悄没声儿地往楼上迈。在楼梯上她往下看了一眼，竟又连退两段台阶，蹑手蹑脚走到"午休的叔叔"身前——原来他装饮水的大可乐瓶子倒了，她替他扶了起来，放在他碰不到的地方。

她再次踮起脚尖上楼时，冲我一脸灿烂的笑。

# 别有用意

◎ 大　解

　　一片云彩由于飘浮时不小心，被山顶上的松树枝挂住了，挣脱不开，别的云彩都飘走了，唯独这片云彩一直挂在树上，像是谁家晾晒在树上的棉絮。

　　这片走不脱的云彩，是二丫采桑叶的时候发现的。她还以为是云彩飘累了，在树上歇一会儿，没想到它一直挂在树上，引起了二丫的怀疑和担心。莫非是云彩死了？倘若一片云彩死了，会耷拉下来，无力地垂挂着，而不会像这样仿佛依然在飞翔，但就是飞不走。

　　二丫判断，这可能是一片活的云彩，可能是遇到了什么纠缠。她决定去山顶上看看，如果需要帮助和解救，她会尽她所能。

　　以往，也曾经发生过云彩挂在树上的事件，由于发现太晚，没有得到及时解救，结果死在树上，等到人们前去救援时，已经晚了，云彩垂挂在树枝上，像是薄厚不均的棉絮，局部已经腐烂，几天后慢慢被蒸发掉了。

　　河湾村是北面靠山，东南西三面环水的村庄，由于地势开阔，风云际会，每年都会发生一两次意外事件。一次，大风把河边的杨树林全部吹弯，向一个方向倾斜，有那么几棵不服气的大树没有倾斜，但也吃了不少亏，树枝被折断，树叶被揪掉后抛到远处。

还有一年初冬，先是下雪，随后下雨，然后下雪霰，最后直接下冰凌，经过几番雨雪，村前的大片树林里没有一点儿积雪，而是结出了一层冰。雪后阳光出来，所有结冰的树枝都是透明的，整个树林像是另外一个世界的植物。由于树枝太光滑，有些鸟还像往常那样落在树枝上，结果根本抓不住树枝，从树上仰面摔下来，其状既惨不忍睹，又让人忍俊不禁。

二丫虽然年龄不大，但也经历了不少事情。由于她经常去云彩里采摘露珠，对云彩的习性了解甚多。她知道什么样的云彩会下雨，什么样的云彩里有闪电和雷霆。还有一种云彩，五彩缤纷，异常绚丽，只在早晨和傍晚才会偶尔出现，里面的露珠都是彩色的。二丫曾经采摘过彩色的露珠，存放半个月都不会褪色。

二丫要去解救挂在树枝上的这片云彩，就停止了采桑，快步向山顶走去。她知道，早一会儿解救，云彩就多一些生存的希望。当她气喘吁吁地登上山顶时，发现这片云彩是她非常熟悉的一片云彩，不止一次遇到过。常言说，低头不见抬头见，真是应了这句老话，这不，二丫和云彩又见面了。

以往，二丫在天上采摘露珠时，与这片云彩多次相遇，由于见面多了，也就熟悉了，它是一片悠然自得的云彩，很少隆起和塌陷，总是那么安静，平铺在天空，仿佛无事可做的一片闲云。如今，它还是以前的样子，只是挂在树上时间长了，没有力气了，看上去有些疲惫。二丫到达树下后，先是跟云彩打了一个招呼，云彩飘浮了一下，算是相互有了礼节。随后，二丫开始她的解救。

云彩看似轻飘，实际上也有体重，跟棉花差不多。解救云彩并不难，爬到树上，把缠绕在枝杈上的云絮松开即可。山顶上的松树，往往都长得很粗，但并不高，而且枝丫横出，伸出老远，层叠清晰，仿佛伸出的翅膀。如果不是地下有深深的根须，牢牢地抓住土地和岩石，凭它伸展的许多翅膀，松树是有能力飞起来的。如果真有一棵松树从山顶上起飞，也不要惊讶和担心，它一定会降落在更高的山顶上。

二丫跟云彩打过招呼后，开始爬树。对于二丫来说，爬上一棵老松树，约等于玩耍，很快就完成了。缠绕在树枝上的云絮，也不像蚕丝那样结实，松开也是简单的事情。只是一会儿的工夫，云彩便可以飞走了。

云彩被解救以后，飞了起来，在松树上方盘旋了一会儿，并没有飞走，而是跟在二丫身后，下山了。二丫看见云彩跟随她，也不劝解，跟就跟，反正是熟悉的云彩，跟着回到河湾村让村里人看看，也是正常的事情。

二丫从山上带回一片云彩，引起了人们的好奇，纷纷前来观看，有的人还亲手摸了摸，感觉软绵绵的。平时，人们只能看见天上和山上的云彩，真正把云彩带到村庄里，二丫还是第一人。人们围观这片云彩议论纷纷，其中一个姑娘还把云彩裹在了自己的身上，仿佛披着一件棉絮做的衣服，像个仙女。

二丫介绍说，这是她早就熟悉的一片云彩，路过山顶的时候，被松树挂住了，解救后它就跟着她下山了。长老看见这片云彩后也说，确实是一片老云彩，他小的时候曾经见过。人们掐指一算，长老小时候见过，也就是说，至少是两百多年前的事情了。人们得知这是一片老云彩，就更加亲切了，争着观看和抚摸。当天，二丫领着这片云彩，走遍了河湾村的每个家庭，仿佛是在走亲戚。

云彩飘到长老家的时候，还特意多停留了一会儿，长老认识它，而它并不认识长老，这次见面，它要加深一下印象。长老指着云彩说，我小的时候见过你。说完，长老就呵呵地笑，仿佛见到了多年不见的老朋友。

云彩停留时间最长的地方，自然是二丫家。它跟随二丫转了家里的每一个角落，前院、后院、菜园子、门口外的水井，甚至还飘到茅草屋顶的上空，这些地方，它曾经在天上俯瞰过，还从来没有这样近距离地看过。

二丫领着云彩，仿佛这片云彩是她的表妹，村里人也像是对待一个远方的亲戚，热情而又和善。能够看出，云彩对于人们生活的羡慕。看样子，如果二丫执意挽留的话，它有长期住下来的可能。一个村庄里多一片云彩，不吃不喝的，也没有什么坏处，显然，人们也愿意它留下来。

但是，云彩毕竟是云彩，它不是二丫的表妹。

云彩是天上的神物，不可以在人间久留。二丫也知道，这片云彩早晚是要回到天上去的，是挽留不住的。果不其然，还真应了人们的预料，当天晚上，从落日方向飞来一片通红的彩云，停留在河湾村上空，仿佛在寻找和等待什么。这片悬浮的云彩，比跟随二丫的云彩胖一倍，在夕阳的斜照下，边缘完全透明。

长老看见天上飘来的这片又大又胖的红色云彩，一眼就认出，这是跟随二丫的这片小云彩的妈妈，早年他曾经见过。

二丫也看见了。她看见这片通红的云彩在天上盘旋，预感到肯定是来接这片小云彩的。这片跟随了二丫一天的云彩，虽然有些恋恋不舍，但最后还是离开了二丫，飘上天空，跟随远来的红色云彩飞走了。

送别云彩后的当天晚上，二丫睡觉时发现，她几年前用云彩做的被子，里面突然变空了，只剩下一个空空的被套。被套里面的云彩是什么时候跑掉的，二丫一概不知。

这时二丫猛然醒悟，她解救的这片小云彩，跟她下山来到村里走家串户，也许是别有用意。

# 分手信

◎ 路　也

　　我住在雷克雅未克的 Radisson 酒店，我的房间号是 405。

　　在地球的这个位置，经线们就要收拢起来了，纬线的周长已经递减了很多，让人猜想，是不是正由于经线纬线变得紧凑逼仄的缘故呢，才使得这里的天空相应地看上去那么低矮而且阴沉？天空闷闷地罩在头顶上，似乎踮起脚尖抬起手来就能够得到了，而阳光几乎是贴着地面斜射过来的，坚忍，清亮，无声无息。这气氛给人以压迫感，仿佛有什么事情接下来就要发生了。是的，是有什么事情要发生了：从这里再继续往北去不远，经线和纬线将统统聚缩成一个点。

　　这里是世界上最靠北的首都。在酒店房间里，透过落地窗望出去，近处原本就已稀稀落落的植被现在变得萧瑟和枯黄，街道几乎是空的；远处有一个野湖横在那里，跟寂寂的天空相对痴望，而更远处黑色火山的轮廓隐约可见。有谁会在这样的初冬无缘无故地跑到这世界的尽头来呢？

　　我渐渐地感到有点儿无聊，开始翻腾写字台的抽屉。我在中间的大抽屉里看见一些风景画册，上面写的是这个岛国自己的文字——往往在一个单词中会夹杂着一个头顶着小撇的字母，如同扎了一个朝天辫儿，这是我第一天到来时就发现的新奇事。

我又打开右上角的小抽屉，里面有一本厚厚的时装杂志，看样子是供客人阅读的。拿起那本杂志来的时候，目光不经意地落在抽屉底部，看见了一张写了字的纸——字是用黑色圆珠笔写的，纸用的是酒店里提供的窄小的便笺，有成人的手掌大小，上面的题头是酒店的矢量图和logo。看那文字的格式，分明是一封短信。

信是用英文写的，内容如下："我爱你，我心爱的Lizzie，很遗憾我们今生再也不能相见了，我永远不会忘记你。"

字写得有些匆忙，笔迹柔弱，但单词排列得间隔有致。

我愣了一会儿。

再去望窗外的时候，低低的天空似乎在轻轻颤动，景物在它之下仰卧着，使人有了恍惚之感。高纬度是孤独的，一切都在接近极限，似乎一切也都在逼入内心。

此刻我在哪里？为何这样一封分手信偏偏落在了我的手上？

信中没有日期和署名。想必那样一个特定情境是无须写日期和署名的。想必那个人匆匆写完，就拉起行李箱去了飞机场，而那个叫Lizzie的人还在酣睡之中。

这封信是原本放在桌上或枕边，被看过之后又扔进抽屉里的呢，还是一开始就放在抽屉里，因而没被发现、压根儿不曾被读到过？如果这封信被阅过了，却没有被带走或者留存起来，当事人是出于忧伤痛悔还是心不在焉？

下楼用餐时，我顺便找到前台服务员，指着信笺上的"Lizzie"这个名字，问这究竟是男人名还是女人名，还有，是否会是这岛国的人名。前台小伙子认真地看了信笺上的字迹，很肯定地告诉我，一定是女人名，而且一定是英文名字。

来这个酒店住宿的大都是度假的外国人。那么，他们是谁？他们从哪个大陆哪个国家来？他们之间是什么关系？是什么样的情感迫使他们必须跑到这世界尽头来完成一个分手的仪式，在这世界地理版图的穷途走完那爱情的末路？

接下来的几天里，我一直在想象这封小信背后的故事——在我住着的这个房间里曾经上演过一出分手的剧目。

从直觉上，先排除露水情缘，因为信的语调是那样诚挚、怅惘和哀伤，不是处于那种随便的男女关系中的人可以写得出来的。如果不是《断背山》里那样的同性恋，如果不是《罗马假日》式的童话故事，如果不是现代版的罗密欧与朱丽叶打算跑到天尽头来殉情而未遂，那么极有可能是一个《廊桥遗梦》式的故事，是罗伯特·金凯和弗朗西斯卡从美国、英国或者澳大利亚跑到这里来，进行了一次为了告别的聚会。还有一个更凡俗的可能：从字迹来分析，这个写信的人——确切地说是这个写信的男人——应该是一个温存软弱之人。他缺乏行动力的性格，使得他与女友之间有了难以弥合的矛盾，于是就有了这次遥远到天边的旅行。他们寄希望于极地这令人屏神静气的纯粹和肃然，寄希望于极昼时那似乎永不会完全落下的太阳或者极夜时那永不会完全升起的太阳，能让他们做出更加正确的判断，看清这爱情的真面目，要么挽回要么永诀。而最终的结论却是，他们彻底明白过来，人永远都是孤独的，就像这邻近极地的高纬度一样孤独。

我在脑子里编出了四五个版本的故事。

故事发生在其他地方和发生在邻近北极圈的地方，意味是很不相同的，这个特殊的地理位置给一个爱情故事添加了孤绝感。

一个偶然读到他们的分手信的人，在作为这个故事的阐释者的同时，其实也成了这个故事的参与者。冥冥之中觉得，当我在试图描摹这两个素不相识者的故事的时候，一定有另外的什么人也在暗处读着我，就像那种安排了叙述者在镜头中出现的电影，观众同时也在看着那个同样是剧中人之一的叙述者。

说不清出于什么心理，我把这封短笺塞进了自己拉杆行李箱的某一个小夹层，跟一些零散纸质物品放在了一起。接下来，我离开了冰岛。

后来，这只行李箱又跟随我去过很多地方。我越来越喜欢独自旅行，一个人在地球上云游。

就这样，十年过去了。

某天下午，我在泰国清迈的酒店里收拾行李箱，准备去机场，回国。我往行李箱某个小夹层里塞东西时，忽然从里面掏出了一张折叠着的纸片，打开一看，竟然是一封英文短笺："我爱你，我心爱的Lizzie，很遗憾我们今生再也不能相见了，我永远不会忘记你。"我于是一下子回忆起了十年前我在冰岛雷克雅未克的情景。

正值二月，现在北极圈内应该是极夜吧。在国土北部紧贴着北极圈的冰岛，太阳依然挂在地平线上，天和地离得那样近，像是终生相依，又像是永远分离。而此时此刻的我，则一个人旅行在北回归线以南。北纬18度，艳阳高照，花木扶疏，火红的凤凰花映着蓝天。

我把那张短笺拿在手里呆呆地看了一会儿，并没有放回行李箱夹层，而是顺手扔进了清迈酒店房间的床头柜抽屉里。

接着，我拖起行李箱，离开了。

# 苏奴在西沧镇

◎ 扎西才让

"西沧镇，我来了。"

到达桑多河畔的另一个小镇的时候，苏奴的心里响起了这样一个声音。

进入西沧镇之前，苏奴把他的破皮卡车停到河边，从车厢里拖出笨重肮脏的羊皮袄扔在草地上，又去远离河岸的乱草堆里撒了泡热乎乎的尿水。系腰带的时候，他注意到，期待中的太阳尚未在山顶如约升起，原野上还不曾开出大片大片艳丽的野菊，禁不住有点儿怅然若失。

他摊开羊皮袄，躺在上边，点燃了一支烟。

好几年了，苏奴始终把自己定位为甘南这块土地上的"诗人+文化工作者"。在他看来，研究当地文化，并不是一件枯燥的事。这种工作，有助于实现他给自己定好的写作使命：以诗歌这一文体，来反顾甘南的悠久历史，再现这块土地上的重要事件，感念历史风云人物的精气神。之所以称为"使命"，是因为他自认为是地方秘史的追踪者和记录者，非常有必要依托故乡这个弹丸之地，来探寻人类在战乱与困苦中竟能诗意栖居的缘由。于是，他把自己的工作时间分成了两部分：少部分时间，他翻检着脆薄发黄的纸页，试图在其中发现自己梦寐以求的东西；大部分时间，他行走在甘南的土地上，进行田野调查，搜寻可以用文字来呈现的人和事。

连抽了三支烟，他终于站起身，从手机里调出了有关西沧镇的简短史料："西沧，藏语意为鹿羔，甘南小镇之一，大约有四五十户人家。小镇已有七十年历史，有格鲁派寺院一座，出过白鹿、美女和土匪。"这段文字，是他和出生在西沧镇的画家嘉措聊天时随手记录的。

在驱车缓慢地进入小镇的时候，苏奴果然看到了史料中的那座寺院。太阳刚刚升起来，阳光照在金顶之上，映射出耀眼的光芒，使得这座高原小镇的核心建筑立刻就有了一种神秘的氛围。他没有发现嘉措说过的白鹿，但却注意到，阳光在清风的带动下遍洒小镇的街巷，街巷两边的房屋里有了热烘烘的人间生活声息。

当苏奴的皮卡车慢慢地驶过一户人家时，一个裸露着上身的女人立在窗户后，阳光照着她蓬乱的头发、秀美的脸庞和……天哪，一对丰硕的乳房。见有人在远远地观察自己，那女人露出诡异的笑容，似乎没有躲闪的意识。苏奴吃了一惊，不敢细看，慌忙将头扭向另一边。对面的门楣下，一个满脸络腮胡的男人也打开了窗户。看到苏奴时，他厉声喝问："看什么看？"苏奴闪回眼神，一踩油门，加快了车速。

"这个镇子上的人，怎么神经兮兮的？"

思忖间，车已到了小镇的尽头。再往前，不知为什么，路被人挖断了，苏奴只好掉了个头，重新驶过街巷，车开得缓慢而迟疑。这次，他看见那个男人已关了窗户。那个女人还在，不过，留给他的，只是她裸露的后背，两扇肩胛骨如耸起的翅膀，但也只一闪，就看不到了。

苏奴把车停在小镇外，给嘉措打了个电话："老兄弟，我到你的老家了，你在吗？"

"哎呀兄弟，我在出差，不在镇上。你来西沧前，应该给我打个招呼的。"

"忘了给你说了。"

"你去镇子里转了没？"

"转了一圈，看到了寺院，但没见到你那天喝醉时说的白鹿、美女和土匪。"

"哎呀兄弟，这世道，哪有白鹿和土匪啊！我给你说的，是刚解放时的事。"

"不是上世纪八十年代的事吗？"

"不是。不过，那个美女的后代还在镇子上，你见了吗？"

"见到了一个女的，长得好看，不过，好像不爱穿衣服，也不怕人看。"

"就是她，得了精神病，不犯病时正常，一犯病就那样。"

"哦，天哪！啥原因知道吗？"

"遗传吧，听说那个土匪就有这病。"

"土匪跟她有啥关系？"

"她就是那个土匪和美女的后代。那土匪，不犯病时像个读书人，一犯病就爱抢劫、杀人。那天我给你说的传说中的美女，就是他从外地抢来的。"

"那他的这个后代，结婚了没？"

"早就结了，不过，男人没跟她一起住。"

"为啥?"

"你说为啥!她一犯病,就爱撕男人的脸。男人没办法,就住在了她的对门。"

"是不是一个大胡子?"

"就是,你见了?"

"见了,还吼了我一嗓子!"

"哈哈哈。"嘉措在电话里大笑起来。

在返程的途中,车载收音机里播放了一首英文歌,大意是:"曾经是个惊人之事,曾经在从前,曾经是确信的,就像太阳升起的时候……"听了半晌,他始终没想起歌名,但有点儿感动。

车外,与他往同一方向缓缓前行的,是涓涓细流汇成的桑多河。河边,水草丰茂,树影婆娑。

此时,他的脑海中,忽然就浮现了一个画面:在蜿蜒的桑多河畔的大道上,那马背上的土匪,抢来了他的女人。腾起的尘埃之后,是深色的森林,树木稠密,昏暗又神秘。

# 工人与艺术家

◎ 阿　痴

    钢厂有福利，出生56天以后的婴儿可以交到厂里育儿所，让母亲好腾出时间来上班。因我母亲上晚班，领导便专门安排了一个王阿姨来照管夜间的我。时间长了，王阿姨成了我的某种至亲。她不但上班带我，下班也常常带我回家。吃饭、洗澡、抠脚丫、看电视、去路口老樟树下听瞎子拉二胡唱赣调，都是一起。

    王阿姨的家在农民房第二排的中间，屋里打扫得近乎泛白——水泥地面擦得泛白，米白色竹叶窗帘洗得泛白，连木头桌子都几乎被擦得泛白而溜光。沿着泛白的水泥地面走进去，里屋窗框下，二张叔正襟危坐，似乎永远都在看书。

    他爱穿一件蓝色硬板棉质的中山装，扣子扣到下巴底，老花镜的腿断了用透明胶带缠好挂在耳朵上，照样用得很好。他不开灯，开灯费电。他是个特别节约的人。中山装口袋里有两张十块钱，折得整齐挺括，但他从来不用，我想这大概就是别人叫他"二张叔"的原因吧。

    王阿姨总说二张叔看的书都是些乱七八糟的书，什么《奇门遁甲》《麻衣神相》。

    我常看见他对着一张掌纹图盯着瞧，一瞧就是大半个下午。

    我问他："二张叔，你会算命？"

他笑笑，说："也不是算命，就是看看。"

我说："你总发呆。"

他又笑笑，说："我是个艺术家，艺术家可以发呆。"

我问："为什么？"

他说："国家规定的。"

他绝对和艺术家不沾边。他的头发已经全白，牙齿大而黄，脸上瘦得没有丁点儿肉，还特别抠——为了提神，上夜班的时候喝满满一大茶缸的花茶，就因为花茶比别的茶实惠；下了夜班去菜场买早菜，总是挑最便宜的，因此家里总是只吃土豆红萝卜，外加包菜。只有一件事情可以证明他多少和艺术家搭点儿边，那就是他写钢笔字特别好看。有时我在他家的木板床上午睡，盛夏之时蒙眬醒来，太阳已经落山，西窗下二张叔就那样坐得笔直地在从厂里顺回来的仪表记录本上认认真真地写钢笔字。在印着"温度""湿度""气压""压强""风速""电压""电流""密度""含碳量""含硫量""含水量"的整张大表格上，他写了几个苍劲有力的字：大漠孤烟直，长河落日圆。

他也爱听瞎子唱赣调，在电视上听帕瓦罗蒂唱《我的太阳》。他笑眯眯地听，偶尔微微点头。

一年到头，二张叔不少请假。请假回乡下，一走就是半个月。听王阿姨说，领导拿他没办法，因为他总能搞到病休单。他身体不好，眼睛青光眼，耳朵半聋，心脏血液回流不畅，肺部有结节。但领导有别的法子管他：给他设最低一级的岗位工资标准；涨工资的时候别人涨一级，他只涨半级。不过似乎他不太在意。

王阿姨家的抽屉我都翻过，里面的各类药品摆得整整齐齐，散发着一股浓烈的药香味。渐渐地，她不能再抱着我走过那棵老樟树了。她躺在床上，我与她聊天，给她贴麝香龙骨贴。再后来，王阿姨疼得把嘴唇都咬破了。那一刻到来的时候，王阿姨家里聚了许多人，二张叔拉着她的手，怔怔的。

待人走了，屋里只剩下我们仨，他低头在王阿姨的耳边轻轻地说："你放心，我给你唱满三天的经歌。你要听多少，我就唱多少。"

王阿姨给了他最后一抹嗔怪的微笑。

她被送到乡下老家，按例要放在堂屋里三天才做后事。我跟着一起去。

老屋的梁极高，木头经过时间的浸透，已经呈酱黑色。王阿姨安宁地躺在高梁之下，两边草蒲垫上跪坐着两个和尚，一手拿着钹，一手举着敲木鱼的棍，唱着高亢威严的歌子。主唱的那个就是二张叔。他已经换上和尚的灰色长袍，戴上圆帽，不顾一切地唱道：

须菩提啊，
若菩萨有我相，
人相，
众生相，
寿者相，
即非菩萨。
……

他唱得瓮声震天,响彻整个老屋,歌声庄重肃穆,又带有某种深切的忧伤似的,我听了登时泪如雨下。那唱歌时的二张叔,俨然已经成了另一个人,悲切,明亮,睿智,从容。二张叔原先那落魄的肉身,仿佛化成了巍峨的佛身,有了无穷无尽的光彩。他不落泪,而让泪从听者眼眶中滚滚而出。赶来听的人越聚越多,但大家又是那么安静,好像生怕打扰了二张叔的唱诵。

他果然足足唱了三天。唱到最后一段,音色依然洪亮,气韵饱满。

我问他:"二张叔,你怎么唱得这样好?"

他睁开眼睛,眼白里尽是红血丝。带着些疲惫和羞赧,他说:"我爱唱歌子啊,这歌子宽人心。"

我说:"二张叔你比帕瓦罗蒂唱得还要好。"

他笑着摇摇头。

丧事结束后,我要跟着其他大人坐夜班中巴返回钢城,却到处寻不到二张叔的身影。我去找他,在柴火房看见他正生火给自己煮粥。冷清清的老屋只剩下他一个人。

"二张叔,你不跟我们回去吗?"

"不回了,再不回了。我办了早退,以后不上班了。"

"那你接下来干什么?"

"唱歌子去。我师兄喊我明天去别的村给人家唱。"

"原来你以前请假,就是在村子里给人唱经歌?"

"是了,小妮。"

"那有饭吃,有地方睡吗?"

二张叔笑了:"我是个艺术家嘛,走到哪儿就吃到哪儿、睡到哪儿。"

　　我与他挥手告别，登上中巴，在红土漫漫的土路上前行了。此后再也没有见过他。

　　现在，偶尔开车经过北京的某个居民区，仍然可以听见某家某户做法事的响亮的唱经声。每当这个时候，我都会想到二张叔。他是否正背着钹，穿着布鞋，与师兄弟一起，翻过一座小山丘，走入某一家悲痛的亲眷之中，唱起那庄严悠长的歌子呢？

# 地　道

◎ 朱赞军

"嘿，您瞧瞧，朱爷，您这手艺，地道，忒地道。"

朱爷醒了。近几天做梦，梦到这句，必醒。

朱爷照镜子，一脸褶子，老年斑错落有致。一双老手，不中看，暂时能用，不知能用几天。医生已诊断为帕金森初期，将来肢体会颤抖，说话会变慢，还会出现认知障碍、痴呆、幻觉……朱爷嘀咕："完了，完了，到我这辈儿算完了，没个给祖上争气的。"

朱爷祖上缝过穷，开过估衣铺、裁缝铺，后来朱爷的爷爷和一裁缝学手艺，专门给大宅门的女眷做旗袍，誉满京城。手艺有了，见识有了，财运也来了，爷爷在后海买下这个院子，到朱爷这儿是第三代。朱爷继承了院子，传承着朱家的手艺，在院子的厢房里开了个"老朱制衣"。以前生意还凑合，现在没人做衣服了，没收入了。这不重要，朱爷不缺钱，关键是手艺，手艺不能失传啊！儿子小朱学的是金融，每天不是融这个就是融那个，把朱爷融得头大。赐子千金，不如教子一艺，可儿子呢？您说您的，我就是不学。

朱爷心里急，身体不定哪天就歇了，到时候小朱想学，自己还能教吗？我都成傻子了，我教谁去？别看朱爷急，精气神儿还在，傲气和优雅共存。朱爷是雅爷，喝红酒也吃卤煮，背头梳得一丝不苟，一身休闲装干净利索。这是他爷爷教的，甭管什么时候，制衣做人，有里有面，这是朱家的职业操守。

朱爷站在院子里看石榴树。石榴寓意多子多孙，多子多孙哪！手艺断了，我们朱家手艺断了，在我这儿断了。不应该呀，愧对爷爷啊！朱爷摘下个石榴，默默地吃，舔，含。不是味儿，酸，太酸了，酸得朱爷一口哈喇子。酸甜苦辣咸，在朱爷这儿，不叫事儿，都能咽。病，他自己扛着呢，哪天不行了再说。老伴儿那么善良，怕她知道将来我是个傻子，心里受不了。朱爷敢叫爷，不是在外面人五人六，是在家在外都大度，能扛事儿。

朱爷回到厢房，沏上茉莉花茶，拿起裁衣服的大剪子。咔嚓，咔嚓，声音清脆，利落。阳光照在剪子上，光芒四射。透过茶杯的热气再看朱爷，剪子如兵器在手，朱爷像个侠客。朱爷闻了闻茶香，许下愿望：从今往后，每月第一个来做衣服的不收钱。

"朱爷在吗？我想做件衣服。"一个手臂上打着石膏的老者站在院门口。

"我就是，您想——"

"我想做件寿衣。"老者声音洪亮，语气坚定。

朱爷傻眼儿了——自己没做过寿衣啊，本月第一位顾客，又要做寿衣，还得免费。

"看您这把剪子，就配得上叫'朱爷'。"

"让您见笑，祖传的剪子。"

"能做吗？"

"能。"

老者从挎包里拿出布料，说："寿衣七件套的布料都在这儿，几天能做完？"

"量体裁衣，给谁做？"

"我。"

朱爷没做过寿衣，更没见过亲自上门给自己定制寿衣的。

"多少钱？"老者坚定，非做不可。

"不要钱。"朱爷更坚定。

"有意思，能说说理由吗？"

"没理由，您来巧了。我刚许诺，每月的第一个顾客不收钱。这月，您是第一位。"

"这都月底了。"

"那……那……那您也是第一位。"

老者递上字条，身长、领围、手臂长、后肩宽、后背宽……漂亮的小楷，各部位的尺寸清晰准确。

"您……这是……让我同行给量的？"

"我自己量的。"

朱爷蒙圈，这是来做衣服的还是砸场子的？

朱爷觉得蹊跷，老者说："朱爷，做吧，我在您这儿待会儿，看着您做。布料我洗过了，不掉色不缩水。"老者坐下，拭目以待。

朱爷不含糊，拿出直尺下料画线。直尺在布料上上下左右移动，不同颜色的画粉画在布料上，尺到画粉到。朱爷动作娴熟，自信和专注是朱爷的本色。

"多放点儿缝。人有口气儿是个尺寸，这口气儿断了，又是个尺寸。"老者伤感地说了一句。

咔嚓，咔嚓，剪刀游走在布料中。突然，朱爷握剪刀的手有些抖动。帕金森害了朱爷，朱爷可不能丢手艺。朱爷尽力控制，精神能战胜肉体吗？肉体能战胜精神吗？

朱爷假装喝茶，端杯的手还在抖。

老者一只手拿起烙铁，说："烙铁功，讲究推、归、拨、烫，拿稳，放平，走出速度……"

"裁准缝密，形神兼备。"朱爷回了一句，"您的手艺是家传，还是——"

"我年轻的时候，想拜您爷爷为师，您爷爷不收啊！"老者没抬头，一只手爱抚地摸了摸剪刀，剪刀的反光在老者的脸上瞬间闪过。

朱爷给老者茶杯添水，想多问几句，老者已起身向屋外走："受累了，朱爷，我明天再来。"老者来到院中，看着石榴树，长出了口气，低声自语："操千曲而后晓声，观千剑而后识器。朱爷，活儿地道哇！"

三天后，老者的保姆来拿寿衣。保姆说老者一辈子没成家，这会儿就剩一口气儿，大夫说最好死前穿上寿衣，身体凉了再穿不方便。

"谁给他穿寿衣？"

"我是不敢，估计是大夫吧。"

朱爷拿起寿衣七件套，紧紧地抱在胸前，朱爷常说他做的衣服都带着他的体温。他的手又抖起来，他用力按住抖动的手："走吧，我和你一起去。"

如今，北京后海依然热闹，朱爷已经不在了。小院还在，朱爷的传说还在。朱爷的活儿，地道；朱爷这人，更地道。

# 父母回家

◎ 刘　齐

　　父母回来时，反复说，要在家里吃饭，不去外面的餐馆，再好也不去。家里有个大圆桌面，戳在楼下，落了一毫米厚的灰，现在，擦干净，搬上来，安在四脚桌架上。桌架通常与小圆桌配合，全家聚会，祖孙三代到齐了，才换大桌面。

　　大桌面是管食堂借的，我爸问："怎么还没还回去？""还了呀。"我说，"不知怎么搞的，又回来了。"

　　"一毫米厚的灰，"我爸也认为不妥，"一般口语说，厚厚的一层灰，也有人说，铜钱厚的灰，都挺形象。"我爸在报社工作，爱跟子女们讨论文字。

　　"现在人们装修，啥啥都要尺寸，厘米毫米的，常说。"我边解释边给父亲斟酒。

　　父亲看着酒液在杯中缓缓上涨，不说"好了好了"，也不敲指头致谢，老人不懂这个，懂也不必敲给儿子。

　　很长一段时间，父亲滴酒不沾，现在又可以喝了，我和弟弟喜出望外。哥儿俩对酒的热爱，缘于父亲的熏陶。父亲当年善饮，兴致来了筷头蘸酒，挨个往小儿嘴里抿。小儿辣得咧嘴，父亲开怀大笑，用硬胡楂子亲小儿的脸蛋，也是如此快乐。等到小儿长了胡子，馋上了酒，他却患了胃溃疡。见儿子喝酒，他顶多端起杯子闻闻，以示助兴，兼及忆旧。

现在好了，不再担心病了，爷儿仨坐在一起碰杯，天下还有什么比这更高兴的。

父亲喝酒的样子很拘谨，或者说很生疏，但酒毕竟是酒，几杯下肚，他兴奋起来，跟我开玩笑说："给令堂大人也斟上。"我一时没反应过来，"令堂大人"指的是我妈。父亲叹息，说我古文底子薄，不识此中乐趣。

我笑道："怪也要怪你，小时候，总让我们读一些……"

"我也给你们讲过'黄河之水天上来''家祭无忘告乃翁'。"父亲低声分辩。

久别重逢，以为二老能谈重要事项，没有，只谈了些琐事闲事。我妈觉少，我爸午睡时她躺不住，趿拉着鞋从卧室走到客厅，忘了戴老花镜又踅回去，我爸就醒了，嘟囔道："一个小虫子睡觉，也应该尊重。"我妈刚有歉意生出，闻言笑道："老虫子，该起来了。"

我妈也在报社工作，负责接待读者来访。某日一读者盘腿坐于椅上，长时间回顾自己生平，我妈耐心倾听，兼做摘要。此公大约迷恋评书，关节处忽高叫："说时迟，那时快。"我妈憋住不笑，险些窒息。那人又称自己早年加入组织，至今未被承认。我妈同事李叔便问："那你说几句誓词我们听听。"那人清清嗓子，正色道："上不传父母，下不传兄弟姐妹。"

我妹幼时遭我妈批评，不服，乱找借口，我妈不悦，声转严厉，东北方言曰"狠叨"。我妹情急而口不择言，没大没小地用手指着母亲喝道："小秋子！"此三字不一般，系外祖父为我妈起的乳名，因其降生于中秋后二日。此昵称不知何时为我妹侦知，猛然一喊，我妈一愣，怒云渐消，改笑颜了。父亲一旁亦粲然，笑骂我妹："王八犊子。"笑声中，我妈擦泪："我想我爹了。"

与父母分手前，在北京一家餐厅，吃得差不多了，我妈说："孩儿啊，不能总让你花钱，让你爸也请一次，要不他该不平衡了。"我爸就系上衣扣，去吧台结账。我不放心，要过账单一看，果然多算了。店家好眼力，瞅准了老爷子的性情，可惜螳螂捕蝉，黄雀在后，黄雀是蝉他老人家的坚强后盾。我妈很满意，夸儿子不孬，又替老伴儿解嘲："你爸就这样，一辈子了。"

父母都不见老，上次见面啥样，这次还是啥样，腿脚利索，头发也没怎么白。

酒没喝光，父亲就站起身，跟我握手。从前只有重要时刻，譬如我下乡、回城、出国，他才跟我握手。他的手很粗，像在单位锅炉房撮煤那几年一样，长了茧子。

"再多待一会儿，就一会儿。"我央求。

"什么时候都不能迟到。"父亲握着我的手，不松开。

我妈笑："天堂也讲纪律？"

父亲略加思忖："不是纪律，是信用。"

天上白云很多，白云隙间的天底子很蓝，那是二老要返回的地方，他们在那里已经生活多年。

# 站 岗

◎ 赵长春

那时候，抗日战争到了相持阶段。

那时候，根据地缺衣少食，提出了"自己动手、丰衣足食"的口号。

那时候，大家都参加大生产运动，从上到下，好多人都会纺棉花、种菜、耕田。

那时候，"烂泥湾"刚更名为"南泥湾"。这里土地肥沃，水林丰茂，军民团结如一人，正在努力打造陕北的好江南。

这年5月的一天，老总通知小李，带上几名警卫员，抽空去看看南泥湾。正值春耕大生产，一年之计在于春，农时误不得。因为处理了其他一些事儿，耽误了些时间，老总要求努力往前赶路。就骑马，从总部出发，能多赶一点儿路就多赶一点儿，争取第二天就返回，因为还有很多工作。

嗒嗒嗒！黄土高原的沟壑中，几匹快马、几身灰军装，腾跃在淡绿浅青的春色中。中午简单打尖后，傍晚，到了南泥湾地界。

"报告！前方已经是南泥湾。再有三十来里地，就到驻地了。建议先让区公所接应一下，赶到南泥湾。请首长指示！"小李从前面折返回来，挺立马背上，向老总致礼。

陕北春短。看看天色将晚，老总决定先找个避风的地方住一宿，不去打扰部队了，"更不能打扰地方"。老总的意思是，天晚到驻地的话，还得临时做饭、找房子，影响驻地人员的正常作息。

"是!"小李心有不甘，但坚决执行了命令。作为一名警卫员，小李深知老总太累。望着比实际年龄苍老的老总，特别是他憨厚的笑容，小李到底也没有提出自己的反对意见，就马上和其他同志顺沟找地方。这里窑洞好建，人们随挖随住，加上前两年不安定，废弃的窑洞多，很快，大家找到了两个废弃的窑洞，清扫后，铺垫了简便的床铺，一起吃了点儿炒小米，喝水，就休息了。

老总说："这多好! 简单朴素，心安理得；自己动手，丰衣足食!"

按照工作要求，留下岗哨后，小李陪老总住一个窑洞里，其他人睡在另外一孔窑洞里。小李给大家分配好任务，特意交代值岗的："老总年纪大，又骑马跑了快一天。晚上，他睡窑洞里面，我在外边挨洞口的床铺上睡。这样，半夜换岗也方便。"

大家就都睡下了。

小李进窑洞，看看还在看书的老总，就悄然坐在一边。老总身子一欠，说："好好躺下，晚上你还得换岗。"

"得令!"小李很听话，很快就入了梦乡……

小李再醒来，是被另一位警卫员叫醒的。一个激灵，小李就摸床头的枪："该我了!"可是没有摸到枪。

警卫员说："天明了! 你看看是谁在站岗!"

小李跑出来一看，晨风中，老总执枪，站在哨位上!

原来，夜里换岗的时候，警卫战士来到总司令住的那个窑洞口，按照原来的约定，怕惊动老总，就悄悄地推了一下靠洞口睡觉的"小李"："起来吧，换岗了！"说完，便回到自己窑洞里睡觉了。

可他不知道，老总看完书，睡觉前，悄悄地睡在了外铺，将小李让在了里面！

所以，第二天一大早，最早醒来的警卫员出了窑洞，看到老总在站岗，就跑步过来："首长，您起这么早来站岗，没有睡？"

老总一笑，枪往背上一紧："哈哈，你们站岗放哨，还睡觉呀？"

警卫员脸一红，赶忙朝老总睡的那孔窑洞跑去，而小李正睡得香……原来，老总给大家站了下半夜的岗。

为这事儿，赶往南泥湾的路上，大家马上开展了自我批评。老总说："没有规定我不能站岗！这才是官兵一致。"最终的决议是，小李回去后给老总的那片菜地浇水两次。

这个站岗的故事，知道的人不多，因为老总不让讲："这本就是正常的事儿。"

还有个原因，也是老总要求的。在小李离开老总时，老总说："感谢你为我服务这么多年。到新的岗位了，继续安心工作，不许提在我身边工作的事。"

小李就记住了。关于与老总一起的日子，他从不提。他觉得，老总这样要求，那就一定有他的道理。

不过，小李把这件事记下来了，记在心里，成为一种深刻的记忆。等小李成了老李，春节时一家人吃饭，孙子、孙女让他讲讲自己的革命故事，老李就讲了这个站岗的故事。

老李说："我们得记住，共产党就是这样干出来的。"

于是，春节聚会，老李的这个革命故事，成为必讲的保留节目。

　　再后来，老李走了。家人们整理他的遗物，发现一本老旧的日记中，原汁原味地记载着这个故事。有些细节很深刻，比如那个晚春的风，比如窑畔的一株野桃摇曳着明媚的花。以此为背景，老总背枪，站得笔直。

　　故事以书信的形式，说给了自己的家人："好好记住，传下去！"

　　其中，有这样一句话："我很骄傲，很自豪！老总替我站岗……"

　　这个故事，发生在1941年5月。

　　老总名朱德。当年井冈山时期，他和大家一起挑粮，留下了《朱德的扁担》这一故事。

# 父与子

◎ 张国平

　　"你也是当爹的人了，你闺女都八岁了还没见过你这个爹。你闺女的名字是我起的，爹没多少文化，因为她是秋后出生的，所以就起了个'秋梅'。今天你说啥也要跟我回去，去看看你自己的闺女。"他让爹坐下说，爹不肯，蹲在地上吧嗒吧嗒地抽烟卷儿。

　　不清楚爹是怎么摸到百里之外的军营的，他刚从团部回来，一进门便吃惊地看见了八年未曾相见的爹。团长已传达了攻城的命令，就在明日拂晓时分。时间紧迫，他没工夫跟爹纠缠，便哄劝："爹，您先回，后天我就回家看她娘俩，也看看娘。"

　　爹将烟屁股拧在地上，又踏一脚说："不，今天你就得跟我走。"

　　"爹，不差这两天。您先回，我后天一准回去。"他这样说，无非是想先把爹哄走。战斗一定会很惨烈，谁也无法保证能顺利攻下这座顽匪盘踞多年的县城。之前的两次攻城都以失败而告终，部队已接到命令，要他们渡过黄河，千里挺进大别山。刘邓首长下了死命令，要不惜一切代价拔掉这颗钉子。除了这座叫永年的孤城，华北地区都已解放。如果留下这股顽匪，大部队开拔之后将后患无穷。

　　爹梗着脖子，将头扭向一边说："爹不信你。"

爹说得没错，八年前他撒了个弥天大谎才跑出来参的军。他是家族中读书最多的人，爹希望他能留在家里，子承父业，光宗耀祖。爹哪里知道，他在学校已悄悄地入了党。爹为能拴住他的心，给他成了亲，并派了名最壮的家丁左右不离其身。爹对家丁说："万一他想逃跑，断胳膊断腿都没啥，只要能把人留下。"

他哄骗妻子，说要陪她回娘家，半道谎称肚子疼，顺着水沟逃跑了。八年了，他也想家，想念他走时已怀有身孕的妻子，想念他未曾谋面的孩子，但他不敢回，担心一旦回去又被爹看管起来，再也无法返回部队。所以，八年来他南征北战，浴血奋战，赶走了鬼子，又投身解放战争，一次也没回过家。

爹在兜里摸了半天。他还以为爹又在摸烟，爹却拿出一张照片说："看看吧，你闺女。我专门派人将她娘俩送到县城照的。多水灵的闺女呀！人心都是肉长的，难道你一点儿也不想她？"

"爹，瞧您说的，我自己的骨肉我能不想啊？"好可爱的闺女啊！他将照片攥在手里，鼻子突然酸了。可是，时间不允许跟爹再磨叽，他现在满脑子想的都是如何将爹劝走，好全力以赴准备即将到来的这场恶战。

他将闺女的照片小心翼翼地装进衣兜，说："爹，您先走，我后天一准回家。"

爹干脆脱掉一只鞋，垫在屁股下，坐在地上说："你不走，爹不走。你啥时答应了，就跟爹一块儿走。"

"爹，您……"他心急如焚，却又奈何不了爹，拧着眉头转了三圈儿，说，"好好好，爹，您等着，我安排一下就跟您走。"

再回来时，他手里牵着一红一白两匹高头大马。他将一根缰绳递给爹，说："爹，上马，咱一块儿回家。"

爹的脸顿时乐成了花儿，说："这就对了嘛，保家卫国，说到底还是为了家，还是为了都能过上好日子嘛。"

"爹，没有国哪有家？等咱彻底推翻了蒋家王朝，全国的老百姓才能有好日子过。"他见爹又想说什么，忙说，"爹，咱不说这个了。上马，咱走。"

他骑红马，爹骑白马。他在前，爹在后，朝家的方向绝尘而去。

太阳落山，月牙悬空，寒风如刀，可是爹却大汗淋漓，在后面喊："快了快了，就要到家。慢一点儿，歇歇吧。"

他问爹到了哪里，爹气喘吁吁地说："前面就是善义店，离家也就十来里了。"

两人都下了马，他接过爹手里的缰绳说："爹，您歇着，抽口烟，马给我，让它们饮口水。"

爹毕竟上了岁数，颠得肉疼腰酸，一屁股坐在地上，摸出烟啪嗒啪嗒地抽上了。一根烟不过瘾，爹又抽了一根，不过等第二根抽完了，仍不见儿子回，便起身去河边看。可是，哪还有儿子的影子！

爹大呼上当，急得骂娘。爹动了驴脾气，不把儿子揪回来誓不罢休，于是又屁股一撅一撅地往回走。

再回来已是三天之后，部队不在了，原来是营房的地方却多出了一座座新坟。爹的心顿时提了起来。一位老者正在给新坟培土，爹提心吊胆地问："打仗了？"老者噙着泪花说："枪炮响了整整一天一夜，打得那叫一个惨烈。唉，他们还都是孩子啊！为了能让咱过上安稳日子，就这样牺牲了。"

"三营张营长怎么样？"爹本来想问的，却因为紧张得喉头发干，没问出来。问了又怎么样？老者也未必会认得他儿子。

爹紧张得摸出烟，抖了几抖才点上火，猛抽两口压了压心跳，问："剩下的人呢？"老者说："战斗结束后，他们连脚也没歇就开拔了。据说要渡过黄河，挺进大别山。"

一座座新坟，土堆之下全是牺牲的战士。爹又提着心，绕着一座座土堆瞅来瞅去。爹的心里矛盾极了，既希望能感受到儿子的气息，又期盼这里没有任何他存在的迹象。

地上好像有样东西。爹刨了刨，刨出来的居然是孙女的那张照片。照片上的孙女露着一颗小虎牙，笑如花朵。

爹喊着儿子的名字仰天长叹，这时他看到了天空中一队南飞的大雁。

# 这里的阿爸们

◎ 江洋才让

## 大冷天

看上去，雪山很冷啊！看上去，着盖湖的镜子也丢了。看上去，阿爸骑上马也不会比骑上一头野牛更威风。

阿爸果然骑着他的老马从冬季营盘蹽了出来。孩子看了看牦牛拉在石头后冻得硬邦邦的牛屎，一低头，一抬头，嘻嘻哈哈地笑起来。他觉得阿爸的老马和石头背后的牛屎是一个颜色。牛屎色的马戳中了孩子的笑点，孩子刚开始是抬着头笑，后来低下头冲着地上的石头笑起来。然后，他躺在地上打着滚儿，笑声变成了旋转的圆圈，一圈圈地滚动，好像要变成汽车的轮子。

孩子耳听着马蹄声嗒嗒嗒地朝这边过来了。

阿爸勒住马头，嗅嗅空气："这儿的空气真是冷得刺鼻。"

阿爸下马，牵着绳："你给我说说，你到底在笑啥。"

孩子捂住嘴，不笑了。阿爸这才将马缰绳拴在一块大石头上，然后拉着孩子的手朝前走。阿爸这是视察家里的羊来了。

孩子将散布在山根的羊指给阿爸看。

那眼力真是比一只鹰子还要准。

"你看那儿那儿那儿，还有那儿、那儿，一只也少不了。阿爸，你看我的表现咋样？"孩子说着坐下来，山根的风冷飕飕的，在他耳边出主意：

"让你阿爸讲个故事嘛。你阿爸讲故事可带劲了，上次听得我们止歇在一块石头上，忘了满世界吹拂的职责。"

孩子知道其实不是风想听阿爸讲故事，而是自己想听阿爸讲一个让他忘记饭点的事。往常，他会让羊们散在山根，自己跑回家喝一碗茶，吃一碗糌粑，然后再跑回来。

现在，孩子需要一个不跑回家的理由。所以，孩子侧着头看着如尼玛达则雪山一样的阿爸，嘴里说："讲吧，讲一个故事哟，而且必须是真事。不是真事我不听。"孩子讲得很肯定，听得阿爸忍不住笑起来。这样，两个人一高一低坐在了山根。山根上的羊们只管啃着地皮上的枯草，哪管得了这对父子在干什么。

头羊先前看着这对父子坐在一起，高傲地扭着屁股咩了一声，走开了。

头羊后来看着这对父子真的讲起了故事，它又咩了一下，好像在计算到底讲了多长时间。

也没讲多长时间，刚开始阿爸谈了个条件。

阿爸说："讲故事可以，但你得实诚，你必须告诉我你到底在笑什么。"

孩子知道瞒不住阿爸，就嗫嚅着说："我只是看到石头背后牦牛拉的牛屎，察觉牛屎和你的马一个颜色，就觉得好笑。"

阿爸也觉得好笑，爽朗地笑起来。

阿爸笑完了，看着五十米开外拴在石头上的老马喊道："老伙计，你没必要生气的。要知道，孩子的话不能当真，可是，可是你真的是那种颜色的。”

孩子和阿爸又笑起来。

这一笑，搞得头羊从他们身后看过去，他们好像两座雪山倾覆了又隆起了。

## 河　岸

冲翁站在河岸上，双手叉腰，神气活现得像个将军。他指挥三个儿子往农用车上装沙子。大儿子多丁，睁着一对受惊的鹿一样的眼睛，汗流浃背，用瘦胳膊把铁锹使得像模像样。二儿子才仁文色，长得圆不溜溜，像他母亲。他慵懒地把半锹沙子往农用车上扔，遭到了冲翁的一顿臭骂。三儿子还小，只有十岁，但他干得却不比二哥差，因此，冲翁对他的大儿子和小儿子是很满意的。

他们三个，被我称为“骄傲的农用车司机的儿子”。

他们三个，站在河岸上，勾肩搭背，接受我给他们照相。

照完，才仁文色还傻不棱登地冒出了一句歌词：“一瞬间，太多东西要讲。”

冲翁再次口吐芬芳，骂得才仁文色瑟缩到农用车后面。

河岸上，水浪冲击着卵石，可以听到对岸修路的四川民工喊出的劳动号子，此起彼伏，抑扬顿挫，回旋在天地之间，撩拨着我们的心弦。

河水哗哗地流着，打湿了我的鞋子，被闷得发热的脚指头感到了凉意——一种被解放的滋味油然而生。

我打算彻底解放我的脚丫子。我脱去鞋子，看着十个脚指头快乐地在水中动作——我的脚指头注定跟这样的河水有缘。我看着小鱼儿围着我的脚指头嬉戏。很久以来，难得有如此惬意的感觉。

农用车司机的三个儿子依旧努力地往车上装沙子。沙子在车厢里已堆成了埃及金字塔的形状。

冲翁满意地走来走去，他想不出任何理由埋怨这美好的一天。

美好的一天：农用车司机的三个儿子竟然在河岸上挖出了一个人头骷髅。他们把各自的眼睛瞪大，骷髅头在他们的手中像一坨酥油般传来传去。冲翁把它拿在手里，端详片刻，说："瞧瞧，曾经的美人儿如今却成了这般模样。写写她，这是你的职责。"说完把骷髅头轻抛向我面前的沙地。骨碌碌，它滚了过来。我刚把鞋子穿好，本能的反应竟是一脚把它踢开。骷髅头随着一道弧线，咕嘟掉进了河水里。我听到它叫了一声"疼啊"，就被河水冲得远远的了。

# 娘在一九七八

◎ 王在庆

一九七八年的娘如大侠，拳脚功夫相当了得。

每到吃饭时候，兄弟四个围定锅台抻长脖子。娘一阵呵斥，拿筷子梆梆梆在一堆脑瓜上一阵乱敲方能掀开锅盖。冒着腾腾蒸汽，八只手去抢那白面多些的卷子头。兄弟四个一个赛一个能吃——蒸一锅黄白卷子，一天吃光。娘好像天天都在蒸卷子。于是一个类似哥德巴赫猜想的难题摆在了我们兄弟之间：谁来烧火？大哥不屑参与讨论，四弟永远是局外人，最后只剩二哥和我斗嘴了。卷子发酵得差不多了，此时便要烧火，娘在厨房里一声吆喝："谁来烧火？"兄弟四个正在堂屋打闹，立刻面面相觑。大哥大摇大摆往外走，娘没看见；二哥贴着墙根往外溜，娘一声大喝："玉清，烧火！"二哥甩胳膊蹬腿进了厨房。我在堂屋门口深吸一口气憋足劲儿，以百米冲刺的速度闪过厨房门口，娘又是一声断喝："玉庆，过来！"我垂头丧气地来到厨房。

二哥坐在灶台前，摔摔打打开始烧火。火柴杆撂了一地，怎么也点不着。娘拍拍手上的面，过去把火点着，烧旺。二哥开始施展他的绝技：可劲儿地往灶膛里塞柴火，然后咣咣咣咣拉风箱。厨房里一时黑烟滚滚，正如电影里小兵张嘎堵上烟囱后的效果。娘咳嗽着一把揪起二哥，抡起巴掌噼噼啪啪在他屁股上一顿暴打：

"滚吧!"二哥终于盼来了解放。二哥的可恶之处在于,他明明哭丧着脸往外走,脸上还有泪道子,可刚到门口就两眼放光神采奕奕,继而突然加速,奔腾而去!我甚至听见他在胡同里如儿马一样的蹦跳声和嘶鸣声。

我于是规规矩矩地烧火,一年四季都是我烧火。除收获了"杨排风"的雅号外,我也收获了娘的奖赏:娘常常留下一块面团,搓成圆柱,比大拇指还粗,状如香肠,正中心插入一根干净的细棍,做好饭后,将其埋入灶膛余烬中。时间不长,再取出来时,通体焦黄,敲打去浮灰,趁热小口吃,酥脆喷香。

一九七八年,我挖过"地道",埋过"地雷",捡过台湾的传单,整天为找不到美蒋特务发愁。一天,我穿过一条胡同去上学,忽然见一个和我年龄差不多的男孩盯着我看。走了几步,回头一看,他还紧盯着我。我返回来质问他:

"你看我干什么?"

"我没有看你。"

"你明明在看我!"

"我真的没看你。"

"没看我你在看什么?"

"我在看那个小狗。"

气死我了!明明是看我却说是看小狗!我扑上去一个别子把他放倒在地。男孩在地上哇哇大哭:"看我不跟姐姐说去!"爱跟谁说就跟谁说去!我满不在乎地上学去了。

放学时,只见那个男孩领着本村的一位嫂子等在胡同口,见了我一指:"就是他!"我才懒得去理你呢!继续走我的路。嫂子领着男孩跟我回了家。

嫂子一见娘就抹眼泪："婶子，我弟弟本来就有毛病，眼睛斜视，玉庆还欺负他……"不等嫂子说完，娘抄起墙边一根木棍，转身就来追我。嫂子一把抱住娘，我一溜烟跑出家门，身后传来娘的骂声："今天非把腿给你打断！"

我知道这双腿肯定得罪了娘，娘无数次高叫着要打断我的腿，甚至要打断我的双腿。万幸的是，我依然能蹦蹦跳跳地穿过大街，走过小巷。

但终究没有逃过娘的一顿拳脚。那天下着小雪。我来到哥哥们住的小院，从门缝里挤进了房里。地上散乱的烟头激发了我表演的灵感。我捡起一个，划根火柴点着，吸两口往空中一扔，大骂一句"八格牙路死啦死啦的"；再捡起一个，再划根火柴点着，再吸两口往空中一扔，再大骂一句"八格牙路死啦死啦的"。"究竟点了几个烟头？"后来娘拧着我的耳朵问的时候，我一片茫然毫无头绪。唯一记得清楚的是，我钻出房门时，嘴里还叼着一个烟头，看见耿家大伯之后才赶紧扔掉。

放学之后，远远地看到村庄上空竖着一股烟柱，人声嘈杂。我和伙伴们往村里飞奔，事发现场原来就是哥哥们住的小院，挑水的、泼水的、用三股铁叉往房子外面挑被褥的……空气中弥漫着浓浓的焦煳味。失火了——我刚刚气喘吁吁地弄明白一件事，一抬头，看见了娘。娘也看见了我，怒目圆睁，大步跑来。像孙悟空念了避水诀，人群如水哗地分开，一条大道豁然贯通。娘一声大吼："玉——庆——！"这声音就像埋伏着千军万马，透露着令人心惊胆战的信息！我毫不犹豫地扭头就跑。

多年以后，我狂热地迷上了马拉松。我经常和两个高中同学背上几块巧克力一瓶水，从城市跑回五十多里外的家。对马拉松的热爱极有可能始于此次逃命。

我一路狂奔，扭头一看，娘就在身后，咬牙切齿。我呐喊着继续狂奔，扭头一看，娘还在身后。我魂飞魄散，耳边生风。我的爷爷奶奶呢？我的伯伯叔叔呢？我的婶子大娘呢？怎么一个都不见！跑出村庄，娘还在追；跑进田间，娘还在追；跑进曹寺大殿，娘还在追……我终于跑不动了，被呼哧呼哧上气不接下气的娘一把抓住！娘足足撵了我三里地。

曹寺大殿的诸神或怒目圆睁或镇定自若地见证了一场悲苦法事——娘把我按在地上，左一巴掌右一巴掌，打一巴掌骂一句："我叫你吸烟！我叫你吸烟!"和大殿紧邻的是个卫生所，一个大夫冲过来，抱住娘的腰往后拖。

后来，娘一说及此事就泪流不止，说自己年轻时真傻，下死劲儿打孩子。其实让娘自责的是最后一巴掌——娘被拉开时余恨未消，顺手又是一巴掌，而我恰巧转过脸来，想看看是哪路神仙救我于没顶——这一巴掌打得我鼻血横流。一摸到血我就有了仗恃，扯开喉咙号啕大哭。后来才知道救我的神仙是接生的孙大夫，长得比神仙还漂亮，我看见她就觉得比娘还亲。

娘可能想不到此事的影响绵延四十多年甚至更长远：我再也闻不得尼古丁的味道，并告诫儿子不准吸烟。

# 哎呀呀

◎ 韦如辉

"哎呀呀"，这几个虚张声势的汉字，经常从母亲嘴里溜出来。慢慢地，它成了一句经典的口头禅。

比如，鸡叫三遍了，母亲从梦中醒来，边往身上套衣服，边连声说："哎呀呀，晚了晚了。"南地里，一地的麦子黄了，正是收割的好时候。

比如，猪圈里的猪崽饿得嗷嗷叫，母亲脚下生了风，小跑着把猪食倒进食槽里，感叹道："哎呀呀，小崽子们饿坏了。"

再比如，父亲推着自行车从外面回来，母亲快速抓一条破毛巾，迎上去，甩打在父亲的前胸后背："哎呀呀，脏死了。"浮尘腾空而起。

母亲什么时候开始说"哎呀呀"的？这个不太好考证。

让我记忆最深刻的，有那么一次。

多年前的大年初一，天冷得不得了，屋檐下挂着白胡子一样的冰凌。家家户户都包饺子。那时候，日子紧巴巴，包饺子吃，只有过年的那几天。整个村子从东到西，从西到东，刀剁案板的声音此起彼伏。即便是人口少的人家，饺子包得不多，他们也会在剁饺子馅儿这件事情上做到大气从容。狗在灶屋门口摇着尾巴，忠诚地驱赶着试图靠近的鸡和鸭。大鹅似乎不太怕，它伸长脖子，在院子里制造一浪高过一浪的抗议声。

母亲在灶屋里忙碌——择菜、剁馅儿、和面、擀皮、包饺子，直到把饺子下到滚水里，一缕缕香气从半开的木门里溢出去，丝丝缕缕钻到狗鼻子里。那条没出息的土狗，嘴里的哈喇子早已流得老长。

母亲拎着擀面杖，扬手作势要打它。它赶紧夹着尾巴逃走，站在院外可怜地张望。

母亲盛满一碗饺子，招手叫我到身边，悄悄地说：“乖，把这个送给奶奶。”母亲的下巴，往屋后的方向扬了扬。

屋后仅有一间的矮屋里，住着一个寡居的奶奶，不是我的亲奶奶。到达她的矮屋，需要翻过一堵矮墙。

看着锅里飘着稀稀拉拉的饺子，我心里犯嘀咕：“为什么要给一个不亲的人?”我的小嘴噘了起来。母亲笑着说：“哎呀呀，我的乖，挂油壶不用揳钉子了。”见我迟迟没动，母亲突然拉下脸，眼睛斜睖着，把手里的一双筷子摔到案板上，说：“不去不给你吃!”

我忍住眼泪，接过碗，转身离开。

可是，可是，可是——这三个蓦然冒出来的转折词，代表着一颗无比悲伤的心——可恶的土狗，不知什么时候从身后跟过来，咬住了我的裤脚。哎呀呀，很不幸，我摔了个嘴啃泥。更不幸的是，碗从手中飞出去，在冰冷的泥地里滚出了一个大大的问号，之后完好地停在那里，像瞪向天空的一只绝望的眼。可想而知，饺子散落了一地。

土狗快速跑过来，叼了一个饺子，躲到柴垛后面独自享受。

接着，鸡和鸭，还有伺机而动的大鹅，都不约而同地跑过来。这鸡飞狗跳的壮观场景，惊吓到了母亲。她飞奔而来，撒了一路的"哎呀呀"。

母亲先驱赶那些不知好歹的畜生，之后弯下腰，捡起碗，把破了相的饺子一个个拾起来，最后才腾出一只手，一把从地上拽起我。

我端起新盛的一碗饺子，小心谨慎地成功越过矮墙。

母亲蹲在灶屋，慢慢吃着用清水冲洗过的饺子。偶尔，她龇牙咧嘴，吐出硌牙的黑色颗粒。

后来我注意到，"哎呀呀"这几个汉字，开始经常挂在母亲嘴边了。

有一天，在放学的路上，母亲抬起一只手搭在我的肩膀上，嘴里说："哎呀呀，我的乖，长高了啊！"她突然像个小学生，歪着头追问我："乖，你知道为什么给奶奶送饺子吃吗?"这个问题，是我一直想问而没问的。

母亲眯着眼，望着前方的河流，说："你不到四岁的那一年，有一天掉到了河沟里。若不是奶奶跳到刺骨的冰水里把你救上来，世上就没有你了啊！"

我的脑海里浮现出奶奶在世时的模样——弓腰、驼背，走路颤颤悠悠；若不是手里拄着一根同样颤颤悠悠的木棍，随时可能栽倒。

由不得自己，我在心里连叫了三声"哎呀呀"。

母亲七十三岁时，查出喉癌，不得不做了喉管切除手术。

手术后，母亲只能发出含混不清的声音，呼吸也渐渐衰竭。

母亲走得并不意外。在告别大厅，母亲张着嘴巴，冲着洁白的天花板，分明呐喊出无数个"哎呀呀"。

那个惊心的画面，时不时闪跳在我的心头。往往，它又被从眼睛里奔涌的潮水冲刷得模糊而又清晰。

# 借　宿

◎ 陈　尧

　　父亲一辈子都在过小日子：年少时，家里穷，没读过几天书，在大人们磨过粮的石磨里抠玉米粒烧着吃；二十岁出头儿，急急忙忙娶妻生子，拖家带口地外出打工，省吃俭用只能勉强养家糊口；后来，东躲西藏地生儿子，所幸第三胎争了气，被罚款也乐意，还乐呵呵地跑了几十里的路去买巴裙儿，裹上小儿子光溜溜的身子。

　　我就是那个小儿子，只不过现如今已不小。

　　年后，正月初十晚上九点多，我还在加班，微信上父亲发来一个表情。父亲一般不给我发消息，发消息定是有事。我们最近闹了点儿小矛盾，已经有一段时间没联系。随后又响起一声振动，我拿起手机。

　　"有地儿住不？我到武昌火车站了。"

　　"待多久？"

　　"明天下午四点多的车。"

　　"打个的到武汉体育学院卓刀泉中学旁清和广场。"

　　"很远吗？"

　　"不远。走过来很远，坐车很快。会坐地铁不，不会就打车。"

　　"能住不？"

"可以，你来吧。"

"哦。打车要多少钱？"

"二十几块吧。"

我知道，我要是不说走过来很远，他一定不吝惜费几个小时走过来。或许是想缓和我们的关系，或许是不识路，没办法，反正一个小时后，我接到了他。他还是老样子，一身深色衣服，背上背了个牛仔大包，不知道装了些什么。我总是说他，回家回城总有那么多东西要背，背都压驼了，他也只是笑笑。他左手上还提着一个折叠小椅子——春运期间火车票十分紧张，只剩站票，要站上一天一夜。他说有时候连放椅子的空间都没有，还会被推小车卖东西的、上下车的赶来赶去。我没有留意他脸上的表情。在冬季寒冷的武汉，在这样一个只有霓虹灯没有月光的夜晚，我看不真切。

我带父亲到我公司旁边的宾馆，他脚步迟疑了，问："来这里做什么？"

"住啊！"我用理所当然的语气回答，以掩饰我心里仅有的一点儿愧疚，说完我已经走到前台办理入住。我转头看他，他依然站在门口，像一尊雕塑，半进不进。他的表情像是在问我"为什么不上你那儿住"，但终于没有开口。最后，他像下定决心一样地迈开步子走进来，跟在我身后上楼，那模样仿佛第一次出门的孩子。父亲盯着我用房卡开门，他从未经历宾馆从钥匙到房卡的变迁。一把年纪的父亲，此时显出与他年龄不符的怯懦。他扫了一眼白花花的房间，不知所措。我建议他放下椅子和包。他把椅子展开，安安稳稳地放在墙角，将大包横放在椅子上，还细心地把靠到墙面的地方向外挪了挪。我建议他坐下休息休息。他看了两圈，雪白的床他没敢坐，浅灰色的沙发他也没坐，踱到一个木凳子旁，安心地坐了下来。我建议他洗个热水澡，早些休息，又装作不经意的样子说了说房卡怎么用。他拿起卡看，又好像没在看。他好像在听我说话，又好像没在听，只轻轻地"嗯"了两声。最后我检查了一下房间，给他开了电视。他平时在家最喜欢开着电视放点儿什么，说这样比较热闹。

　　我走出房门，把门关上，去我的住处。路上行人还很多，车水马龙。我想这应该是父亲第一次住宾馆。以前就算转车要等一整晚，他也只是买一桶泡面，在车站坐着过夜。这个冬天真冷啊！年已过了，被子还要不要加厚？路边垃圾堆旁，一只全身黑色的流浪狗在窸窸窣窣地找东西吃，可是它的肚子依然瘪到前胸贴后背。还真像我！这是我在武汉工作的头一年，父亲也许想来看看我。这样胡思乱想着，我决心给领导打个电话，请半天假，明天送送他。

　　第二天，我到宾馆来找父亲一起吃中饭。敲门没人回应，我给他打电话。他告诉我说六点就起床，出去瞎逛了，在宾馆不自在，待不下去。我去退房，发现大背包和椅子都已不在，床铺整洁如初。"瞎逛还不忘驮上行李。"我在心里嘀咕。

　　吃完饭，他用大手来回抹了抹嘴："没什么事了，我去车站等车吧！"对于赶车，父亲从来都是宁等两小时，不迟半分钟。他常说："车是不会等人的。"是的，车是不会等人的，时代也是不会等人的，一代人更换一代人。

　　"还早，可以再逛逛。"

"不了！"他轻轻摇头，他的表情和他的话不相符，他心里还有一点儿什么放不下。

"那去我的住处坐坐吧。"我随口一说。

他似乎有些意外，转而高兴地点了点头。

出店时我帮他提椅子，他赶紧说不用，抢了去。我的住处是一个不到十平方米的单间，被一张上下铺占去了大半，还挤着一张木方桌和两把旧椅子。独卫门上的合页坏了，房东拖着不修，我和同事干脆把门拆下来立在旁边。注水的冲便器贴不住墙壁，时常一加水就倒下来。看到我的居所，父亲的眼里露出转瞬即逝的错愕，匆忙的掩藏反而暴露了些许。不过，父亲没有了在宾馆时的拘谨，自然地将包搁在角落，拖了一把椅子坐下，和我闲聊起来。我们父子许久没有这样坐下来心平气和地说说话了。他好像很开心，也许是因为第一次住了宾馆，也许是因为了解了我不带他来我住处住的原因，也许是因为感觉到我们的关系有了缓和。谁知道呢？一直坐到离发车还有四十分钟，我才送他去车站。一路上我们没有再多说话。武汉冬日不怎么能见到太阳，但至少还有日光，有日光就明亮，就有暖意。

车站里人来人往，那位背着大牛仔包、右手提着活动椅子、左手持票、排队进站时回首轻轻一笑的驼背白发中年人，是我的父亲。

# 两种等待

◎ 杨逸云

伊万诺芙娜和小姑娘并排坐在堂屋的门口。下午时分，太阳光才会从隔壁房子的门口腾挪到这边来。她们倚坐在老式的矮椅子上，两把椅子的中间放着一只长方形纸盒，纸盒斜靠在墙上，里面放着伊万诺芙娜的红棉袄。

祖孙俩出神地望着有太阳的那一边。

"该死！这太阳总要下午才晒过来！"伊万诺芙娜抱怨道，浑浊的眼珠仍紧盯着那个方向。

瓦莉亚望了她一眼，继而又转向太阳的那一方。

"你怎么现在在家里？"伊万诺芙娜问道。

"找工作呀。"瓦莉亚将右腿放下，又把左腿跷到右腿上，"我是说，我在找工作呢，现在正在等通知。也许下午太阳过来的时候，我就要去报到了。"

"哦。该死！这太阳就不能早点来！"

伊万诺芙娜站起身，抓住靠背的一端，将椅子往堂屋里拖动。尖锐的摩擦声打断了瓦莉亚的心思，她说："你放那儿吧！我来帮你搬！"

"不用！"伊万诺芙娜艰难地行走着，丝毫没有停下来的意思。她的脚似乎并没有抬起来，只是在地上摩擦着前进。屋外到屋内短短几步路，她歇息了三次。每歇一次，她就要破口大骂："人老了！没用了！椅子都搬不动了！"

瓦莉亚仍坐在原地，抚摸着盒里的小猫。她心情不错，虽然工作还未确定，但已有不少备选项了，现在不过是希望等到一份最好的罢了。

伊万诺芙娜勉强把椅子拖进了屋，开始四处张望，并自言自语："这一天真有的忙了……瓦莉亚回来了，得叫她姑妈买点儿排骨送来，一送来就要煮上，不然就来不及了。烧饼的馅儿还没调好，说好了下午要送到做烧饼的人那里的……瓦莉亚的房间还没收拾，也要赶紧了。该死！怎么每天都这么多事！"伊万诺芙娜佝偻着背，在客厅里不停地走动着。她越是想要开始一件事，就越是着急，以致不知从何开始。

最终，伊万诺芙娜拖着步子进了厨房，从冰柜中抽出一袋冰冻的竹笋和一块冻得像石头一样的猪肉，丢进水池中，之后便高声呼叫道："瓦莉亚！瓦莉亚！"

瓦莉亚沉浸于和小猫的玩乐之中，她仅用了一根线头就将小猫逗得上蹿下跳。"又怎么了？"她抬起头，小猫也停止了跳动。

"你待会儿来切肉！切完后和蒜苗一起炖一锅！"伊万诺芙娜似乎有点儿生自己的气——她年轻时有一手好厨艺，如今却因为年老而无法展现，"等肉解冻完，你就过来！"

"哦。"

瓦莉亚不喜欢做饭，伊万诺芙娜就站在她身旁，一步一步地指导着。

"多倒点儿油。"

瓦莉亚把油壶狠狠地倾斜了一下。

"该放竹笋了。"

瓦莉亚又把筐里的竹笋一股脑倒进锅里。

午饭过后，瓦莉亚主动搬出两把椅子，两人又一起回到门口等待着太阳。

"你上午说，等太阳过来，你的工作就有着落了？"

"也许吧！不是今天的太阳就是明天的太阳，总会有那么一天的……"

伊万诺芙娜思索了一阵。"我不知道还能晒多少天太阳了。"她转向有太阳的那一方，"如果可以保佑我的孙女儿找到一个好工作，那这一天就快点儿来吧！"

# 老那的旗

◎ 何君华

一抬头，老那发现旗杆子上的旗叫昨夜的西北风扯了一道口子。

老那将旗降下来，才发现那口子有将近二十厘米长，跟学生们使用的直尺长度差不多。怪可惜的，这么好的一面旗就这样叫风毁了。老那在心里叨咕着，去库房里寻一面新旗。

老那在库房里翻箱倒柜，却没有找到新旗。老那明明记得，库房里还有一面备用的新旗，但把所有的柜子、箱子翻了个底朝天，愣是没找着。兴许是记错了？不应该啊，绝对还有一面！老那又是一通找，仍是没找着。老那这才确信是自己记错了。"老啦，不中用啦，这记性是越来越差了！"这么一感慨，老那忽然觉得伤感起来。

老那是个不服老的人，也是个从来不服输的人，浑身的力气总也使不完，但他终究是老了。这么想着，老那就一屁股坐在了地上。

岁月匆匆催人老，不服老不行啊。老那也不知道在冰凉的地面上坐了多久，忽然腾地站了起来。老那觉得，不能这么坐下去了。今天是星期日，明天就是星期一，他还得给孩子们升旗呢。他得抓紧时间去苏木（乡）上买一面新旗回来。

我在《巴音诺尔的旗》那篇小说里写过，只要看到学校的旗升起来，我们就知道该上学了。升旗的除了老那，不会有别人，因为老那是我们嘎查（村）小学的校长。老那名叫那日苏，但没人叫他"那日苏"，也没人叫他"那校长"，包括我们学生在内，背地里都喊他"老那"。他除了是校长，还是我们的蒙古语老师、汉语老师、数学老师和体育老师，是我们各个正课、副课的老师。整个嘎查小学只有他一个老师。老那有个雷打不动的习惯，那就是每天早上六点准时起床升旗。一旦哪天没升旗，那意思就是学校放假。起初我们连什么是星期都不知道，时间久了才知道一个星期是七天，只有星期天一天不上学。在我们嘎查，谁都不习惯按照星期过日子，因此仍然每天还是看老那升旗没有，升旗了就赶紧起床上学。

我也说过，老那的"旗语"在我们巴音诺尔嘎查还真是挺实用的。我们嘎查虽然地势极平坦，却是出了名的"幅员辽阔"（这个词当然也是老那用半生不熟的汉语教给我们的）。不夸张地说，我们嘎查可能是整个内蒙古自治区乃至全中国最大的嘎查，各家各户住得远，升旗确实是最简单有效的沟通方式。老那每回去苏木或是旗里乃至盟里，除开买回一些教具文具外，一定还会买一面崭新的国旗回来。我们嘎查地处科尔沁草原腹地，夜间风大，每天傍晚老那都要把国旗降下来收好。尽管这般爱护，可国旗还是经不住每天的风吹日晒，因此只要有机会出门，老那就一定会买一面新国旗回来。

老那跳上一辆突突冒烟的农用三轮车就往苏木上赶去。苏木上有一家（也是唯一一家）文化用品商店，那里能买到国旗。文化用品商店在苏木中学南门西侧，苏木中学在苏木街道最南边，可老那搭的这辆农用三轮车到苏木街道北头就往东拐了。老那不敢耽搁，跳下车就往南走，还有两里多地呢。

老那好不容易走到苏木中学，才发现文化用品商店关门了，一把大铁锁牢牢地把着店门。老那打听一圈才闹明白，今天是星期天，商店老板回花吐古拉嘎查家里去了。这可怎么办？花吐古拉嘎查离苏木五里多地呢！

老那咬了咬嘴里的老牙，决计去一趟花吐古拉嘎查，他要去找商店老板回来给他开门。

等老那气喘吁吁地找到商店老板，商店老板却不乐意跑一趟："这大周末的，不去！"商店老板打着酒嗝连连摆手。

老那苦口婆心地告诉商店老板，孩子们等他升旗上学呢。老板不吱声了，从炕上爬起身，默默跟着老那回了店里。

商店老板郑重其事地将国旗交到老那手里。老那接过旗，想了想，又掏出一沓零钱来，慢悠悠地说："再买一面，买两面吧！这么大老远折腾你一趟，不容易！"

从商店出来，老那才发现天已经完全黑了。他还没吃饭呢！可他已经顾不上咕咕叫的肚子了，他得抓紧时间去苏木街道上找辆车赶回去。可眼下哪有车啊？这大冷天的！

老那只好迈开腿往回走，边走边看有没有顺路车可以搭。这天可真是太冷了，西北风那个吹呀！刮在脸上跟刀割似的。也是，昨夜那风能把旗子扯出一道老长的口子，能不冷吗？

光刮风还不算，雪忽然就下起来了，不一会儿就下大了，而且越下越大，大雪片子像鹅毛一样。老那心知眼下是不可能碰到什么顺风车了，他只能靠自己的双腿一步一步往回走了——或者说，往回"挪"可能更准确。

老那抬了抬头，似乎远远地看见了嘎查小学里矗立的旗杆。看着光不出溜的旗杆，老那顶着科尔沁腊月里的西北风和鹅毛大雪，坚定地向嘎查小学迈着步子。

事实上，老那哪能看见旗杆呢？还有好几里地呢！他只不过在心里想着，孩子们明天就要上学，上学就要升旗。这么想着，他就迈开了步子。

# 老 千

◎ 于秋月


这个"老千"和赌场上的老千毫无关系。他是我读高中时的数学老师。

老千的本名叫李笃千。我和同学们私下研究过他的名字："笃"的本义是忠实、忠诚，按照字面的意思，后面的字应该是"百"——百分之百的忠诚嘛，没听说过"千分之千"或者"万分之万"的说法。又翻字典，"笃"可作姓，莫非他母亲姓"笃"？总之，这是个搞不懂的话题，但是，我们一致认为叫他"老千"非常顺口，非常亲切，非常接地气。于是，背地里"老千"这个外号就像当红明星艺名似的在江湖上流传甚广，除了当事人还蒙在鼓里。

老千其貌不扬，个子不高，一头永远都是杂乱无章的头发，犹如刚刚经历了一场风暴；留着黑胡子，面容看着多少有些愁苦；最有特点的是他戴的眼镜，黑色的镜框，厚厚的镜片，和他的得意弟子——数学课代表赵尔滨的高度近视镜有一拼。

老千和著名数学家陈景润生在同一个年代，也是名牌大学数学系毕业，毕业后先到了京城一个研究所工作，后来到了东北。

老千遇上了"伯乐"。我们这所学校是省重点中学，校长姓金，是个团级转业军人，据说校长的父亲是某个军区的司令员。

金校长是个正直坦荡的人，也是个不拘一格广收人才的好领导——只要有才华，统统收归麾下。金校长组建的这支教师队伍可说是群英荟萃，藏龙卧虎。

1977年恢复高考，老师们摩拳擦掌——终于可以一展才华了，也有机会报效校长的知遇之恩了。老千就是其中之一。老千再愚也明白，若不是金校长把他收编，他还指不定在哪个山沟里劳作呢。而我们是最大的受惠者，我们是第一批从全市考上来的学生，老师们把一腔热血都倾注在了我们身上。

开学第一天的第一堂就是数学课。只见老千大步流星地走进教室，目不斜视地走上讲台，拿起粉笔便开始在黑板上书写，一边写一边不停地讲。一课堂45分钟，分分秒秒都被老千抓得紧紧的。老千似乎根本就没瞧我们，他沉浸在数学的方程式中，沉浸在对多种解题方法的探讨中。总之，一堂课下来，老师和学生都汗津津的。这样的老师、这样的教学，让人紧张、兴奋、刺激。

老千不喜欢提问，除非遇到难解的题。这种时候，教室里鸦雀无声，他本就细细的眼睛在厚厚的镜片后眯缝着，环视着四周。看到我们费解的表情，老千往往狡黠地一笑，然后用手一指赵尔滨，让他上黑板前给我们解题。老千对他的得意门生就像对数学题，心中有数。

老千对数学有点儿发痴，虽说没像陈景润似的走路撞大树，却也闹过不少笑话。有堂课，老千拿着不知道在哪儿淘到的习题集，摘出一道写到黑板上让我们解。显然这是一道难题，我们从他的脸上就猜到了。果然不出所料，老千连续提问了几个同学都解不出来，便转身对坐在第一排的赵尔滨说："还是你上吧。"赵尔滨呆看着黑板，慢慢地走上前，左看右看也无从下手。老千走回讲台，对他大手一挥："回去吧。"赵尔滨不甘罢休，轻声对老千说："老师，我能不能看看原题？"老千把书递给他，他仔细一看："老师啊，您这第一行抄的是上题，第二行抄的是下题，您把两道题并成一道了。"老千急忙拿过书和黑板一对比，一拍脑袋，自言自语地说："这扯不扯？"全班同学如卸重担般松了一口气。

老千在生活上总是心不在焉，不修边幅，因而课堂上出现过富有戏剧性的场景。那一次老千如往常一样背对着我们在黑板上写题，我们总觉得老千哪儿不对，左瞧瞧右看看，终于发现他衣领上露着半截灰色的袜子。那袜子像只小松鼠似的，在老千的脖子后面一蹦一蹦的。同学们指点着，忍不住哄笑起来。更有趣的是有堂早课，老千穿着黑色的皮夹克，挟着秋风，迈着急匆匆的步伐走进教室，放下教案就转身往黑板上写题。这一转身，皮夹克下面飘出一只衣袖。同学们瞪着眼睛奇怪地看着飘来飘去的衣袖。老千转过身，许是看到了我们的目光，也低头看自己的衣服，老千的皮夹克没系扣。终于，他意识到自己的问题了：他里面穿的衬衣一只袖子套在胳膊上，另外一只忘记套了，没套上的那只袖子就像飘带似的，陪着他从家一路"飘"到学校。同学们又是一阵大笑，老千却不觉得尴尬，像没事似的，穿上袖子继续讲题。我们也赶紧收回笑声，跟着老千在数学的王国里遨游。

后来听说老千的爱人常年有病，孩子还小，老千的家务负担特别重，每天要早早地起来做好一天的饭才能出门，晚上还要熬夜给我们批作业。知道情况后，我们笑不起来了。

高二的时候，老千讲课时常常用手按着胃部，有的时候用桌角顶着趴在讲桌上讲课。有一回，他疼得大汗淋漓，实在讲不下去了，用拳头按着胃，弯着腰走回了办公室。几个男生急忙跟了出去，有的去校医那儿拿药，有的跑去买了热水袋。吃了药挂上热水袋，老千的疼痛缓解了一些，他坚持给我们上完了那节课。原来，老千因为常年饮食不规律，患了胃病。从那以后，老千就挂着热水袋给我们上课。我们多少也懂事了，上他的课尽量让他少说话，有些题就由赵尔滨替他为我们讲解。

老千下班回家要路过我家，我特别愿意放学后和老千一起走。其实离我家更近的是教外语的蔡老师家，我们两家相隔不过二百米，而且我还是蔡老师的课代表呢，可我对蔡老师心怀畏惧，有时远远看到蔡老师的身影，我就故意磨磨蹭蹭地走慢些。我和老千却很亲近，背着书包和老千一起走时心中特别坦然。其实我和老千也没什么唠的，我数学一般般，不在老千的慈祥目光之内，我们更多的时候就是默默同行。有时走着走着，他突然站住，仰面朝天，嘴里嘟嘟囔囔，说的都是数学题。我就在一旁等着，一会儿看看他，一会儿看看天，等他的"神"从数学王国里回来，我们再继续走。

高考前几个月，老师们都抢着占用我们的晚自习时间补课。数学是主科，老千当然认为我们应该以他为主，一周里数他占我们的时间最多。挂着热水袋的他显得特别臃肿，那时候天已经热了，有时候汗水从老千的脸上流下来，他也顾不上擦，就一直不厌其烦地给我们讲考试的重点题型。

那年高考，我们班很争气，基本都考上大学本科了。课代表赵尔滨考到了北京大学数学系，这让老千很是得意了许久，他逢人就念叨："我后继有人啦。"

日夜操劳的老千身体每况愈下，终于卧床不起，医院诊断是胃癌晚期。老千自知时日不多，开始安排后事。他把一本古旧泛黄的《英汉大字典》交给探望他的同事，委托他想办法转给我，他说："那孩子喜欢读外语，这本字典给她吧，兴许有用。"不久，老千就过世了，去世时还不到六十岁。

字典几经辗转到了我手里。抚摸着卷了边的老字典，我禁不住泪流满面，仿佛看到了老千期待的目光。老千啊老千，你是个重情重义的老师。如果有来世，我还做你的学生。

# 抚摸的秘密

◎ 九峰云

被抚触时，我的脑子里就闪现一些奇特的景象，偶尔会搭配一些特殊的感觉。

那天，他用三根手指摸了一下我的脸颊，我脑子里闪过树叶上长出三个小精灵的画面：他们仨在为一个秘密是否要保守而争论不休，一个说要保守，一个说不要保守，一个说保守到保守不了为止。三位最后还是平息了争论，因为天黑了，星星出来了，他们一看到星星倒头就睡。

他喃喃道："榴莲蹭脸上了……"

我想告诉他精灵和秘密的事，临开口成了："抱歉抱歉，保证下次不在家吃榴莲。"

是的，我改变了主意。我不觉得他会想听这些，听了也未必能给出什么令人振奋的反应，除非我摸他时他也能看到小精灵。

虽然他很少抚摸我，我却忍不住想摸摸他。有一次我趁他不注意快速摸了他的手，他躲开了。我表示不解，做了个很受伤的表情，他向我道歉："我怕痒，从小就怕痒，怕得厉害。"我不放过他，他又不是照片，照片也能被抚摸啊！他很勉强地给我摸了一下，一直退缩，退到墙角浑身发抖。

我为此一直伤心，一直觉得不可思议、难以接受。后来慢慢地我接受了，实在想摸他时会提出，他也不会拒绝。只要说好，摸一两下没问题，他也没再发抖过。

我没辙。有一次骑车出去散心，春风拂面，阳光照射在脸上，抚摸冻了一冬的干燥皮肤时，我的脑海里又出现了一片蓝得耀眼的海水，海里长出粉红色的大花瓣，带着清新的海洋气息的花香沁入我整个灵魂，我就像一只海鸟，飞越花朵和蓝色的海水，飞了很久都没有飞出那片海域。在那个世界里，我还淋了一场雨，我真的感觉到了雨水的冰冷和咸湿的气味，那气味告诉我，水分子们来自一个有仙人掌、龙舌兰和大嗓门的地方，吸一口你就会想起弹着吉他邀请你喝龙舌兰酒的墨西哥人。

回家的路上我找到一家卖洋酒的店，买了一瓶龙舌兰酒，回家喝了一小口。果然，和白日梦里尝到的是一个味儿。我给他倒了半杯，他浅酌了一口，顺走我手里剩下的一杯全部喝掉了，最后说我一个人喝酒让他感到孤独，我说："可是你胃不好啊！"

我由此坚信不疑，我的皮肤是一个通道，一个可以通往新世界的通道，只需要一些有创意的触摸，比如吹风、洗澡、带有灵魂的抚摸……

于是我经常去做美容。美容师问我要用什么产品，做什么项目，我只要求她们补水或清洁，她们会趁机和我聊天……有一位在说到自己的初恋男友回来找她时，灵巧温润的手指正抚过我的下巴，我脑海里出现了一把雨伞、一片大峡谷。那是一个安静的世界，充满了未知的神秘。一匹黑马在前面跑，一匹白马在后面跟随。白马鲜少能看到黑马，黑马总在白马快要追上时转弯消失。最后两匹马都消失了，前面不再有路。

我不再尝试诉说我的奇遇，我不希望自己变成令人恐惧的怪物。我也不逼他抚摸我。他还是会主动抚摸我，只是很少。感觉他也不排斥抚摸这件事，只是有什么困扰他，或许真的因为痒，超级痒，痒到不能自抑吧。好吧，我能因抚摸而看到奇妙世界，为什么别人就不能因为触摸而引发瘙痒呢？

他这次出奇地慷慨，一动不动地抱了我整整一天。第二天他消失了。我接受了，因为他抚摸我的时候，我脑海里没有浮现任何奇妙的世界，只能想到早上吃了什么，昨天犯了什么错被上级骂，下雨了却没带伞，路上看到有人被家暴却不敢出手……没有任何奇妙的东西。

有一天，我又认识了一个他。他第一次触摸我的脸时惊呼："我感到有人和我说话。"什么？我问："谁和你说话？说什么？"他说，他看到一片蓝得发亮的海里有朵花，想与天空中飞过的一只海鸥聊天，海鸥没有听到他的声音；后来又看到一个墨西哥人弹着吉他推销他的酒，买酒的人不少，却没一个夸赞他的吉他；接着是两匹马，在一个峡谷里先后消失了，最后是一个陌生人，说他不舍得离开，但他更不想知道精灵们的秘密。"你觉得那会是什么秘密？"他说。

我挠了挠他的胳肢窝，确定他不怕痒以后，我回答说："那你得问精灵，你看清他们的脸了吗？"

他紧紧抱着我，说好像在哪儿见过，又好像不认识。这次我没有看到另一个世界，只感受到了当下炽热的体温。

第二天，我刚醒，他说要不我们结婚吧，于是，我们就去领了证。

# 急诊室的故事

◎ 邢东洋

  急诊输液室，护士站里坐着五个护士。三个穿深蓝色护士服的坐在里面，两个穿白色的坐在外面。她们的职责不太相同，里面穿蓝色的负责查看病志，安排病人的药品。外面穿白色的实操——扎针、输液等事情都由她们俩来做。两个白衣小护士坐在护士站的桌子外面，没人来的时候，她们各自捧着一本特别厚的书在看，时不时还拿笔画线，做些标记。我猜她俩是实习护士，获得医院的正式聘用前，还得经过各种各样的考试。

  我爸坐在我旁边输液。我没挨着他坐，我们中间隔着的座位上放着他的病志、CT片子和各种检查结果，装在袋子里。他坐在那儿摆弄手机，先看了会儿股票信息，然后看短视频。他跟我说："听说李亚鹏的书法作品卖了五百万，你觉得值吗？"伸手把手机拿给我看。过了一会儿，他又给我看一个短视频，一个老太太在唱歌："洪湖水浪打浪……"他觉得好听。近来他总在微信上给我转一些他觉得有趣的视频，但我很少打开来看。

  护士站后面，是一扇大窗，另一边是乱糟糟的急诊外科处置室。有个女人在门口哭号，满地打滚。不知道怎么回事。有个负责保洁的大姐进来，暗自骂了那女人一句"傻×"，之后含混地跟护士讲了讲情由，我没听清。她是嘲笑的口气。那人应该不是就医的患者。我站起来往那边看，哭号的女人身边围着几个人，有个小伙子用手机录像，有个女人在劝她，劝半天劝不好就气鼓鼓地走开了。那女人就一直躺在急诊室的门口，好多人出来进去都要躲着她，或者从她身上迈过去。

我爸给我讲了个故事。他说他在短视频里听人讲了个小说，说有个女的，公共汽车的司机，她的车被两个强盗劫持，她被迫停车，在路边被两个歹徒强暴了。车上的乘客没有人帮助她，她心中愤恨啊……我说我看过这个故事。我说，后来那女的带着那一车的乘客把车开下了悬崖还是海岸什么的，记不清了。他说对，是那么回事，一个对冷漠复仇的故事。我想到了徐州。我心里犹豫要不要跟他也聊聊，但是最后放弃了。我换了个话题，提到最近某市发生的公交车爆炸案。这件事目前还没有官方公布的调查结果，但我有个朋友做警察，我知道一些消息。然后我想起来，我昨天给他说过这事了。

窗户那边又传来很大的嘈杂声，一个急救的老人被推进来，两个儿子陪着他。他们很特别，几乎吸引了所有人的注意，甚至比刚刚那个打滚哭号的女人还惹人注意。老人的一个儿子一直在抢救的病床边大声喊叫："爸，爸，爸爸，爸爸，哎呀爸爸啊！"另一个跪在床尾，我看见他的背一抽一抽的，也在哭。站在床头的那个儿子一直在叫爸爸，一边叫一边用拳头捶自己的头。突然他发起急来，大喊："大夫呢，赶快救救我爸啊！"大夫就在他旁边，这时也生起气，皱着眉头说："你冷静点儿，你这样会影响我。"

输液室里的很多人都站起来透过窗户朝那边看。我爸没有。

我坐下给他描述了一下。我爸说："出殡像这么哭的都不多。"他问我那人看起来有多大。我说："病人看起来岁数不小了，秃头，额头上好像有老年斑，估计有七八十吧。"我爸说："那他儿子应该比你大，怎么这么不冷静呢！"我说："我也不太理解，可能父子感情好吧。"他嘿嘿乐："那也不至于。顺其自然呗，都在医院了，你还能怎么样？"我突然想起一件事，我问我爸："我爷到底是怎么死的？是冻死的吗？"我爸说："算是吧。"这算是什么回答？我说："走丢了，冻死在外面？"他说："是，脑袋不清楚了，出了门就找不着家。找他厂里人一块帮忙找，后来还真是厂里人给找着的，送医院已经不行了。"我问："那是冬天？"他说："嗯，11月11号。"我说："那跟我奶差不多啊。"他说："是，几乎是一天。"

那边的声音一刻都没停。我又站起来看，然后又走到护士站后边的窗户旁边看。窗户的另一侧有百叶窗格子，走近了看得更清楚些。那老人还在抢救，各种各样的仪器也陆续就位，病床边围着满满一圈医护人员。我注意到，他们穿着好几种颜色的衣服，白色的、深蓝色的、粉色的、绿色的，好多颜色，不清楚是根据什么分的。

等我回到座位时，我发现五个护士中，原本坐在中间的那个护士不见了，不知道什么时候离开的，她原来坐着的中间的那把椅子空了出来。我坐在座位上，歪着身子，盯着那把空椅子看。我看了半天。有那么一阵儿，我觉得很放松，像是一次特别舒服的休息。

# 婴

◎ 包文源

## 1

为了让明日的太阳能够升起，他们需要在今天夜晚生下故事之婴。那个婴儿般的故事，发出的每声哭泣都是一行诗。它在黎明前被献祭给神，明日亦复如是。

神阅读之后，如果满意，便将故事之中喜剧的肉体赋予国中诸族。神阅读之后，如若不满，便将故事之中悲剧的灵魂投诸疆宇四荒。

在一个个为太阳接生的夜晚，企图躲避惩罚的人们发现无论如何重塑婴儿的身躯，它说出的每个字词都由喜剧和悲剧的偏旁部首构成，他们无法逃避叙事的诅咒。

## 2

负责撰写故事之婴中诗意成分的，是以虫为名的族人。

虫般的采集者，在薄荷叶的纹理上迁徙，沿露珠折射的光轨弹跳，五官像航天飞机机翼展开时那般播撒出红色、紫色、青色的雾。走入雾中的牲畜，融为诗意之虫翼上的一个斑点。

液虫记录作息：

凉秋或酷暑，于昼午与夜央，人兽排尿，尿液渗向地下，一滴滴包裹在一团无名之上，构成层层叠叠的地质年代表。在放射性碳定年法测定下，岩层上的尿渍如画卷展开，是一幅寒武纪、三叠纪、白垩纪的"上河图"：过去雪花在几时化冻，昨日稻禾在何时收割，逝去的野火燃烧的温度……——细说如河水流淌。

简虫记录形变：

一排排人站在舞台上，被传送到车间、厕所、食堂与教室。流水线前的纺织工人在他们的脊背上打下一个个孔，将写有名字的字条捻成卷，塞入孔内。人的胸腔像灯笼，将纸卷烧成灰，将纸上名字压缩为一个轻盈的黑点，从人的耳道内飘出，粘贴在时间上，一个个黑点拼成了整片黑夜。你手中攥着一块糜烂如糯米般的名字，尚未烧掉，因此黑夜总会剩下一点微小的孔洞，未被填满。

3

居住在乌衣国的喜鹊一族，生存于黑夜之土，负责书写故事之婴的悲剧成分。喜鹊互相将彼此的咽喉与心脏啄开一个裂缝，破碎的喜鹊啼血于绸缎绢布之上，赶在太阳升起前，临摹今夜的悲剧。

一种悲剧：

据喜鹊记载，千年之前，地球上并无沙漠。有一个古老的沙之国，每位沙人终生都行走在寻找一只鸟的路途中，直到找到一只唯独能嗅到他气息的鸟，然后沙人的身体才会真正开始生长：那只鸟每日啄食构成沙人身体的沙粒，用喙尖的一下下精巧撞击，将每粒沙雕刻成一座惟妙惟肖的雕像，雕像的面容、动作与姿态便是沙人正在记住的人与物，沙人通过鸟的雕琢形成记忆。沙人的身体是无数座水滴大小的镂空雕像构成的空中楼阁。行走于荒漠中的沙人，像一片海，阳光下映出的蜃楼是他若幻梦的意识。

后来，海洋般的沙人一族，在荒漠中千年一遇的一场真正的雨中，身体逐一溶解，灭国。自此荒漠成为真正的沙漠，海潮退去，再也无人在沙漠中见过真正的海。偶尔，会有人看见阳光映出的海市，是沙人残存的集体潜意识，飘荡于风中。你细听海浪声，有沙人的呓语。


一种悲剧：

据喜鹊记载，千年之后，地球将重回冰河世纪，地表气温极低，任何生灵呼出气都会凝结为冰掉落在地上。那时地球上唯一存活的生物是一种飞鸟，它们从生到死只能飞行于千米云层之上，沐浴高处仅存的日光来取暖。疲惫的飞鸟歇息时，需要落回地表。随着高度下降，气温越来越低。飞鸟站在山巅之树的雾凇上喘息，低温下它的双脚开始结冰，冰霜沿着脚趾向上攀爬，它需要在冰晶蔓延覆盖羽翼之前，起飞。飞鸟携带着半边冰冻的身子，重新上升至云层之上，沐浴日光取暖，下半身的冰冻慢慢消融。

无尽飞行的鸟，身下大地被冰川覆盖，凝结着每一只停下歇息时没有及时起飞的鸟——一旦翅膀被冻住，它们便只能永远留在地上，被永恒冰封进构成冰原的所有鸟类的历史。

某夜，正在临摹悲剧的喜鹊，遇到了一位栖息树下的旅人。透过他的肉体，喜鹊看见他胸膛内一颗若琉璃状的心：他读过的每个文字在琉璃盏内燃烧，发出最温暖的光，照亮他身边的一寸黑夜。

他的祖先是一种镜像兽，生来便痴迷于观察自身燃烧时发出的光。但他们镜像的身体只能看见外物而看不见自身。于是，镜像兽便互相模仿，扮演成彼此的样貌，点燃自身，让对方都看见自身燃烧的光。

镜像兽们互相模仿、互相照耀、互相燃烧，构成了一座火光之城，有兽作为学校在烧，有兽作为医院在烧，有兽作为消防在烧……

痴迷于体内之光的镜像兽，在历史上短暂涌现又迅速烧完。镜像兽流传下来的遗骨上，烧出的纹理，被人类用身体拓印成文字，一个胸膛拓印在下一个胸膛上，在人的亲密接触间传递。他们从用身体拓印出的文字里，翻译出学校、医院、消防……用防火材质重新修建起来。

镜像兽的后代们通过阅读这一古老仪式，模拟祖先的自燃现象。那片光像一道道浪，从树下旅人的七窍内流出。树上的喜鹊仿佛站在海中央，它注视着海底深处的琉璃光——万物悲剧，尽写其中。

自此以后，喜鹊只鸣喜，不写悲。

# 4

这是今天太阳升起时，神赋予他们的悲喜剧：

将头提在罐子里的人，在黎明时分走过海岸，为部落里刚出生的婴儿点灯。他们要先看见光，才能学会说话。

提罐者用一颗莲子一声声击打海岸，声母韵母的律动落在婴儿舌尖，他们用接吻来拓印祖先的铭文。

莲子击打到生起火来，刚出生的婴儿能看见那颗莲子内部有无垠空间，里面居住着一种不会做梦的物种，他们终生都在寻找一个梦境——它能够将全宇宙所有生命的梦境联结起来，诞下最后的故事之婴，太阳藏于其体内。

# 雨从天上来

◎ 飘　尘

　　这座原本不怎么下雨的小城，突然下起了大雨。

　　雨是半夜开始下的。下得急，下得猛，像瀑布倾泻而出，铺天盖地，没完没了。被雨声惊醒，我开始担心天亮后怎么去上班。

　　天亮了，雨并没有停。

　　第三天，雨还在下。

　　直到第十天，雨都还在下。单位早已通知，因特大降雨，所有职工暂停返岗。

　　被雨困住，那便看雨。雨的形态，从第一天夜里的瀑布型，逐渐变成如今的棍棒型——每根雨柱有手指头粗细，晶莹剔透，绵绵不绝。

　　母亲撑着伞出门买菜，发现根本无法进入"雨林"。手上用劲，使劲把雨伞往雨林里推，雨柱被推得凹下去，但韧性极大，无法撑开。被强行推凹下去的雨柱，雨水呈"<"形继续流淌。

　　父亲从厨房找来斩骨刀，手臂带风，挥刀平斩，想要把雨柱砍断。可无论父亲怎么努力，雨柱都坚韧无比，难伤分毫。到最后，拿刀的手麻了，刀刃锩了，只得放弃。

　　女儿和儿子年龄尚小，看着这不可思议的一幕，咯咯咯地笑起来。

到了第十一天的下午，大雨说停就停。停得毫无征兆，停得莫名其妙。

雨停了，雨柱还在，并已变大。每隔三四十厘米，就有一根手臂粗的雨柱，水在雨柱内部循环流动。

雨停了，太阳出来了。强烈的阳光照在雨柱上，像无数根彩虹布满天地之间。

女儿和儿子在雨柱里嬉戏打闹，每当身体碰触雨柱，就被柔柔软软地弹起来。发现这个秘密后，他们把身体当成石头，把雨柱当成弓弦，压到一定弧度，再一松脚，人便被弹送出去。对面的雨柱则把他们稳稳托住，又轻轻弹起。

透过窗户，看着他俩打打闹闹，我嘴角浮出笑意，转身收拾东西为返岗做准备。再次看向窗外，已不见姐弟俩的身影，也没在意。困在家里久了，由他们去疯。

直至晚餐端上桌，姐弟俩才回来，进门就喊："爸爸妈妈，我们在天上闻到了红烧排骨和烤鸡的味道，还有清蒸鱼，快开饭！"

"天上？"

"嗯，天上！"

餐桌上，姐弟俩讲述了他们的经历——在雨柱里玩够，儿子提议顺着雨柱往上爬，到顶端看看。女儿担心雨柱突然消失，爬得高，摔得疼，儿子却已手脚并用行动起来。女儿只得跟着爬，口里喊着："慢点儿，小心点儿！"

他们爬到了楼顶的高度。

他们爬过了白云的高度。

抬头仰望，雨柱还在延伸，看不到源头。低头俯视，白云悠悠，家成了小小的一个点。

天上地下，七彩斑斓。

"姐姐，还往上爬吗?"儿子突然有点儿心虚了。

"爬!"这次，女儿带头往上爬，"看看上面到底有啥!"

爬着爬着，听到头顶有波涛声和海风声。往上看，蔚蓝的大海倒悬空中，虎鲸、座头鲸、白鲸、蓝鲸、独角鲸和抹香鲸等各类鲸群劈波斩浪，逍遥游动。

"看，鲸!"女儿和儿子同时惊呼出声。

鲸群看向他们，先以鲸喷向他们打招呼，接着尾巴一甩，掀起层层巨浪。浪花散开如雾，水珠耀眼如虹，他们开心大笑。

"鲸鱼先生，你们怎么到天上来了?"女儿读二年级，对奇妙的事情总要探个究竟。笑过后，她认真地问。

"海上下起了大雨，下了整整一个月。"领头的鲸说，"雨实在太大了，我们从没见过这么大这么久的雨。下着下着，海天连成了一片，我们就游上来了。"

看到鲸们这么和气，姐弟俩就跟它们交了朋友。在鲸群的邀请下，他们骑到宽阔如大船甲板般的领头鲸的背上，在倒悬于天的大海上酣畅遨游。鲸们时而鲸喷，时而跃出水面，如风的游动速度和巨大的响动，让姐弟俩不时尖叫欢呼。

在又一个大浪中，咸咸的海水洒在姐弟俩脸上。舔舔嘴唇，他们闻到了饭菜的香味，是熟悉的红烧排骨、烤鸡和清蒸鱼的味道。看了看电话手表，已是傍晚，他们的肚子也咕咕地叫了起来。

经历依依不舍的告别，姐弟俩顺着雨柱滑回地面。脚一触地，充斥天地间的奇幻色彩突然四处激射，消失不见。再看竹子般林立的雨柱，越来越细，如手杖，如筷子，如牙签，如发丝，最后消于无形。

　　看着眼前大口吃饭认真讲故事的姐弟俩，我不知道他们是否在虚构编造。从内心来说，我更愿意相信他们所言不虚，真实得如同此时此刻小区里家家户户锅碗瓢盆奏鸣出的美妙音符——没有什么比渡过难关后的家人团聚更美好。

# 女　生

◎ 张望朝

## 蒋　玲

　　小学的考试有时无关紧要，班主任老师图省事，就让我和一个叫蒋玲的女生替他判卷。他把我们两个五年级小学生叫到办公室，交给我们两张纸，对我们说："答案就在上面，跟答案一样的就给分，不一样的就扣分，就这么简单。"说完就走了。我判数学（当时叫算术），蒋玲判语文。数学好判，就那么几个简单的阿拉伯数字，很快判完了；语文有点麻烦，特别是汉字听写，得一个字一个字地对。判完卷子，我急着要走，蒋玲叫住我："等等！"我说："什么事？"她举着我的语文试卷笑着问我："垃圾的'垃'怎么写呀？"我反问："怎么？不是拉手的'拉'吗？""你回家问问你爸吧。"她用眼睛翻了翻我，放下手，低下头，继续判卷。我没问我爸，回家以后自己偷着查了一下字典，查完就傻眼了，此前我真的以为垃圾的"垃"就是拉手的"拉"。等成绩通知书发下来，我发现通知书的语文成绩栏里还是一百分，便暗暗舒了一口气，心里对蒋玲生出无限的感激。

　　蒋玲家境贫寒，小学一毕业就辍学了，中学时代我们再没见过面。高考过后，有一天我和两个男生走进一家叫"玲玲酒屋"的小酒馆，意外地遇上了蒋玲，没想到她就是玲玲酒屋的女老板。老同学来了，蒋玲少不得要陪着喝几杯。那两个男生是我的高中同学，也是蒋玲的小学同学，小学我们都在一个班，其中一个考上了北大，一个考上了南开。我考上的是黑龙江大学——虽说也是名校，但比起北大南开来，终究差着行市。虚荣心作祟，再加上酒量不行，喝酒的时候我没太兴奋。大概是为了调动我的情绪，蒋玲突然问我："你还记得垃圾的'垃'字怎么写吗？"两个男生不明就里，愣愣地看着我。我站起来给蒋玲敬酒，我说："咱班同学数你最向着我，大恩不言谢啊。"蒋玲说："我那不是向着你，我是怕你得不了一百分回家挨揍，我知道你爸管你管得严。"我说："挨揍事小，求知事大，感谢你让我永远记住了垃圾的'垃'字怎么写！"蒋玲说："我更希望你永远记住蒋玲的'玲'字怎么写，别一考上大学就把我们这些不上大学的人忘了。我可告诉你啊，等我以后钱赚多了，我要把这小酒馆变成一座大酒店，名字嘛，就叫玲玲大酒店，到时候你们都得来捧场哟！"我说："一定一定。"又顺便耍起了贫嘴，"放心，到时候我们仨都来跟你开房。"说得大家一起笑。"臭不要脸！"蒋玲一边笑一边骂，还把杯子里的一口剩酒泼在了我脑门上。

很多承诺，真的就是玩笑，说过之后即一笑了之，当不得真。大学四年，寒暑假回老家，少不了跟同学喝酒聚餐，但一次也没去过玲玲酒屋。毕业以后我留在省城成家立业，回老家的机会越来越少，几乎再没想起过蒋玲和她的什么玲玲大酒店。有一年春节，回老家过年，大年初四几个同学聚会，感叹人生苦短、健康对于人生之重要时，有人说到了蒋玲，才知道蒋玲已经去世好多年了。据同学说，蒋玲的小酒馆被政府拆迁，新楼建成后她可以得更多套大房子，真的可以开一座玲玲大酒店。为了给未来的玲玲大酒店挣够本钱，她三九天顶风冒雪跑到大街上卖熟食。她本来身体就不好，结果累出了严重的肾病，等到发现，一切都晚了，没多久就去世了。听同学说完，我的心情有些沉重，但没有表现出来。大家正喝得热闹，我想我不能因为一个蒋玲影响大家的情绪。

散席后，我独自一人去了蒋玲开玲玲酒屋的那条小街。那里一片灯红酒绿，酒楼茶肆应有尽有，就是没有玲玲大酒店。寒风一吹，酒醒了，我自言自语道："玲玲都没有了，哪还有什么玲玲大酒店？要是有的话，不是见了鬼吗？"当年的玲玲酒屋已变成一家理发店。店门前，路灯下放着一个垃圾箱，看上去像一个巨大的骨灰盒，箱壁上"垃圾"二字清晰可见。

对我而言，那个"垃"字格外醒目。

## 叶红秋

高中三年，叶红秋一直都是学霸，考试成绩从来没有出过前三名。

当时男女同学很少来往，为了考上好一点儿的大学，大家只顾埋头学习。从高一到高二，我和叶红秋没说过一句话。到了高三，班级搞过一次庆祝元旦的聚餐，吃饭的时候叶红秋恰好坐在我身边，彼此第一次有了说话的机会。一杯饮料摆在跟前，她却一口不喝。我问她："你怎么不喝呀?"她说："我不喝酒。"我说："这不是酒,是格瓦斯。"她说："里面有酒精。"我说："你是不是怕酒精刺激脑子影响到你的学习成绩?"她笑了笑,没有回答。我突然来了一股子殷勤劲儿,拿过她的杯子,把里面的饮料喝光,然后去水房给她接了一杯白开水。我说："我是先用开水冲洗了杯子,然后才接的白开水,你可以放心喝。"她又笑了笑,说了声:"谢谢!"彼此再就没说什么。

后来她考进了北大数学系,毕业后在天津大学任教,如今已经是博导。我考的是黑大法律系,毕业后留在省城,先后走过多个单位,如今在某省直机关担任一定级别的领导职务。高中毕业三十年,同学都提议聚一聚。聚会那天,能来的都来了,就差叶红秋。班长给叶红秋打电话,问她到底来不来,她在电话里支支吾吾没个准谱。班长说:"红秋啊,你现在要是还在天津,要是确实有事,不来也就算了,可你现在就在牡丹江,又没什么特别要紧的事情,你说你不来对吗?"我正好站在班长身边,听得非常清楚。我来气了,为了让叶红秋听见,故意大声对班长说:"她爱来不来,用不着求她。有她不多,没她不少。"班长为人厚道,连连摆手示意我不要乱说话。

叶红秋还是来了,只是晚到了一会儿。她基本上还是老样子,白白净净的一张圆脸,厚厚的两块圆眼镜片,除了身材比年轻时丰满了一些,别的没有太大的变化。趁大家相互敬酒、彼此叙旧的混乱之机,她轻轻走到我身边,坐下来对我说:"你一点儿都没变,说话还是那么不中听。"我问她:"为什么不想来?是不是瞧不起我们这些没你学习好的同学?"她说:"我是怕你们瞧不起我。"我表示没听明白，她便又说："其实你们都不了解我，我就是个书呆子，除了念书，干什么都怯场，总觉得谁都比我强大，挺自卑的。"我说："是吗？我怎么一直觉得你非常孤傲呢？不过，你也确实有孤傲的资本，你是学霸嘛。"她说："学霸又有什么用啊？书呆子到啥时候也做不了大官发不了大财。"我反问："连你都把升官发财当成成功的标志了？"接下来我们以这个话题为切入点，开始进行广泛而深入的思想交流，什么人生啊、事业啊、历史啊、政治啊、爱情啊、婚姻啊、老人啊、孩子啊，等等，无所不涉，无话不谈，而且越谈越投机，完全把其他同学抛在了一边。最后我说："咱俩不是相识恨晚，而是相知恨晚啊！早知如此，上学那会儿我就追你了。"她笑着说："你要是总这么会说话就好了。"

有个叫崔日权的男生，出生在牡丹江城南一个叫苦力屯的郊区农场，从小到大没见过什么世面，如今在南方某市一个事业单位当处长，便觉得自己非常了不起，不停地在同学面前炫富、装蛋。聚会之前他打电话给我，问我能不能给他安排一辆专车，他说他不习惯坐大客。因为上学时没什么来往，毕业后连面都没见过，电话通了半天我才想起他的模样：一张大方脸，一双小眼睛，一对翻孔鼻，两片厚嘴唇。出于反感，我当即回绝。聚会期间，他假装认不出当年和他一起打闹的同学，一副贵人多忘事的样子。最后一宴，当着全体同学，他拿着手机大吼大叫，要什么人派车来接他。我忍无可忍，想好好损他一顿，叶红秋有所察觉后连忙拉住我说："同学聚一次不容易，别因为这点儿小事闹出不愉快，咱今天就让他一回行吗？算我求你了！"她怕我在酒精的作用下干出什么不得体的事来，便把我酒杯里的白酒倒掉，换成了爽口的格瓦斯。


## 林小暖


大学四年，没少写信，也没少收信。

那年月，不要说手机，连传呼机都还没有出现，所以只能写信。当时每个班都有一个专门的信箱和一个专职的信使，信使负责每天把信箱里的信取出来交到每个收信人手里。挺麻烦的一件事，没有足够的耐心和爱心，真干不了。

我们班的信使叫林小暖，一个女生。

刚上大学的时候，有点儿孤寂，主要是思念那些刚刚分手的高中老同学。于是，写信，盼信，每天都盼着林小暖拿着信走到跟前。起初，盼的是信，不知道从什么时候起，盼信变成了盼人。林小暖长相清秀，性格文静，笑容自然平和，走到哪里哪里都会泛起一片淡淡的暖意，让我心里渐渐生出一种像是暗恋又不是暗恋的感觉，应该说是一种莫名其妙的依赖感。多年以后我请教过一位心理医生，他说："像你这种从小父母离异、缺少家庭关爱的人，青春期很容易对身边的某个异性产生某种特殊的依赖。"我特别注意到，他说的是"某个"，不是"某些"，也就是说，我仅能对林小暖产生这样的依赖，对别人产生不了。

可能与一件事有关。

有一次，我给某刊物投稿，那家刊物退稿，退稿信被一哥们儿打开看了。这怪不得我哥们儿，我以前投稿成功过，编辑部寄给我的是登载我文章的刊物。出于显摆，我声明此类信件允许同学打开查看。我哥们儿打开信封一看，见不是一本刊物，而是一沓写满汉字的稿纸。因为信封是当着林小暖的面扯开的，他便跟林小暖商量如何向我解释。林小暖想想说："交给我吧，你就当没这回事，免得他以后见你尴尬。"之后，林小暖如实跟我说明了情况，但没有说出我那哥们儿的名字，以致我至今都不知道那哥们儿是谁。林小暖说："你自尊心强，心理又脆弱，我怕你以后见他尴尬，就不告诉你他是谁了，反正都是自家兄弟，你不用在意他是谁。"从此以后，只要是某报刊的来信，她就不再让别人转交，每次都直接递到我手上。

毕业以后，都在省城工作，少不了在同学聚会上碰面。认识我的人都知道我不能喝酒，多喝一点儿就会头晕目眩满脸通红。有时碍于面子，有时出于逞强，不能多喝也要多喝，再难受我也撑着。遇到这种情况，林小暖都会开口拦我："行了行了，别喝了，再喝就难受了。"说话时她的目光里会有一种姐姐对弟弟才有的疼爱。有一天，我要去央视一个很有名的讲坛录制节目，偏巧临行前外地来了个同学，晚餐不得不去参加一下。我打算敬几杯酒就上火车，因为我没说去北京录节目的事，外地同学不依不饶，非让我多喝几杯再走。关键时刻林小暖替我解了围，说的还是那句话："行了行了，别喝了，再喝就难受了。"话是冲着我说的，却是在阻拦别人劝酒。好在我们这些同学情同手足，彼此都没什么计较。林小暖一说，我哥们儿也就不勉强了。坐了一宿火车，第二天录制节目，我对着镜头口若悬河，没有感到哪里难受。如果前一晚喝多了酒，可就不是这个状态了。

林小暖结婚很晚。很多同学都给她介绍过男朋友，但都没成。我曾介绍我一学理工的哥们儿给她，她也没看上。好饭不怕晚，她最后找了一个比她小好几岁的年轻军官，军官面容英俊，身材挺拔，气质儒雅，谈吐有致，是一位很优秀的男士。结婚前，她和军官一起请同学吃饭，大家都为林小暖高兴，频频向军官敬酒。军官怕扫了同学的兴，加上确有酒量，自然来者不拒，喝得十分开心。喝到差不多，军官微醉，英俊的面颊泛起了红晕，坐在一旁的林小暖心疼地劝阻道："行了行了，别喝了，再喝就难受了。"这句话并没有人在意，却让我心里泛起一股莫名的失落，外加一缕淡淡的酸楚。

# 毕　业

◎ 高红亮

　　当赵威把快递包装拆开的时候，我必须承认，我被他买的东西惊艳到了。那是一个香炉。

　　香炉不大，古色古香，散发着一种幽深的气息。赵威说："我得从它身上搞一点儿材质下来，分析一下，看看是不是纯铜的。"

　　我们俩住一宿舍，读的是"生化环材"四大"天坑专业"之一的材料学，博士。博士啊！听起来多高大上，多令人敬仰！我们家祖坟上肯定是冒了青烟，烟还很大。可只有我知道，这个材料学博士，读起来多费劲，吃奶咬牙跺脚攥拳的劲儿全使出来了。如今我跟赵威一样，一起读了六年了，从二十多岁读到三十出头，我离毕业还是有点儿遥不可及。没办法，论文还差一篇，不够数。我真的不能跟赵威比，他是个天才。他两年就发了三篇SCI（科学引文索引）论文，第四年的时候，又在 *Nature* 上发了一篇，在我们这个小圈子里声名鹊起大名鼎鼎。按照学校的规定，他早有资格毕业了。可导师满脸慈祥地对他说："我有个项目，你能再帮我一年不？"

　　我能想象得出他听到这句话的表情——满脸通红，眼珠子跟玻璃球似的凸出，嘴里开始鼓气，两腮变成圆球，最后吐一口气："行吧。"导师是个女人，四十多岁，身上挂满了称号。只有我们知道，那每一个称号，都是"赵威们"掉落的头发堆起来的。赵威回到宿舍，便开始当着我的面，拿书本饭盒牙缸出气，一个个把它们摔在地上。我一个个把它们又捡起来："别摔了，摔坏了自己还得花钱买。"赵威抄起桌上的啤酒，一仰脖灌下去，喝完，盯着窗外楼下的垃圾桶，说："我真想从这儿跳下去。发论文她是第一作者，给我的奖励她拿百分之九十。四年她见我面没十次，这回又让我延毕一年，凭什么呀?!"

我说："凭你才华出众，凭你姿色撩人。"他用手一摸没剩几根头发的脑壳："这博士真不是人读的!"我说："你要说这话，我就真的跳楼了。我什么时候才能凑够那三篇SCI论文呢?"

又跟导师干了一年，导师又是那满脸慈祥的表情："我还有个项目，你能再帮我一年不?"这回，赵威没忍住："我帮你谁帮我呀? 我都三十拐弯儿了，再帮你一年，找工作谁要?"导师的脸像不断变化的表情包，然后渐渐凝结成一个晶体，千年不化："行。不帮就算了。"

回到宿舍，赵威跟我一说，我竖起大拇指："硬气! 汉子! 就应该这样，你不能光受她剥削。发一堆论文，她当什么学者院士，你当人才市场的游子。"

可结果是，当年论文答辩，他没过。他便又开始跟我在一宿舍里同甘苦共患难了。

赵威就是从那时开始，突然看空了一切。他买了这个香炉，又从网上买了本《金刚经》。从此，这宿舍里便有了袅袅的仙气。他每天五点起床，打坐一小时，读经一小时，然后跑步一小时。我认为他只是闹着玩儿，可他却一直坚持着，这宿舍便成了他悟道修仙之所。我问他："你当初为啥读博士？"他想想，目空一切的样子："为了出家。"我说："你完了，什么都是浮云了。"他单掌一立："诸事无常，万法皆空。俗灯万盏，不如心灯一盏。"我骂他一句："边儿去，我SCI还差一篇呢！你倒好，给我念起经来了。"

他还给自己取了个法号，叫"悟能能"。这法号只有我知道。我问他怎么叫这个名，他说："悟能是八戒的法号，我好歹是个准博士，比八戒懂得多点儿，能分析出九齿钉耙的材料组成，所以叫'悟能能'。"他还把微信QQ都卸载了，短信不回电话不接，将自己孤悬于所有社交之外，成了隐者。

那天，我正在宿舍窗前吃泡面，忽然有一个物体从天而降，从窗外闪过，然后是"嗵"的一声，把窗外的垃圾桶都砸歪了。

是一个人。有人跳楼了。我赶紧打电话，给相关人员通报。一会儿，便有一堆人以闪送快递的速度，把那个人围起来。我的微信群里立马炸开来，群主大声喊着："马上，核实所有人是否在宿舍，马上联系！"我的电话也忙碌起来，众人纷纷送来春天般的问候："在哪里？你还好吧？""刚才发生的事，不要下楼，不要围观。""你宿舍里人全吗？什么？赵威不在？马上联系，我们马上到。"

一会儿，一群人便都光临寒舍了，连导师都露了面。他们用同样的表情问我：

"楼下那个人，是赵威吗？"

我说："我看不清，不敢确定。"

"赵威联系上了没？"

"没。"

"打电话呀！"

"不接。"

"微信呢？QQ呢？短信呢？"

"不回。"

他们更急了："赶紧找去，一个宿舍一个宿舍地找！"

我说："好的。"

难道那个跳楼的真是赵威？我感觉不可能。凭我对他的了解，他不会这样。他都四大皆空了。

一会儿，总算在厕所里把赵威薅了出来。他出来的时候，一边走还一边放不下手机上的《王者荣耀》，嘴里嘟囔着："急什么急什么？有人跳楼吗？"

我说："是。"

他把眼睛从手机上挪开，见面前站了许多陌生而熟悉的面孔，说："我没事，我没事。"又跑到窗前，伸脖子向外望，见跳楼的人正被抬上救护车，便单掌一立："阿弥陀佛。"

没过几天，导师便找到他，说："准备答辩吧。"隐含的意思，赵威已猜出来了："你可以毕业了。"

临离校，赵威特意把香炉给我留下，说道："凡所有相，皆是虚妄。若见诸相非相，即见如来。"

我说："听不懂。什么意思？"

他说："以后再告诉你。"

我问他："你还出家吗？网上有个寺庙招人呢，一个月一万，要求硕士及以上学历。"

他"哼"了一声："我还没成家，出什么家！"

# 我们仨

◎ 陈桂峰

我清楚记得，在上个月22日的中午，因为喝了点儿酒，我坐在靠椅里，盯着街道对面一条黑狗。那是条流浪狗，听说刚生了八个狗崽，此刻它正趴在垃圾桶上忙着找吃的。这时微信响了一下，一条添加好友的信息。

会是谁？我点开"新的朋友"，上面明示：我是老三古，请加我。

老三？客家人兄弟之间的排序；自觉在后面封"古"，兆寿也。可我爸妈只给我生了姐弟，何来老三这个弟弟？

没多久，对方再次请求添加，备注改为"钟平"二字。

哦，一个四方脸、白白净净、中等身材的青年出现在眼前，原来是他。我一阵惊异，却为要不要加他踌躇了一阵，最后一咬牙，点了"添加"。

前年，我从一家贸易公司辞职后，开了这间杂货店，赚点儿钱维持日子。小生意难做，朋友就淡淡疏远，经常喝酒打牌的深交也七零八落，而跟比我更早辞职的钟平早就不通信息了。

几个客气的问候表情符号后，他直截了当说，他要来见我。

我问他是不是有事，他却说见面再说。

他的朋友圈状态一干二净，无从观察他的生活现状。

因此，在今天中午，我又喝了点儿小酒，眯着眼看着对面那条仍旧在扒拉垃圾的黑狗，当一位黑壮、光秃着脑袋、背着牛仔大背包的人突然出现在面前，自称是钟平的时候，我惊讶得不异于金星坠落在面前。

赶紧让座。泡茶。

他却先在小店里转悠一圈才落座："没想到你这个篮球中锋，竟然当起了店小二。"

他又说："店名倒好听——五味杂货店。人生也不过五味。"

我跟他一边客套，一边喝茶。他此行肯定不会是为了叙旧专门来见我。不错，很久以前，我们是有过一段相处融洽的时光。这里说的"我们"，还有一个人，下面我会说到。也就是说，当时我们仨同从市商校毕业，同到县城的贸易公司工作，一起追女孩子。后来，发生了一件不愉快的事，我们仨从此分道扬镳。

那件事，我对不起他。当时，我们仨有一个到省商学院进修的名额，结业后直接调进局里工作。这时，我们的局长收到了告密信，说钟平想成为他的乘龙快婿。钟平立即被下放到乡镇店，一气之下辞职回了老家。

告密的是我，我太想去局里了。接着我被人揍得鼻青面肿，更没想到，后来去进修的不是我。我前两次写的告密信不敢寄，粗心大意丢失，让人发现了。这就叫人做天看。

我有些惭愧，打量着他说："没想到你变成了这样……"

他笑了："是不是内疚了？"

我不敢看他。他说："别担心，我现在非常好。"

他拿出一张名片，是菲林片材质的，上面的烫金字写着：钛氧生态农场董事长钟平。他解释，名字是在商学院当教授的儿子起的。

我赞道："很现代，很好。"

我又问："你来，是不是想见他？"

钟平点头："好久没见他了，听说状况不是很好。"

这个"他"，就是"我们仨"中至今没出场的人物：林云。

林云，我最看不起的人，瘦小白净的家伙，当年坏我的好事、揍我的人、进省商学院进修的是他。这假正经的家伙，后来当了副局长。我多次想调到局里去，他捏着告密的事，说我人品有问题。我最终落得在贸易公司破产后辞职的下场。

人的霉运从来都是突发的。最近，林云出事了！得了肝病，发现时已经是晚期。我当时就批判：心肝不好的人，易得病。

他说："这么多年了，我想感谢一下他。"

我冷笑："这种小人有什么好感谢的？要去你去。"

钟平突地站起来，指着我："你没良心。你开店不久，有一批食品快过期，林云暗中派人买下来，送到了我的茶园里当肥料。"

我心中一动，原来是这样。当时我还以为自己上辈子积了德，老天派人来帮自己渡劫呢。我问："那你又欠他什么情了？"

他看着我，看得我心里发毛。他拿出背包里的文件袋，又拿出一张画递给我。

我一看，有些迷糊。这是一张漫画。一位黄衣人背光而立，巨大的身影投射在墙上。画面简单、抽象、夸张，却能从中感觉到一种说不出的震动。

钟平笑了笑，说："这是林云送的。当年我冲动辞职，他劝了我好久，还说不要怪怨你，因为你从大山里出来，缺乏安全感。当时不懂他为什么把这幅画送给我，后来我终于明白了……我得到了蜕变，破茧重生了。"

　　我又看了看画："不懂!"

　　钟平说："这就是他厉害的地方。"

　　我再次认真打量那幅画。

　　钟平说："人在背光的时候，看到的是黑暗的自己。"

　　我突然觉得脸发烧起来。

# 风很大

◎ 李伶伶

柳月没想到她回老家的第一天就碰到了杨花。

柳月大学毕业参加工作后第一次回家过年，年前她去集上给家里买年货。赶集的人很多，过道上都挤满了人。柳月买了猪肉、排骨、小鸡、蘑菇，又去买鱼。她相中了一份带鱼，问多少钱一斤，没听到回答。柳月抬起头，看见一个女人正死盯着她，是她的小学同学杨花。没想到她在这里卖鱼。几年没见，杨花对她没有任何亲热之情，甚至没跟她打声招呼。身后不知谁撞了柳月一下，她差点儿摔倒，杨花也没有伸手扶她。柳月不知道杨花为什么这么对她，刚想说点儿什么缓和一下尴尬的气氛，这时后面有人拽她胳膊，问她为什么把他的鸡蛋筐碰倒了。柳月回头看见拽她的是个男人，又低头看到她脚边，确实倒着一个鸡蛋筐，鸡蛋破了很多。柳月说："不是我碰的。"男人说："鸡蛋筐在你脚边倒的，不是你碰的是谁碰的？"柳月说："真不是我。"男人不信，认定是她碰的，让她赔鸡蛋。周围很多人都停下来看她，柳月一时很慌乱，她用求助的目光看向杨花，说："杨花你刚才都看见了，我一直在这儿挑带鱼，没碰到他的鸡蛋筐。"杨花说："我没看到，你别问我。"柳月说："你怎么没看到呢？你一直面对着我呀！"杨花说："可是我没往你脚底下看啊！"柳月说："我真没碰到他的鸡蛋筐，可能是刚才碰我的那个人碰倒的。"柳月说着四下寻找碰她的人，哪里找得到？男人说："你别在这儿贼喊捉贼了，赶紧赔我鸡蛋，我还有事儿呢！"柳月觉得自己受到了侮辱，生气地说："我站这儿之后脚都没动过，怎么能碰到你的鸡蛋筐？"柳月这话不只男人不信，周围的人也不信。柳月百口莫辩，说："杨花，他们不信，你应该相信啊，你一直看着我呢！"杨花说："我为什么要相信啊？你相信我吗？你要是相信的话我能被叫成小偷吗？"

"小偷"一词让柳月的记忆一下子回到十几年前。那时她上小学四年级，远方的表姑来她家，送给她一个小镜子。小镜子是折叠式的，小巧玲珑，还没有手掌大，打开之后两边都能照人。那是柳月第一次见到能折叠的镜子，宝贝得不得了，每天上学都带着，下课时经常拿出来照照。班里的女同学都很羡慕她，因为当时他们那里买不到这种镜子。可是有一天小镜子竟然丢了，柳月把书包和课桌都翻遍了也没找到。班里的同学都说没看见。柳月回到家，把家里又找了一遍，也没找到。柳月很难过，晚上躲到被子里哭了半宿。第二天上学，柳月一进教室，看到她的小镜子赫然出现在杨花的课桌上。柳月冲过去，拿起小镜子说："杨花，你怎么偷我的小镜子？"杨花当时正在低头写作业，惊讶地说："我没偷你的小镜子，是我在学校厕所里捡到的，想着你来时给你。"柳月说："你撒谎，就是你偷的，我昨天去厕所找了没找到。"杨花说："我没撒谎，小镜子掉到树叶堆里了你没看到。要不是今天风大把树叶吹得到处跑，小镜子露出来一角，我也看不到。"学校厕所墙外有几棵大杨树，经常有树叶落在厕所里面，打扫得不及时就堆成厚厚的一层。气愤让柳月无法冷静下来去想杨花的话，她一口咬定小镜子就是杨花偷的。班里同学也不相信杨花的话，杨花怎么解释都没用。柳月说："你就是小偷。你爸是小偷，你也是。"杨花父亲偷别人家的青玉米被逮着过，在村里很长时间抬不起头来。这句话刺痛了杨花，她猛地扇了柳月一巴掌。柳月一个趔趄，小镜子从她手里滑到地上，摔碎了。

柳月从没想过她冤枉了杨花，直到此时此刻她陷进跟杨花当年同样的情境中，她才体会到杨花当年有理说不清的心情。柳月没有再争辩，问清男人一筐鸡蛋的价格，如数赔给了他。男人走了，看热闹的人散了，柳月也离开了集市。

柳月回到家，没提她在集上遇到的事。跟父母拉完家常，晚上躺进被窝的时候，她又想起杨花的质问："你相信我吗？"柳月确实没信过。当年乡村学校没有监控设施，没人能证明杨花的清白，大家都认为小镜子就是杨花偷的，背地里经常对她指指点点。时间长了，杨花受不了，小学没读完就辍学了。

在家待了几年，杨花出去打工，因为文化程度低，屡屡被骗——打工要不到工钱；处个对象，两三年了才发现对方有家庭；跟朋友合伙卖烧烤，挣到的钱却被朋友卷走了。杨花被父母从城里拽回家里，她在家里待不住，又去镇上卖鱼。其实杨花当年学习不差，如果她能多读几年书，也许她的人生不会是这样。如果当年柳月不是那么笃定地认为杨花是小偷，也许她不会那么早退学。柳月很愧疚，她头一次意识到当年不该那么对待杨花。

柳月躺在炕上翻来覆去一晚上没睡好觉，她觉得应该向杨花道个歉。事情过去这么久，杨花还能发出昨天那样的质问，说明这件事对她伤害很大。第二天早饭后，柳月去了杨花家。杨花不在家，她家人说她去镇上卖鱼了。柳月又去了镇上。这天不是集日，市场上没有昨天那么多人，杨花有时间东张西望。她看到柳月走过来，不但没跟她打招呼，还把头扭向了别处。柳月停住脚步，不知道要不要继续往前走。柳月和杨花之间的距离不足十米，却像隔着一道非洲大峡谷。

风很大，凛冽的寒风一遍又一遍吹过柳月的身体，她觉得自己快要冻僵了，杨花却一直没有回过头来看她。柳月不想再等下去了，她再次鼓起勇气，走向杨花。

# 大 米

◎ 陈雨辰

　　白小米把手里的捧花高高举起，她喊着："白大米，我结婚你看到了吗？"

　　我看到了。

　　为了白小米的婚礼，我提前三天就开始准备。我去西十三街买了一件大红色的长袍，宽松版式，没腰没胯，绣着西域风情的大花瓣子。这是我的一贯风格。我和白小米一起在妈妈肚子里十个月，如果不是我提前探头了几秒，那么我现在将是白小米。

　　我买的袍子是丝绸做的。这也是我和白小米最像的特质：喜欢滑溜溜的东西。我穿着它从城西的老房子出发，这座房子承载了我和白小米人生前二十四年的全部记忆。第一天上小学，我们两个手拉手走出锃亮的不锈钢单元门，回头和楼上探头的妈妈挥手。第一天上大学，我们拖着各自的行李箱走出早已斑驳又重新涂了绿漆的不锈钢单元门，我奔向大西北，白小米奔向大东南。

　　也许是命运终有分野，就像橘分淮北淮南，也许我们从十八岁那个走出单元门的下午，才终于开始各自独一份的人生路。在此之前，我们背着一样的小花书包，用一样的大容量水笔，穿一样的校服。从这天之后，我和白小米，终于开出了截然不同的两种花。

今天我在白小米的婚礼上，眼见她的婆家人排排坐，想着将来的日子，她要如何独自面对这些曾经陌生的面孔。白小米喊我名字的时候，我正咀嚼一口八宝饭，甜甜糯糯，足够的甜度使我忽略了一直讨厌的青红丝。

我挥舞手臂，示意台上的小米：我在这里。

白小米也许太紧张了，没看见我，随即转过身，把捧花用力向后一扔。捧花离我还有几米远时，被另一只手截和。我没有过多关注另外的人，只是一个劲儿冲着台上的小米笑。我甚至站起来，想让小米看清楚我的绣花袍子。小米忙着回应司仪的打趣，仍然没有看见我。

于是我只好坐下来。

坐在我旁边的女人我从来没见过，她披头散发，说一口纯正的鲁东方言。她说起西十里铺有一个很灵的神婆，顶着某位神奇的仙。我旁边的女人一边往嘴里塞食物，一边滔滔不绝，于是她的方言不单纯是方言了，已经是独立的小语种了。

但我大概听明白了意思。这位神婆告诉小米的婆婆，拿两根红绳，拿两根头发，一直缠，一直绕。等到缠绕了九十九米，小米就可以进门了。

我又吃了几口八宝饭。仔细辨认，其实这盘八宝饭根本没有"八宝"，肉眼可见的是青红丝和红枣。我旁边的女人又说："白小米八字弱，要有亲近的人为她补命才好。"

八宝饭吃多了确实会腻。就是甜米嘛，甜甜的没烦恼，结婚都爱吃这个。我没听明白那女人后来又说些什么。我对这个不感兴趣。

刚才没说完，我去买好了绣花袍子，又去做了一次美甲。白小米比我爱美，她的指甲时常五颜六色。有时她非要给我涂，我不习惯用有颜色的手敲键盘，就都拒绝了。我还记得上一次她要给我涂的，是豆沙色，于是我专门从西十三街跑到了东八街，找到那家十七岁时我们一起去过的美甲店。老板娘已经从一个稚嫩的黄毛丫头老成了两个孩子的妈。

我还买了一双美丽的绣鞋——黑鞋底象征大地，红色凌霄花是我的灵魂。我穿着大红色的袍子大红色的绣鞋，涂着豆沙色的指甲油，盛装出席我妹妹的婚礼。

白小米轮桌敬酒，轮到我们这桌时，我眼巴巴看着她，她却像是从未看见我。她饮下手中的酒，对着一桌我们都不熟悉的人笑得热切。于是我起身，去拉她的手。

白小米大喊一声："妈妈呀，我姐是不是回来了！"

我妈从一旁的桌旁起身赶过来，这时我才发现，主桌只有小米的婆家人。小米的婆婆围着大红披肩，目光狡黠。

妈妈过来了。

我拉着小米的手，像小时候那样，自然，自由，整个大海都是我们的游乐场。妈妈站在我们身旁，她的脊背不再笔直，她的皱纹纵横生长，她的目光为我们祝福。就在此刻，妈妈张开怀抱，抱住了我。妈妈的泪水落在我美丽的袍子上。我的视线越来越游离，我开始看不清小米的五官，她似乎正在离我远去，就像十八岁那年，我们在机场分手，再也看不见背影。

但是白小米，你的婚礼，我真的看到了。

# 我怀疑我这辈子都无法抵达玉龙雪山

◎ 仲星星


在语文老师刚好讲述关于玉龙雪山的现代文阅读题时，我的同桌——这个死胖子——抢走了我包在纸巾里的小镜子。他知道，无论是在语文课、数学课，还是英语课上，我都要从上衣的右口袋里，拿出餐巾纸包好的一片碎镜子，放进书本里，偷偷地看从后面反射到我镜子中坐在第五排靠左的男生——只要他提笔认真写字，你就会发现他是一个长相极其清秀、睫毛极其密长的男生。

有时，光线会洒满他面前的整个书桌。当周围的同学不再与我对话，我便悄悄观望他安然地坐在那里。整个世界好像就只剩他小小的、闪闪发光的轮廓，而我却不知自己身处何处。一些年后，每当我忆起中学时代，以及内心深处对于这位少年的印象时，总会想到这样的一句话："你坐在远处，专注地看一个人的时候，他就变成了你自己的影子。"

假设他坐在阳光中眼睛一眨，你会怎么做？

我忍不住在心里默默地数，他一分钟到底会眨眼多少次。

还是让时光定格在那节语文课吧。阳光透过窗照进来，室内升起淡淡的金色尘埃。语文老师走下讲台，要求他站起来，朗读一段把雪山描写得最为壮美而圣洁的文字。看他缓缓站起，我赶忙怒视我的同桌，暗示他将碎镜子还我。然而，他对我的怒视视若无睹，只专注地拿着手中的橡皮，擦着课桌上的一行行、一块块也许是他自己，也许是别人所留下的杂七杂八的"抽象画"。我知道这死胖子想干吗，最近班上有几个同学都在学他干这一套——擦完桌子，搜集橡皮屑，再用尺子把灰溜溜的屑在桌上搓来搓去，最后再搭成一个奇形怪状的玩意儿。我很鄙视这死胖子的垃圾行为，我想，正如他心里也很鄙视我的垃圾行为一样。

"好。读得很好。"

他读完了。

"下面，"一个庞大的侧影罩了上来，我听见语文老师的手指叩响了我的桌子，"小仲同学，你来回答一下，在本文中，作者如此详尽地描写玉龙雪山，表达了他什么样的思想感情？"

我慢吞吞地站起来，死胖子也停下了手里的小动作。我听见我的衣服撩动着四周无比的寂静。小小教室里，四十五个同龄人的目光，连同老师的凝望，连同死胖子幸灾乐祸的眼神，都落在我身上了。

此时此刻，他一定也在看向我吧。我突然变得大胆起来，让自己笔直地站成一棵树的姿态，勇敢地攥紧试卷，心想，这问题太简单了，以至于标准答案在我看来都是错的。

"小仲同学，有答案吗？"

"表达了作者一辈子也无法真正抵达玉龙雪山的遗憾。"

"什么？"

"正是因为他无法抵达，他才能写得如此之美。"

"坐下。"语文老师的脸有些阴沉，"上课要认真听讲，不要开小差。你进班时成绩可是前三。不要让我失望。"

接着，远远地，我听见她用标准的普通话，温柔又准确地读出了那个正确答案："通过这段文字的描写，我们可以看出，这次旅行荡涤了久处都市生活里的作者烦闷压抑的心灵，表达了他对美好自然的赞美与向往。"

我终于坐了下来。死胖子把碎镜子还回来了。不得不承认，他的观察力向来挺好。所以，我从没问过他，他是怎么知道我喜欢把镜子藏在书中，偷看镜中的那个坐在第五排的男生的。只是我，重新拿起碎镜子的我，不知为何，感到哀愁了。

也许我这辈子，和这个现代文作者一样，同样无法抵达玉龙雪山了。

这节课后，死胖子大概对我说了一句什么话。然而，我永远地把那句话遗忘了，只能想起，他最终用他肥嘟嘟的手拿着尺子，在我俩的课桌中间，反复将黑不溜秋的橡皮屑塑成一个凸起的小玩意儿。我问他那是什么，他说是玉龙雪山。

# 那弯月虹

◎ 洪兆惠

六月中旬，山里的绿色浓了。跟着《三原色》栏目组进山，拍电视片《浑河源记》。林场的人说，应该拍拍秦子香，他在尖尖顶瞭望塔长年驻守，管护区的山脊、沟系、溪流、村落、道路，都在他心里。他清楚哪片山长着柞树桦树，哪面坡长着松树枫树，哪个沟干脆就是槐树。遇到火情，他会告诉你走哪条沟，翻哪座山，最快到达火场。

没料到，竟然在这儿找到了他。秦子香，我儿时的玩伴。为了好养，父母给他起了个女孩儿的名字。我们嫌弃，就叫他秦子。我进城上学时，秦子在林场开车，开一辆红色运兵车，十个座的北京212吉普，招人羡慕。其实他的过人处，是懂得天象。他平时少语，说起星姿，什么木星冲日、土星合月，话会很多。后来他走了，我向同学打听他的下落，却挨了呲儿："想道破天机，雷不劈你？"

那天雷雨交加，秦子媳妇徘徊在铁道附近，突然，闪电炸雷，劈个正着，当时没了。邻居说，秦子和媳妇打架，把媳妇气跑了。那架打得闷，两人不吵不嚷，锅碗瓢盆却摔了一院。打架的缘由，有的说，媳妇偷着打掉了怀上的孩子，也有的说，媳妇往俄罗斯倒腾服装，和一个商人好了。娘家人来了一帮，砸了家，扒了房，打了他。秦子沉默，不还手，不阻拦，由他们打骂，由他们祸害。

拍片间隙，林场派人送我去了"尖尖顶"。"尖尖顶"是一座高山，海拔1252米，周围40里无人家。从林场到山顶，空手走，两小时二十分。山上两个人，秦子和小玲。小玲一周下来一趟，往山上背菜。她是聋哑人，嫁给他后住到了山上。林场把小玲招为临时工，换下了一名瞭望员。听场长这样讲，我心里咯噔一下——秦子一米八一，跳高、跨栏、打篮球，样样行。他打球时，女生常常围观，尖叫，为他叫好。

通过电台，秦子知道我来，迎出半小时的路程，身后跟着小玲。小玲到他肩膀高，苗条。两人都笑。秦子不说话，戏谑地推我，向送我的人道谢，那人回头下山。

尖尖顶，名副其实，山顶"尖"状，瞭望塔占去仅有的平地。塔的右侧斜坡上，整出一小块平地，建着一间平房，很小，砖墙，和塔一样，那是他们的家。平房四周干干净净，凡是饭桌大小的地方都用红砖垒成小池，池内栽着小葱、韭菜或蒜苗，绿莹莹的。塔的左侧山坡上，修建有与房地基大小一样的水池，蓄收雨水。小屋窗下，七盆三角梅，白色粉色相兼，从小到大，一字摆开，占地奢侈，但别有趣味。

我说："仙境。"秦子笑，小玲也笑。

小玲拿来两个小板凳。秦子的目光向上，意思是塔上说话。玲子明白，拿走了板凳。我发现，他俩没有手势，没有呀呀地表达，靠眼神——目光一旦交会，对方便心领神会，默契天成。

瞭望塔有六层，一层为工作间，有折叠床、发电机、木桌，桌上一字摆放电台、对讲机、望远镜。六层没窗，敞敞亮亮，俯瞰四周，一览无余。我惊讶得要喊。茂密的树，簇拥起伏，犹如一张巨大无边的绿色毯子，在天地间恣肆铺展。一瞬间，我想跳下去，在毯子上尽情翻滚。秦子说："喜欢就在这儿多待些天。"小玲上来，在楼梯口露出半个头，把望远镜递给秦子，回身下去。我问："是不是到了时间？"每隔半小时，他们用电台向场部报告一次火情。秦子说："今天是十六号，春季防火昨天结束。一直到九月，就一点点活，维护通信设备。我和小玲，有三个月的神仙日子。"

秦子把望远镜给我，让我往南面看。我看，他说。最远处，两道山梁叠在一起，其实两山间夹着一条沟，很窄。出了沟，翻过一道冈，有户人家，小玲就在那儿长大。在这儿看不见。随后，他讲了看到月虹的事——

傍晚下了雨。秦子夜里无眠，上了塔。月亮沉到西边，而在另一边，月光穿过薄云，一弯月虹映现天际。月虹，白色，凝望，白中又有彩色。月虹的下面，正是那山梁交叠处。他想到老辈人说过，美丽的月虹不会出现两次，于是叫醒工友。人家看了说没有，可月虹就在那儿，清清楚楚。

我认真地说："天真无邪，才能看到别人看不到的东西。"

他淡然："奇怪的是，那一刻，我心里像敞开了一扇窗，想好好活着。"

于是，他翻山越岭，穿林过溪，实地踏查管区。有一天，他走到两山叠交处，一进窄沟，正遇小玲。她站在沟中央，好像早就认识他。他却吓了一跳——深山老林，从来不见人影。他慌张地说"你好"。她不说话，还笑。他又说："我是瞭望塔的。"说着向她身后的山上指。其实从那儿看不见瞭望塔，只能看到大山、树林，再往高处是蓝天白云，不过她懂了，点了点头。又一天，小玲出现在瞭望塔下。

我说："奇。"秦子说："不奇。"

我问："你遇到过火情吗？"他答："很多次。"我问："是看烟吗？"他答："是看烟。平地着火，白的。山上着火，黑的。"

"山里人开荒点火呢，你怎么知道？"

"真是林子着了，烟是蓝的。"

"能看出来？"

"我能看出来。"

小玲在房前抬头看，秦子明白饭好了。小桌小凳，摆在小房前，桌上摆着山菜——"毛广东"、刺嫩芽、山靡子和"猫爪子"。这时还有山菜？小玲笑着，看着丈夫。秦子说："上月采的，用冰镇着。"他指向山的一边，说冰在那里，小玲刨了个洞，把菜冷冻起来。饭后我去看了，翻过一道冈，走出好远，看到那块冰，在一道深沟底部，四季不化。再远处，两块巨石间渗出一摊清水，这个泉眼三九不冻。

我说："真奇。"秦子又说："不奇。"

傍晚，我和秦子又站在瞭望塔第六层。夕阳在西面天与山间隐去，露出弯月般的淡红。东边有条山谷，留着一抹余晖，先白色，后粉红，再后淡灰，渐渐隐去。余晖消逝后的山，空旷安宁，树木、山脊、飞禽走兽，一切一切，瞬间静默。

秦子说："早上醒来，我们先上塔，看太阳一点点出来。一天过去了，临睡前，我们再上来，站一会儿，看木星，看银河，感谢这一天。"

　　我说，山外变化很大。他们的家，没有电视，甚至没有收音机。他沉默了一会儿说："有这就够了。"

# 你可能认识林桂英

◎ 蒋冬梅

林桂英的世界不大。从前她的世界是小城、工厂和家，工厂倒闭后就只有小城和家了。世界小了，圈子也就小了，日子枯燥又忙碌，她觉得自己就像一颗拧在转轴上的螺丝。

一大早，林桂英揪起老刘肚皮上的一块肉，下力气扎了一针。她手上忙活，嘴里也不闲着："想起你年轻时候干的那些事，我真不该伺候你！"这是她的口头语，林桂英辖制老刘一辈子了，俩人也吵了一辈子，可老刘得了脑血栓后，学会了默不作声。

刚拔下针，林桂英连针头都不换，撩起衣服，照自己肚皮上也来了一下。收起胰岛素，林桂英开始给老刘备药——降血脂的、降血压的、治腰突的，划拉一块有一小把。说明书上的字小得像针尖，林桂英常把女儿用大字写的"一天三次，一次两片"记成"一天两次，一次三片"。

林桂英帮老刘倒好热水凉着，这边就穿戴好出门了。每天这个时间，林桂英都约了王玉梅、李桂兰她们上街买菜，其实她们不过是借着买菜之名逛街罢了。三个人都穿得花花绿绿的，一个赛一个胖，远远看去，像几个庞然大物霸占着半边道路。

她们钻进一家熟悉的店面，看看上了新衣裳没有，其实她们昨天刚刚看过。果真发现了几件眼生的，三个人便来了兴致，一个个像粉墨登台似的，轮番试穿，试完了就讲价钱。她们三张嘴，像发射子弹似的堵老板娘的一张嘴，终于把价钱从一千讲到一百。三个人美滋滋地穿着出去，一模一样，全是XXXXXL码的，看起来像工作服似的。

买了菜，路过一间装潢很差的美容店，门口大红纸上写着"免费补水"几个大字。王玉梅她们拉着林桂英要去试试，反正又不花钱。林桂英当然心动，可是她酸溜溜地说："我哪有你们命好？我还得帮儿子刷碗去呢！"看着王玉梅她们进了美容店，林桂英撇撇嘴，心里想着，王玉梅那大饼子脸又黑又干，李桂兰眼角那褶子比猫胡子都多。

坐在公交车上，听售票员捏着嗓子喊："石棉厂下车的，往前，往前！"石棉厂就剩个旧门楼了，斑驳的琉璃瓦门柱子上，贴满了花花绿绿的小广告。林桂英木然地看着，早已不像厂子刚被卖掉时情绪那么激愤，又上访又告状的了。

到了儿子开的饭店，听见林桂英用尽丹田之气的大嗓门儿，服务员对厨师说："二管家来了！"两人马上小心翼翼起来。林桂英这边卷起袖子开始刷碗，儿子捧着手机在那儿打游戏。服务员不干刷碗的活儿，要干就得加钱，林桂英挡着不让儿子加钱，她自己来干。

池子里冒尖的碗碟，发出剩菜的酸腐味，林桂英"咣咣"地刷着，嘴里也不闲着。先是说排油烟管太旧了，再不整改就得挨罚了。又羡慕邻家饭店找关系偷了税。又唠叨服务员懒，每回收盘子听着都像一车瓷器翻了车似的。再数落儿媳妇，嫌她娶回来是当摆设的和花钱的。这是她每天的常播曲目，儿子左耳听右耳朵就冒出去了。谁都知道，家里、外头的事，林桂英都爱管，不让管她就得生病。

这边林桂英碗还没刷一半，儿媳回来了。儿子像是听见上课铃似的，赶紧抢过林桂英手里的碗，让她赶快回家，他怕她俩见了面斗嘴掐一块去。林桂英还不想走，她想查看儿媳上街又败家买啥了。儿子急得快要蹦起来，终于忍耐不住，冲她吼了一声："你以后不用来了！"林桂英听了，一下愣住了，老半天才反应过来，一声没吭，扭头就走。

她胖胖的身体木头似的走在人来人往的街上，硬是强忍着没把眼泪掉下来，可是刚一到家，眼泪就汹涌而出。她对着老刘发脾气，嘟囔了足有半个小时。老刘听得都烦了，就说："儿女修理你，你再来修理我，反正我扛修理！"林桂英赌着气说："看着吧，我这一辈子都不会去了！"老刘哼了一声："这话你说了一百遍了！"林桂英一听可来了气，把怒气砸给了老刘："你年轻时候干的那些事，我一想起来就恨不得把你撵出去。"老刘也有些急眼了："我干的什么事？说出来！"

这时正好闺女来了，林桂英一生气忘了顾忌，居然对着闺女说："我一想起那些信、那些肉麻的话，还有那个狐狸精，我就不想伺候刘德生了。"听了这话，老刘倒怔住了。从前再怎么吵，林桂英总是给他留着脸面，尽管背地里林桂英早就对儿女们"普及"过了。

老刘不吱声了，他有些受不住了，可是林桂英刹不住车，还在往下说着。老刘想拦住她又没办法，情急之下把水杯"啪"地摔在了地上。林桂英被这一声吓得一愣，竟然停下了唠叨。老刘一言不发地回了自己的房间，他得了脑血栓后啥也干不了，两人早就分房睡了。

半夜，林桂英哭咧咧地给儿女打电话："你爸丢了！"全家人都折腾过来，又调监控又报警的，一时还没有消息。这边林桂英呜呜地哭着："身份证都拿走了，他这是铁了心不跟我过了呀！"一会儿又说："他手里也没有几个钱，在外边还不得饿死呀！"她这边像跳神似的一出接一出，弄得大伙儿都心乱如麻。

没承想下半夜，老刘自个儿回来了。原来老刘也没走远，就一直在车站转悠。他这一辈子早已习惯了被林桂英"统治"，突然放他出去，他都不知该去哪儿。

老刘折腾到大半夜，已经相当疲惫，他一言不发，进屋就躺床上了。大家看没事了，也就散了。林桂英进屋时，看见老刘背对着她，佝偻着身子已经睡着了。他一米八的大个子，得脑血栓后蜷缩得连腿都伸不直。想到这儿，林桂英的眼泪又下来了。她静静地看着老刘，把灯拉灭，躺在老刘身边，听着老刘均匀的呼吸声，她感到从未有过的安稳。她长长地叹了口气："这一天总算过去了！这一天可真长啊，好像一生那么长似的。"

# 春 望

◎ 宁春强

说好了不送，就不送。桌子上的饺子还冒着热气，他没吃几个，就放下了筷子，说是不饿。她更是一个也没吃，说是等他走了再吃。

"走了。"他说，眼睛故意不看她。

"走吧。"她说，眼睛也故意看着别处。

真就走了。他抓起炕上的背包，一晃一晃地走出家门，走出院子。家里的狗大黑默默地跟随着，却被他呵斥回去，不解地摇着尾巴。两只大鹅咕咕咕，咕咕咕，呢喃相送，却跟不上他越来越快的步伐。

静静地，只有他的脚步声。

呆立着，她的心怦然而动了。那渐远渐逝的脚步沉沉地叩击着她的心。天亮了，晨曦照耀着窗户上鲜艳的红喜字，照耀着她追逐的目光。

他是滨城水产公司的合同工，每年一开春，就随船到遥远的公海打鱼，入冬后才能回来。他们新婚才刚刚十天，蜜一般甜美的十天。

他走了，却总也走不出她的心底。那脚步声似乎还在，而且愈加真切。终于，她忍耐不住了，扯起红头巾，匆匆地追了出去。

出了村，越过北石盖，就是二道岭了。她的红头巾像一团火苗，在寂静的晨野里燃烧着。爬到岭顶，她看到他了。丈夫迈着男人特有的步伐，走在春天的山野里，走在她的梦幻中。她的心再次激跳起来，眼睛也开始有些湿润。

昨晚，细雨蒙蒙。热炕上，他和她紧紧搂在一起，相拥着一个粉红色的梦。

他说："明天又要上船了，这一走就是大半年，单单扔下你自己。"

她说："没事儿，别惦记俺，在船上好生干。"

"在家里用不着太仔细了，钱该花就花。"

"嗯呐。"她靠着他的胸，像靠着一座山。

"也别再编席了，看你这手磨的，又挣不了几个钱。"

……

不觉，雨停了，鸡叫了。她起身包饺子，俗话说上车饺子下车面嘛。他也起身，非要和她一起包。他说，等下回再一起吃饺子，就该过年了。过年好。她盼着过年，喜欢过年。可那得等熬过夏，熬过秋，熬过冬。日子可不就是一点儿一点儿熬过来的吗？熬着熬着，丈夫就回来了，属于他们的春天就到了。

前几天，她瞒着丈夫，让邻家大嫂给报了名。她也要去乡里修防沙林，村里有好多妇女都要去呢。造林虽说是体力活儿，很苦很累，但她不怕。她唯怕闲着。人一旦闲下来，时间就难打发。

修防沙林去！不仅仅是为了钱。丈夫不是也说过，他出海打鱼不光是为了挣钱吗？她知道，丈夫爱海，他的心被大海迷住了。她呢？她去沙地干活儿，其实是要来看丈夫的。在她看来，见到沙地便如同见到海滩见到大海。见到大海了，不就如同见到丈夫了吗？和丈夫在一起，累点儿苦点儿又算啥？

阳光赤灿。举目，岭叠着岭，山连着山。渐渐地，丈夫在视野中消失了。岭那边有个长途汽车站，丈夫坐两个小时汽车就能到达县城，从县城再坐两个多小时火车，就是滨城了。她下意识地扬起了一只手，扬起了她的祝愿。早春的晨，已有些暖意了。不然，脸咋这般滚烫？

昨晚，她偷偷地给丈夫的背包里，又多塞了一千元钱。男人出门在外，兜里哪能不多备点儿钱？她和他紧紧地相拥在一起，像是要把对方给融化掉。这个难舍难分的春夜啊！

她驻足远眺。远处，山叠嶂，云翻涌。咦！她愣了。霎时，她仿佛又看到了丈夫，看到了丈夫船上云一样的白帆。

一只只渔船向她驶来，白色的帆鼓满了风。

丈夫立在船头，朝她笑着。于是，她再次扬起手臂，冲着远方大声呼唤："宝柱，别惦记家里，俺等你回来——"

# 谈 年

◎ 刘兆亮

　　我从上海回苏北老家，具体说，是回到那个打麦场边上的青砖小院——春天落雨时，房檐下能滴出一串整齐小泥坑的地方。

　　那是大年初二的返乡高铁，车上还有零星空位，那些休息着的位子，刚经历过春运的繁忙，让人觉得它们"闲"得格外精神，就像我小时候常看到的"谈年"的村邻一样。村里人平时再忙，大年里也要放下活计，以打麦场为中心据点，三三两两，手插裤兜，专谈一些闲事，是谓"谈年"。

　　三个春节没有回家了，"孩子小""北方冷""没大事"，掺和在疫情的理由中，就像扎下的一排篱笆，挡住了回家的路。

　　这一年，春节回家就是头等大事，世界上的人骤然多起来，大年初一之前的高铁票，抢不到。初二便呼啦啦冒出一些。媳妇跟我说，她跟孩子就不回了，你回去陪几天，再把咱爸妈接过来，过个元宵，反正都是年。你知道，对于一个南方媳妇来说，这样的语气与时间定夺，已经接近满分。

　　这趟高铁是直通老家县城新区的，我从高铁上拖着拉杆箱下来，网约了一辆专车。车到小院门口时，母亲已挂着围裙，站定候着了。不远处的打麦场空地上，穿戴一新的乡邻们，目光猛地往这边调过来。这个在上海念大学，又在上海工作的"全村人的骄傲"，向村邻们高高地扬了一下手，算是招呼。那边回应的声音、微笑、招手、脚步声等，一齐在空气中喧腾了一下，感觉就像小时候的打麦场上，还粘着糠皮的麦子，被高高抛起，让风吹走轻柔的糠皮，沉下麦子，空中短时腾起的那团"糠雾"一般。父亲竟也在人堆里，他疾走过来，留下那些依然在"谈年"的村邻。

我本来想在家多住几天，没想到父亲当晚就做出决定："去上海，能早尽早！"他在打麦场上谈年时，都跟他们说定了，说不会坐高铁，儿子要专程回来接去上海过年。"要是离年初一远，你爸就不好谈了。"母亲也在一旁帮着腔。

这么说，我只有定下初三中午的高铁票，同时还叫了镇上一个高中同学，他在上海做生意，时间自由，让他当天一早开车过来，送我们去高铁站。

当天夜里，母亲收拾东西，还和了一盆面，忙活到很晚。父亲在院子里，噼里啪啦，刀凿斧剁，一口气做了三只木陀螺，还染上了红、黄、绿三种颜色。我差不多就是四岁开始玩陀螺的。

第二天，凌晨五点我就起来，赶到陪伴我整个童年的沂河边，走两步。这条河名气大，有一次，我参加公司的高管应聘笔试，有一道题，是让应试者阐述《论语》中"莫春者，春服既成，冠者五六人，童子六七人，浴乎沂，风乎舞雩，咏而归"。说的就是古代沂河边的事，也许不在我家这一段，但一定是这条河。而我整个少年的春夏，似乎都是"浴乎沂"的，也是"咏而归"的，我自然靠一个略带乡愁又有些唯美的论述拔得头名。想一想，真的像哪位作家所说的，当一条河流伴随你成长时，或许它的水声会跟着你一生。

等我从河边回到村子，也遇到了几个村邻，他们都说"胖了""胖了"，我们那里，少小离家的多是瘦子，再回来被人说"胖了"，是个吉祥话，相当于"混好了"的意思。

到家又趁早拜了几个叔伯，相当于整个故乡都"看"了一遍。我大伯拉着我的手说，爹娘想孙子，头发都想得白不少，要尽快去，只是咱们没"谈年"的时间了。我掏出一支英雄牌金笔给他，说："大伯，以后有空就给你打电话。"这个在村部做过会计的老人，把笔帽转松，又拧紧，再旋松，眼睛潮乎乎地说："好好好，这够外头谈年用的了，好侄儿……"

高中同学的"专车"很快就到门口，在打麦场边上谈年的，聚过来几个，看我们带些什么去上海。母亲带着荠菜豆腐馅和一大团和好的面，都用保鲜膜裹好，说是到上海就包一锅饺子。她还说，家里麦子好，都是看着长成穗的。

高铁也就三个小时，路上父母一直望向窗外掠过田野，到了有高楼的城市，反倒不看了，对着我谈起年来，东家的丝瓜长，西家的黄瓜短，谁家孩子靠"磨手茧"（多指做农活之余的搬砖、打杂等苦力活）在县城买了房，谁家的孩子做生意把县城的房子赔掉了。最后，母亲又说到父亲，说他闲不住，把一分钟时间都掰开来用。年二十八九，别人都开始游手好闲地谈年了，他还是天刚亮就坐在小矮凳上，埋头编竹筐。那天，朝民来找他谈年，说，老刘，你到底是做什么呢？村里红白喜事宴席上，你是"端大碗"的。过了清明，又到沂河里捞螺蛳。秋天到了，看你在河边割芦苇，你家两亩田里长得还是绿油油的，稻穗沉得压手。他就抬头笑，手像织布机的纺锤一样，绕着竹篾不停。朝民是退休的民办教师，跟父亲是同学，他看谈不成年，就起身走了，最后说，你识得那些个字，也都让你编到竹篓子里了吧！

母亲说到这儿，我想起来，一早到那个刷得比城里的公厕还干净的厕所里，发现墙壁上有个方方正正的凹槽，一边放手纸，旁边靠一本梁实秋的书，还折着页码。我侧脸望一望身边的父亲，他也猜出我看到了什么。"嘿嘿"一笑说："怕孙子嫌弃爷爷不识字，都是你高中时看的书，这些年抽点空，每天看两页……"

下了高铁之后，父母在出租车里眼睛不停地望着窗外，似乎那些高楼跟他路过的那几个城市不一样，也不再说话，拿眼睛用力往那些高楼大厦的窗户里瞧。

我也没有说话，让他们瞧个够，大上海，那一刻似乎就是他们的。

赶在午饭前，我们到了上海的家里，三十多岁的媳妇，四岁多的儿子，开门迎上来。父亲拿出了木陀螺，当引子去抱孙子，母亲着急忙慌地打开面团与饺子馅，去弄饺子。

儿子看来被媳妇调教好了，机械而勤勉地，左口一个爷爷，右口一个奶奶。母亲把那团面拿出时，显得有些硬了，她又拿出一塑料包生面粉，准备再和一次面，打开面粉时，袋子破了，面粉跌落桌面，腾起来一团白色烟雾，扑上母亲的脸。

大家赶紧聚拢过去收拾，四岁多的儿子拍起手，兴奋地说，奶奶化妆了！

我们都嘻嘻哈哈笑起来，儿子又凑过来瞧了瞧，说，这个面粉好白啊，你们看，比奶奶的头发还白！

这个时候，我们都安静了一小会儿。

当晚，我就如实地敲下这两三天的事，也算是一次跟故乡、也是跟生活的一次谈年吧！

# 田月娥的鸡零狗碎

◎ 莫小谈

　　太阳西垂时，田月娥从五岭崖市场出来，她突然不想再提着五斤重的豌豆切糕赶公交，便扬手截了一辆出租车。

　　田月娥的家在"幸福里"，租的是顶楼。夏天，太阳直晒着楼顶，屋内像烤箱，烤得人周身难受。从家里到地面，需要围着楼梯拐十一道弯，转呀转呀，就像驴子拉磨盘。田月娥已经烦透了那个地方："压根就不是人待的地儿。"

　　好在时下已是秋天，总算熬过了夏季。

　　田月娥突然无来由地怨起了家里那头"闷牛"。前些天，也不知他是哪根筋搭错了，非要托谁谁在汽车站盘下一个档口。倒不是心疼两瓶烧酒钱，她就看不惯他那副嘴脸——说一不二，好像全世界就他一个人有想法。盘卜档口，你守摊儿呀？他偏不，一出车就是十天半月，家里家外都撂给她。风里来雨里去，不都得她一个人蹬着三轮车从铺子到家，从家到五岭崖？有谁帮着推一把了？

　　比如今天，好端端的三轮车被人扎了胎。赵老三倒是会补，偏巧修车铺子里排满了三轮车，都是轮胎被扎的，不知谁家的野孩子没看住，坏了良心，也不怕遭报应。

　　田月娥钻进出租车的后排，将那一盆豌豆切糕放到座上。司机扭头问她盆里装的啥，会不会洒。

"不会。"田月娥回答。

"去哪儿？"司机问。

"幸福里。"

"十七块钱。"司机报了价。

莫名其妙，还没开车就要钱？田月娥的无名火"腾"一下蹿了上来。"您开出租不打表呀？凭什么要让你多挣那一块两块？谁家的钱是大风刮来的？"田月娥的"连珠炮"一股脑扫射到司机身上。她认定眼前这位长相憨厚的男人没安好心，是绕路吃黑钱的惯犯。

司机显然被吓住了，他默默按下计价器，起程。田月娥的心算是平复了些。

其实，田月娥今天完全可以奔铺子去的，但三轮车塞了她的心。屈指一算，连头接尾他小两口舍家弃子已进城九年，卖了九年切糕，这辆车也跟了她九年。人生能有几个九年啊？进货时，三轮车驮着她去五岭崖；卖货时，又载着她和切糕溜街串巷做生意。年复一年，日复一日，多少次日出东方又落西山，一晃都过去了。

说心里话，田月娥不喜欢站铺子——喊不能喊，叫不让叫。"五岭豆沙切糕，香糯可口哟——嗨——"这一嗓子喊出来，无论卖不卖货，心里头就是畅快。站在那个方框里，哪像个卖东西的样子？杵着活像一根电线杆子。

眼前的道路越来越熟悉，幸福里到了。司机一脚刹车，车稳稳地停在路边。田月娥早已准备停当，瞭了一眼计价器：不多不少，正好十七。田月娥脑袋"嗡"了一声，她惊讶地望向司机，像是一名败下阵的战士，又羞又丧。付了钱，匆匆下车。

三轮车修好了，赵老三没收钱。他说："都是老门老户的，举手之劳，不费啥料，不值当。"田月娥不那么认为，人家赵老三也不容易，谁活着都不容易。离开时，她悄悄地将适才司机找回的三块钱压在赵老三的茶盘下。

田月娥到底没有去铺子。和以前一样，她把一块木板支到三轮车车斗上，又搭了一块净布，将那一盆新鲜的切糕倒扣在净布上。先转幸福里，然后往乔家门："五岭豆沙切糕，香糯可口哟——嗨——"

期间，"闷牛"打来电话："铺子生意咋样？"

"还好。"

"车站人多，不比你蹬车瞎转悠强？"

"多卖不了几个钱。"

"多一块也是多，主要是不累。"

田月娥不想在这个话题上多费口舌，她问："你那边起风没？"

"没事，不冷。"

"我问，你那边起风了没？"

"没事，穿得厚。"

"我问的是，你那边刮风没？！"田月娥不耐烦了。

"刮了，刮了，下午就刮了。"

"夜间大车不让上路，你就躺车里眯一会儿，记住盖厚点儿。"田月娥嘱咐道。

"知道。"

"别吃酒。"

"知道。"

"别整天只会'知道知道'的。"田月娥说，"要把我的话记心里。"

"知道。"

"可别学大力，管不住嘴，更不能学强子，管不住心——钱没了，人进去了，鸡飞蛋打。"

"知道。""闷牛"又答。

今天，天公不作美，秋风中还夹着雨星儿，路上行人不多。田月娥干脆把摊位扎在乔家门，等生意。

不经意间，田月娥看到一辆出租车停靠在不远处，司机下了车。是他，是下午遇见的那个"坏司机"。恍惚间司机向她走来："是五岭崖切糕不？"

"正宗五岭味儿。"

"来十块钱的。"

田月娥麻利地从案上拿起刀，切下一块切糕，唰唰唰，三刀两刀切成一排菱形块，装袋递了过去。

"也不称称？"

"不用称。"

"还是称称吧，万一你手抖多切了呢。"司机打趣道。

"放心，不会抖。"

"还是称称吧。"

田月娥把切糕放进电子秤的托盘里，十块零五毛。"五毛算送你的。"田月娥说得干脆。一报还一报，她的脸上露出了得意的笑容……笑着笑着，田月娥的表情僵住了——刚才的一切都是幻想。"坏司机"并未走向她的摊位，而是径直走进了旁边的面馆。败了，真的是败了，败得连还手之力都没有。

　　田月娥立在秋风里，冷。她望着车上还没卖完的切糕，足足还有一小半儿。此时，田月娥莫名地想哭："扔吧扔吧，吃伤了，真的连一口也吃不下了。"

# 夹心饼干

◎ 刘晶辉

　　女人坐在自己的座位上，一边玩手机，一边吃东西。她在吃一块夹心饼干。

　　夹心饼干外面是黑色的，里面是白色的。她一小口一小口地吃，仿佛她吃的不是饼干，而是比黄金还要珍贵的东西。她吃的时候，眼睛没有看饼干，而是看着手机。她吃得很小心，很怕饼干的渣渣掉在身上。

　　从她吃东西的状态来看，不像是为了解饿或者解馋，聪明的乘客一眼就能看出来，她单纯是因为无聊才吃这块饼干的。大约十分钟过去了，这块饼干还没有被吃完。饼干从外观看是黑色的，咬一口，露出里面白色的奶油，显得更诱人了。女人吃了这么久都没有吃掉这块饼干，让人忍不住心疼起这块"不遇明主"的饼干来。此刻，情况又发生了微妙的变化：她停住了。饼干距离她的嘴唇很近，几乎挨住了，但如果你仔细看，你会发现没有真正挨住。女人的手还捏着这块饼干，但女人的大脑似乎已经把这块饼干忘记了。

　　她和男人都坐在一趟即将发车的火车上。

　　男人坐在过道另一侧靠窗的位置上。女人时不时抬起头看男人一眼。在她看男人第一眼的时候，你以为她看男人就和看车厢里的其他乘客一样。但偶尔，女人会用幽怨的眼神瞥男人一眼。目睹这一幕的人立刻恍然大悟：他们两个人是认识的，他们应该是一对情侣。列车还没有开，乘客正陆续上来。女人旁边的座位是空的，男人却没有坐过来，这是因为他们没有买到连座的票。女人的眼神含义很明确，那意思是现在旁边的人还没上来，你还不过来陪陪我？男人并没有坐过来，也许他觉得那个靠窗的座位很不错。他在翻自己的包。他的书包放在腿上，他把手伸进去。过了好一会儿，他摸出来一个移动电源，又过了一会儿，他掏出来一根团在一起的数据线。

男人没有注意到女人的眼神。

女人不是那种求人爱的人，她想，既然你不过来，那就拉倒。幽怨的眼神，只出现一次就够了。她继续吃她手上的那块夹心饼干。但她的心思还是没在饼干上，这次她只轻轻舔了一口就又停住了。瞥了一眼，见男人还在玩手机，女人嫌弃地撇撇嘴，头扭向另一边。很快她又扭回来，她张开嘴巴，似乎想说什么，但最终停住了。她不想再搭理男人了。

她把捏着饼干的手放到自己的腿上。她刚才一直举着，这会儿她感觉到累了。她把头轻轻向后靠，靠住椅背。她闭上了眼睛。对于这一切，男人没有丝毫的察觉，本来也没有发生什么，对不对？男人应该坐在女人旁边陪她一会儿，但是他没有。很多男人就是这样粗枝大叶。一个陌生的男人在女人旁边坐下，发出窸窣的声响。斜对面的男人一抬头看到了，他立刻从座位上站起来。他把脸凑过去对刚坐下的男人说："哥们儿，咱们换一下座位吧？"他一边说，一边指了指女人。

被要求换座的男人愣了一下，马上就明白了，他同意了。

在男人要求换座时，女人听到了，她的脸上露出某种刻意压制的欣喜。仔细观察，这欣喜里还有几分嗔怪和委屈。她不想让男人注意到她的表情。其实即便她不这样做，男人也不会注意到她，因为男人正在转身和陌生人换座。换座完成，男人坐在了女人身旁。女人睁大眼睛看着男人。男人没有看女人，而是盯着女人的手机："你看什么呢？"

"什么也没看。吃饼干吗？给你一个。"女人把手机屏幕熄灭。她的另一只手捏着一个完整的饼干出现在男人的视线里。刚才那个没吃完的呢？没人知道。没人知道女人是在什么时候把它悄悄丢到桌子上的不锈钢盘子里的，也许就是在男人转身的时候。

"吃吗？"女人把饼干举到距离男人嘴巴很近的位置。

男人的脖子向后缩，他低头看了一眼女人手里拿的东西，皱起了眉头："你什么时候能买点好东西？黑乎乎的，这是什么玩意儿？"

但他还是张开了嘴巴。谁都看得出来，那只是出于某种习惯。女人开心地把饼干塞进男人嘴巴里——她很细心地只塞进去一半。

"你尝尝，这次买的很好吃。里面有奶油，白色的。你咬一口试试看嘛！"

可男人聋了一样，完全不理睬，他张大嘴巴——

一口吞下了它。

# 收脚印的人

◎ 王　薇

　　老张还不到四十岁，头发仅有稀薄的一层，不敌他眼镜片的厚度。老张是个烟鬼，一天两包，越抽越瘦，腰的宽度赶不上他老婆的厚度。随着年龄的增长，他越发寡言，好在单位里的差事不大用得着他多说话，把工作材料写好了，比说什么都顶用。单位里十几年的老同事，早就摸清了彼此的脾气秉性。谁老实、谁事儿多、谁爱占公家便宜、谁最能耍心眼儿……时间久了，什么也藏不住。

　　老张喜欢加班。办公室外面喧闹一天的政务大厅安静下来，只有电脑发出亮光，指尖烟雾微蓝，他敲下的每一个字都饱含深情，哪怕是制式的，字与字之间也流淌着细微的情思。

　　老张正常卜班的时间，是小区平台上最热闹的时段。因为平台上禁止车辆出入，孩子们都聚集至此，叫闹着，疯跑着，有的骑儿童单车；妈妈们三三两两聚堆聊天，兼顾叫嚷着孩子不要乱跑；遛狗的人牵着绳子在平台上走；靠近平台尽头的围栏处，几只温驯的大狗趴在远离孩子们聚集的区域，享受主人梳毛；平台入口超市的侧面，一根电线拉出音箱，播放广场舞曲，二三十人跟着领舞的跳。夏天的平台上少不了架上烧烤炉子，喝啤酒，一大家子人围成一堆。也有几个朋友烧烤的，光着膀子，脚边码上几箱啤酒，空瓶依次排开……

入夜时分，平台上的亮度降下几档。把平台夹在中间的两栋楼，厨房灯熄了，客厅的窗透出电视机屏幕变幻的光亮，卧室拉上了窗帘。月悄然而升，人已散去的平台如一片海，越发显得辽阔、深远。


小夏家客厅的窗户正对着平台的中部，她从不去平台上运动，嫌吵。小夏每天早上六点半准时起床，占用洗手间半小时。母亲会先她一步起床，这个时间段正在厨房做早餐。七点钟，母女俩准时吃早餐。小夏会在七点二十分出门，走向小区外面的地铁站。她感觉很好，依然踏着工作时的生活节奏，就像还在原来的单位上班一样。

小夏大学毕业那年，母亲最大的心愿就是她能考上公务员。小夏考了两年，都是笔试第一，面试第二。第三年，她不考了，找了一家公司上班。她母亲最大的愿望是她能嫁个公务员，工作稳定，有社会地位。从小到大，小夏始终活在母亲的心愿里，只是这两件事，都不是她努力了就能做到的。

两年前，小夏的父亲去世了，母亲已经到了下楼遛弯穿哪件衣服、买哪个牌子的卫生纸都要跟她商定的地步。她稍微晚一点儿回家，母亲就要发短信催问。她不敢告诉母亲任何不太好的事情，比如她体检的时候发现了一个子宫肌瘤。喉咙肿痛的时候，她偷偷地吃消炎药。

小夏挤了两站之后才下地铁，她怕上班时间在家附近晃悠会碰到母亲。早高峰的车辆和等车的人汇聚成一个陌生的维度，把她屏蔽在外。这个维度相当冷漠，呼吸冷漠，目光冷漠。他们根本就是看透了她的伪装——小夏已经不属于这个维度半个多月了。

半个月来的每一天，她都在同一时间走进肯德基，点一杯咖啡，坐在不显眼的位置，打开笔记本电脑，在各大招聘网站上投简历，打电话过去主动求职。也到过几家公司面试，至今没有下文。

她坐直了身体，伸个懒腰，随意地把手插在风衣口袋里，掏出一张购物小票，是昨天交到母亲手里的"公司发的月饼"和"公司发的五百块钱超市购物卡"的回执，赶忙撕掉。

晚上十点，平台上的人走净了。夜里的"海"，残留着白天日照过的温度，又从深处冒出沁凉。老张徜徉其中，隐约嗅得到一股气流中夹杂的体味，某种香水与汗液混杂的气味，于风中飘散。想必，就像他吐出去的烟。


老张走到平台的中部，看到一个客厅的窗，与他视线平齐。客厅没有开灯，电视忽明忽暗的光照着沙发上坐着的一个女人，她对着电视一动不动。老张觉得，她其实并没有把心思放在电视上，她在对着电视想别的，想什么呢？反正她没在看电视。

借着电视上亮起的光，老张能看到女人家里的布局，沙发、茶几、餐桌，很平常的家居摆设。看样子她是一个人住，要么就是丈夫出差或是先睡了。能拥有自己的空间，真让人羡慕啊！


小夏关掉电视，走到窗前，借着对面那栋楼上的灯光，看到一个单薄的男人来来回回地走着。每到晚上十点，他就出现在平台上，绕着圈，迎着风，偶尔站在某处仰望天空。他的工作应该很清闲，也不用自己带孩子，小夏猜想。累了一整天的人早就洗洗睡了，哪还有力气下楼散步？说不定，他是从事文化行业的工作，需要想象力，所以才在无人的夜晚出来走走。有一份好工作，真让人羡慕啊！

老张走着走着，看到前面有一个人。那人背有点儿驼，低着头，走到单元门口把手里的烟熄灭在垃圾筒里。那人进了电梯，上楼，掏出钥匙轻手轻脚地扭开房门，换鞋进了屋。摸黑走到客厅的沙发跟前坐下，南卧室里传出鼾声，带着长年服药的老人味，另一个人偶尔发出神经衰弱无法入眠的叹息。小卧室里下铺睡着两个孩子，上铺睡着操劳一天沾枕头就着的女人。那人把腿收到沙发上，拉上被子，躺下。

老张揉一揉眼睛，借着清亮的月光认出来了，那不是别人。

# 客　串

◎ 谢志强

　　郝静出生的时辰，夜深人静，大名寄托了父母的期望：好静。父亲开个五香豆铺子，前店后坊，自产自销。可是，郝静好动，渐渐地，就有了个外号：阿动。人们竟忘了他的大名。家里人也顺口叫他阿动。

　　阿动，动得有方向，是戏文，他喜欢看戏。戏到哪里演，他就追到哪里看。长到该娶媳妇的年龄，他还是静不住，只不过，挑上个货郎担子，担子里放着五香豆，紧随着戏班子，看戏，卖豆。

　　母亲去世得早，父亲替他发愁，据传，阿动看上了戏班子里的姑娘。

　　草台班，多为越剧。越剧里，清一色的女演员，男角，也由女人演，女扮男装。可是，不知为什么，阿动迷上了京剧，京剧都是男演员，跟越剧相反，有女角，也是男扮女装。

　　京剧戏班里的掌班（班主）说：京剧是花，阿动是蝶，蝶恋花，从未见过阿动这样的戏迷。

　　父亲病逝，阿动应该子承父业，静下来了吧？阿动的担子里，增加了炒锅，现炒现卖。看戏，当然要吃零食，况且还带了小孩，阿动的生意特别好。他会来戏里的道白、唱腔，加上五香豆的香味儿，有声有味，会吸引很多食客。戏开场了，他会让食客自己付钱自己取豆。一包五香豆的价格固定不变。

其实，台上的戏文，他不知看了多少遍了，闲了，他还会唱上几句，甚至加上一些即兴的台词。

有一天，京剧戏班来到他家乡的古镇，仿佛郝家五香豆回归了故乡。他已经跟戏班子在外漂泊了一个春秋了。

郝姓里的族长过七十大寿，请来了戏班，族长喜欢看《三国演义》，点的戏也是"三国"。

不知怎么，扮演二花脸的演员突然患了病，上吐下泻，不能上台。

掌班一急，突然想到阿动。跟阿动商量，救个场，帮个忙，客串一下。

好像跟戏班走南闯北那么久，终于有了过把瘾的时刻，不过，他掩饰着激动，说：我还没正儿八经登过台呢。

掌班说：这出戏，我演曹操点将，你演我手下的大将许褚。阿动伸出三个指头，似乎屈才了，说：就两句三个字吧？你喊我过来听令，我答，在；你叫我率兵破敌，我应一声，得令。

掌班竖起食指和中指，说：是嘛，要不我怎么想到你来客串？两句台词三个字，我出两块大洋，算是补偿你的生意，如何？

阿动将五香豆的担子摆在台下，吆喝一声：乡亲们，拜托了，自己取豆，自行付钱，听到了，传个话。

戏开演了。曹操上台，摆弄了一会儿威风，就喊：许将军听令。许褚走上台前，应道：在！一招一式，颇有大将风度。曹操说：命你带兵三千破敌。许褚应：得令。

台下，朦胧的月光和灯光里，一片密集的脸，随即响起一阵掌声，同时，不知谁喊：好，好，阿动演得好！叫好声响成一片。

演曹操的掌班过后说了他当时的反应：我演了数十年的戏，享受过无数次观众的喝彩，没见过给许褚的喝彩，何况，阿动是临时的客串，竟抢了他的风头。

掌班眼见阿动"得令"走向侧幕，脱口喊：许将军转来！

阿动看过多少次戏，根本没这个情节，他愣了一下，转身回台，一副恭敬的样子。

曹操说：许将军，你带兵前去，用何计破敌？

阿动醒悟，是乡亲们喝彩给他惹的麻烦。他灵机一动，顺水推舟，说：丞相在上，军机大事，不可泄露，请附耳过来。

掌班不得不伸过头来，侧着脸附耳过去。

阿动的嘴对着掌班的耳，说：我仅赚了你两块银圆，你竟然如此为难我？

曹操大笑，点头，说：妙计！妙计！

台下先是一愣，一惊，一叹，随后掌声一片。

幕后，掌班边卸装边说：阿动，你入戏了。

阿动说：我不配那些掌声，这可是我的家乡呀，乡亲们没见过我演戏，是在鼓励我呢。

掌班说：如此痴迷，你可以改行了。

阿动突然想到五香豆。台下，竟然还有几个人等在担子旁边，看摊。他清点了一下零零碎碎的铜板，竟然额外多出一些钱来。

有人问：阿动，你改行了？

阿动摇头，说：戏里花样太多，祖传的五香豆，到我这里不敢中断，看戏，卖豆，两不误。

# 凤凰寺

◎ 岑燮钧

　　凤凰寺在舜江府东门外的凤凰山上，离城里不远，是读书人郊游谈禅的好去处。

　　凤凰寺的方丈明慧大师是位得道的高僧，不理世事。其手下有一监院，名曰惠通，总领众僧，倒也能镇得住山门。寺里诸般杂事，都由惠通调理。迎来送往之事，也由他操持。方丈大师，不是在内院闭关清修，就是云游他处，难得一见。

　　一日，惠通到寺院各处巡视。在一偏院，见一沙弥在地上磨蹭，走近一看，原来是欲将一株大花移植于盆内。沙弥见监院到此，合十肃立，不敢抬头。只见那花甚是奇特，颜色鲜红而有星点，外形有莲花之相，却生沙泥中，肉质肥厚，近乎菌类。惠通问沙弥何处所得，答曰后山。惠通心想，莫非此乃灵芝仙草？他看了好一会儿，心生欢喜，就让沙弥搬到了自己会客的内室，放在茶几上，顿觉满室生辉，耀人眼目。一日过后，生长一分。数日之后，竟大了一轮，惠通不由啧啧称奇。他不敢私藏，于是搬到了方丈室。

　　"师父，你看此花奇也不奇？"

　　"心中有莲花，诸般皆失色。"明慧大师只看了一眼，再不理会。

惠通讨了个没趣，正想出门，师父道："自何处来，到何处去。"让他搬走。惠通只得又把花搬到自己屋里，心想，莫非自己有事做错？他揣摩了很久，总觉得师父对自己日渐冷淡，似乎有什么事要发生似的。

一日，听得知府大人驾到，惠通赶紧迎出山门去。知府大人倒不是稀客，时常携本府读书人来此谈诗论文。惠通见机说法，以佛理参悟之，常引得知府大人击节赞叹，称之曰："得道。"惠通合十谦抑道："贫僧协理杂务，本一俗人，岂敢岂敢！"

"能进能出，内外皆通，方外奇才啊！"知府大人一言九鼎，跟随的一群读书人都连声称是，让惠通觉得脸上有光。

惠通把知府大人引到内室，众人坐定，惠通吩咐上茶。茶几上正放着那盆奇花，知府大人凑近看了又看，问惠通此是何物。惠通答曰："后山之物，一日一长，似花非花，不知何物也。"

知府大人看向众人，众人都纷纷称奇，却无一人说得出门道。忽有一老书生答曰："世所罕见，此必祥瑞之物也。"

"祥瑞之物，非小寺敢私藏。献诸大人，大人必能红运当头，更上青云。"惠通立马接口道。知府大人不由得哈哈大笑。临走之时，惠通就让门下弟子将花送到了知府大人府上。

过了几日，知府大人派人传话，让惠通到附近打听打听，看有什么奇谈异闻，呼应祥瑞。因为西北出白鹿，西南出灵猴，东北出太岁，舜江乃东南名邑，说不定上天眷顾，也要天降祥瑞，那就得送往京城了。惠通不敢怠慢，立马来到偏院，让小沙弥带路去发现奇花的原地查看。原地在凤凰山北麓一断崖处，青苔漫布，有水渗出，但也看不出有什么奇异的地方。惠通就让小沙弥去附近村里打听一番，看有什么奇异的人事。隔了一日，沙弥来报："在凤凰村一九十老妪的床顶上，盘着一条大蛇，村民放归山里去了；村里一个老光棍儿，强奸了一个五十多岁的寡妇；一个五岁的小孩儿，说话含糊，游方郎中在他舌下剪了一刀，竟能巧舌如簧了……"惠通皱着眉头，然后挥了一下袖子："什么乱七八糟的事！"把小沙弥喝退了。

第二天，惠通来到知府官衙。知府大人一见惠通，立马把他拉到后花园，原来知府大人把那奇花放在了百花丛中，以承天露。那花又大了一轮，已经铺满花盆，仿佛菩萨端坐的莲花，色如美人起红晕，肉质如脂半晶莹，底下有透明的汁液渗出来。惠通合十礼赞，知府大人急问可打听到什么。惠通演义其事，答曰："灵蛇入室，化龙而去。"

"人生七十古来稀，这老人家有龙护持，果是祥瑞。"老书生帮腔道。

"旷男怨女，终得和鸣。"

老书生摇扇晃头曰："关关雎鸠，在河之洲。男有分女有归，大道之始也。"

惠通见知府大人脸露喜色，不断点头，又补之曰："不鸣则已，一鸣冲天。哑巴开口，此又一奇也！"

老书生连连称奇，大家都说是吉兆。于是计议，该如何上本，献之阙下。兹事体大，知府大人一时也不敢妄做主张。这时，老书生提议道："若能得到明慧大师加持，那就更是吉祥了。"

"只怕大师云游去了……"知府大人看向惠通。

惠通答道："师父正在寺内清修……"

知府大人不由得喜上眉梢，连说"有请大师劳驾"，让惠通明日与大师一同前来，共襄盛举。惠通含糊答应了，但他也没有十分的把握——他怕师父说出什么煞风景的话来。

惠通回到凤凰寺，小心翼翼地向师父说了此事，请师父明天走一遭。师父倒也没有责备他，只说了一句话："色即是空，空即是色。诸般忙碌，万般皆空。"惠通见师父重又入定，就悄悄退了出来。但见月色清空，树影憧憧，殿宇森森，四下无声，突然一声鸦叫划破长空，让人不由有些心神不定。他拿捏不透师父的意思。

第二天，惠通来到方丈室，恭请师父。师父依然打坐念经，没有拒绝，但也没有马上起身，只说不急。惠通只得在门外静候。不多时，弟子前来通报，知府大人派人前来送还"祥瑞"。惠通好生奇怪，让人把花搬到此处来。只见那花还是昨天之色，并未枯萎，也没有缺角，依然饱满鲜艳，肉质通透。问来人恰是为何，来人怒道："什么祥瑞，差点儿让知府大人上当了！"原来大人家的狗看到花也欢喜得不得了，左看右看，甩着尾巴围着花转，还上前舔了一下汁液。谁知只一顿饭工夫，狗浑身抽搐，狂叫了几声就毙命了。

惠通顿时目瞪口呆。这时，明慧大师走出方丈室，念了一声："阿弥陀佛！"

# 鉴　宝

◎周　芳

　　东大街有两家玉器店，一掌柜姓董，年龄稍长；一掌柜姓李，自称老弟。都说同行是冤家，这两家店主交情却是出奇地好，三天两头相约外出看货；有顾客对店内东西不满意，还极力向对方推荐。

　　一日，董掌柜神秘前来："老弟，我最近收了一个宝贝，过来瞧瞧。"李掌柜兴奋相随。来到密室，董掌柜小心翼翼地取出一个紫檀木盒，顺手在底座上一抠，"咔嗒"一声，机关解除。打开盒盖，里面有个红丝绒包裹，再一层层打开，李掌柜的眼睛瞬间发亮，一块精光内敛、细腻油润的白玉石赫然在目。最为可贵的是，这块玉没有打磨，没有切割，是块巴掌大小的天然籽料。李掌柜拿在手上掂掂，沉甸甸的，很压手，是一块上好的羊脂。再移至光亮处，手推出油，细辨，更无一处瑕疵。李掌柜连连称赞："真乃宝中之宝，不可多得之物。"

　　自此后，李掌柜茶饭不思，眼前晃的、心里搁的，全是那块宝物。不消几日，竟瘦了一圈。董掌柜知晓后，大为感动，更是引为知音。每见李掌柜到眼前一晃，董掌柜便知其为何而来。随即，俩人走入密室，摆上一壶、两盅，盘盘玉，喝喝茶，常至半夜。

忽一日，董掌柜前来告别："江南遭遇洪灾，家中妻小生活窘迫，需回乡照顾，玉器店从此歇业。将来，且回到家乡看情形再说。"李掌柜内心咯噔一下，缓缓说："从此一别，不知何日相见。既然家中困顿，那块玉石能否转让于我？价钱不是事儿。"

董掌柜摇头，叹息："只要有一口饭吃，那块石头就不会出手。"

俩人拱手相别。

一晃数年。

一日，李掌柜店里来一陌生人，说是受人之托，送一遗物。李掌柜打开一看，顿时泪流满面。竟是数年前董掌柜的压箱宝物——羊脂玉。原来，董掌柜回乡不久，家小染疾不治而亡，自己也因舟车劳顿，悲忧交加，身体每况愈下，散尽钱财也没有挽回性命。弥留之际，他将这块石头托给信赖之人，赠将李掌柜，说是宝物最合适的去处。

李掌柜百感交集，叹兄台愚拙，宁丢命，不舍宝；叹自己惜玉之情，唯董兄懂得。每每取玉在手，他似有千言万语要和故人倾诉。那石头也是神奇，在掌中油津津，温润润，仿佛还留着董兄的体温。想当初，它在两人手间传来递去，多少雅趣笑谈皆已随风去。

又一夜，李掌柜再次把玩那块玉石，正对着油灯细细观看，突然，底端一块异物跳入眼中，再凑近灯光看，确实是瑕疵。怪事！以前也对灯看过，怎么没在意？如此一来，价值大减，甚至，真假都难说。这将如何是好？李掌柜天天如热锅上的蚂蚁，吃不香，睡不着，那块瑕疵似针扎在心间。李掌柜再拿起那块石头时也不避人了，目光中有了轻薄之意。

左思右想，李掌柜找到自己的师父，想让他鉴定真假，一并估估价。师父问清缘由，断然拒绝："世间没有真假对错，皆由缘定。玉石本无价，皆由心生，万不可坏了行内规矩。"禁不住李掌柜左缠右磨，师父只答应看看，决不估价。李掌柜不敢再强求，只好约定，明日携玉前来。

当晚，李掌柜早早关门，一人来到密室，净手，焚香，泡一壶茶，取一茶盅，细品慢咽。待心神宁静，方才打开保险柜，将收藏的宝贝挨个儿把玩。最终，他拿出那块羊脂玉，在灯下细细摩挲，复又查看那块瑕疵。奇怪的是，竟不再觉得那么碍眼。也罢，明天交由师父一观，察言观色也能知晓个大概。火烛跳动，偶尔"哔剥"一声，炸出火花。灯下的玉石脂白莹润，沉稳古朴，光影明暗间，仿佛落满董掌柜爱怜的目光。李掌柜再次仰面叹息，想董兄在时，二人时常共处一室，一壶，两盅，盘玩宝贝，交流经验，现只有一壶一盅一人了。夜已深，窗外忽地刮起一阵大风，落叶扫过槐上的窗纸。室内烛火左右摆动，仿佛要脱离烛芯。李掌柜收起玉石，起身开柜，不料衣袖拂动了几上的茶盅。"咣当"一声，茶倾盅碎。李掌柜内心骤然一惊，一时竟呆立不动。

翌日，李掌柜差一伙计，手持书信，来到师父处。信上言明，某地有好玉，着急去收，鉴宝一事就此打断，再不复提，还赔罪说徒弟不懂人情世故，万望师父原谅云云。

数日后，江南某地，玉商董掌柜的墓前，李掌柜上香祭拜，潸然泪下……

# 小姨娘

◎ 塔　娜

　　小姨娘十七岁了，细细的脸，细细的眉，细细的乌发，像油溜溜小叶河的春水一样流入了上林庄林家。林家的下人们不知道这青嫩嫩的小姨娘叫什么，见着了，都喊她小姨娘。小姨娘不应，低下头去轻轻地笑。

　　小姨娘来林家有半年了。她原是小叶河畔一户船家的女儿。林家的当家老太太病在床上小半年了，林家盼在城里经营糖庄的独子凤淑的太太能生个孙子给婆婆冲冲喜。等了又等，凤淑太太的肚子还是风平浪静。老太太快熬不住了。又有人说："再给凤淑找个小姨娘冲冲喜吧，兴许老太太的病就好了。"

　　小姨娘过了门两个月，老太太仙逝了。少爷凤淑带太太回了城，偌大的宅子空荡荡地寂寞着。林家老爷遗下来的老姨娘成了当家主事的。老姨娘姓叶，不简单。林家是大家族，叶姨娘几十年青丝熬成双鬓雪，一生在夹缝里喘息，养就了人前不多言不显色的习性。她当主事的，除该吩咐的吩咐，话还是不多说。

　　小姨娘伺候叶姨娘。"娘，吃饭了。"小姨娘到房里请叶姨娘。叶姨娘不应声，从梳妆桌上捡起一条绣帕塞进袖口，一个人静静往饭厅去。小姨娘跟在后面，脚步轻得像猫一样，不敢弄出一点儿声响。小姨娘不上桌，立叶姨娘身边照应着。叶姨娘碗里饭吃完了，小姨娘给她盛汤："娘，喝汤。"叶姨娘接过汤，一汤勺一汤勺慢慢舀着喝，不说话也不看她。

叶姨娘吃好了。小姨娘和下人们在厨房一道吃。下人们当她是小主人，小姨娘夹了他们才夹。小姨娘低下头小心翼翼地吃。小姨娘吃完了，照例要洗洗涮涮，操持家务。下人们心疼小姨娘，她是这幽深昏暗的老宅里的一眼春水，明艳艳清凌凌，有活气。他们看着日子一天天过去，小姨娘似是没愁也没恼，就更加心疼她。下人们有时替小姨娘可惜，小姨娘是小叶河里的嫩藕尖尖儿，这辈子却困在林家这池枯水里。转瞬他们又明白，现在主事的老姨娘不就是这样过来的？

小姨娘也有愁。

小姨娘的娘病了。小姨娘念着要回去一趟，可她不敢朝叶姨娘开口。她吃不下一小碗粥了，也不浅浅轻轻地笑了。下人们教她怎么跟叶姨娘说。她照说了。叶姨娘坐在太师椅上，久久才端起面前的茶，慢悠悠抿一口，目光停在院子中央一缸被风吹得颤悠悠的白荷上。小姨娘低着头，听见茶水慢慢滑入了叶姨娘的喉。叶姨娘点点头，是允了。小姨娘给叶姨娘磕头。叶姨娘起身到院里去看荷花了。她一瓣花儿一片叶儿细细地看，又细细地想。她瞧着缸里自己的人影儿问小姨娘："备轿子吗？"小姨娘又怯怯地低下头去："坐柳条儿船就好。"

小姨娘不喜欢坐轿子。坐轿子让她觉得像坐在暗暗深深摇晃的宅子里，让人不能好好呼吸。小姨娘在河边长大，她喜欢坐船，坐没有棚顶的细细长长的柳条儿船。

小姨娘没什么体己钱，只戴一枚薄薄的柳叶儿银镯子。镯子是她进林家时，老太太在病榻上艰难地给她戴上的。小姨娘摸着镯子想了一夜，第二天托灶头大姊偷偷替她当了，换回了几粒碎银。又过了一夜，天蒙蒙亮，叶姨娘的房门闭着，小姨娘站门口给叶姨娘问了安，轻悄悄地出宅子走了。她走了一里地，到上林庄渡口坐上柳条儿船。船儿走到一半水路，天就彻底亮开了。风轻飘飘地从两岸青山上下来，划过碧油油的茶园，一路跑到小姨娘心里去。小姨娘舒了一口气儿，她终于觉得自己是自由快活的了。

船靠岸。小姨娘下船，上渡口。林家的马夫大哥突就出现在她跟前。小姨娘又喜又惊。马夫大哥说，已经等她小半个时辰了。他从马上卸下一个桃木锦盒，说是叶姨娘交代他赶来送给她的。小姨娘弯下腰启开盖儿，里面有红糖白糖各一包、明糖粒一包、茶叶两包，盒底最细的一包，包着山西的参须。

小姨娘抬起头来，一颗泪落在锦盒盖，摔碎成一朵大花。

# 鸟已飞过

◎ 李　方

　　他越来越喜欢黄河了。对他而言，别说是九曲十八弯、奔腾入大海的黄河，就是家乡那条时断时续的季节河，他从小都是稀罕的。现在他偶尔还会梦见那条小河：那清浅的一线河水，在太阳下闪耀着银白亮光的细小游鱼，脚丫子踩进温热的河沙中的酥痒……每一次，都让他在午夜梦醒时甜蜜而又伤感地轻轻叹息："这辈子，是再也回不去了啊！"被围困在大山深沟里的父母，已先后离世。妻子是家庭妇女，空担了一个官太太的名声，伺候公婆入土，也落了一身疾病，勉强撑到女儿出嫁，便随着公婆去了，算是永远地留在了那里。家门户族的人，有先有后，都搬迁到了黄灌区。春来草发，夏至树长，曾经的家园已被草木覆盖。这自然是他主政时期强力推进生态移民的政绩，但也可以说，是他自己，把淡淡的乡愁亲手送进了沉沉的梦境。

　　刚退下来的时候，他有失落，有伤感，有人一走茶就凉的悲戚。他婉言谢绝了女儿女婿的好意——他不愿意去省城。他主政过一个地级市，太知道省城是个什么地方了。他断然拒绝了一切宴请、聚会和出游。甚至有段时间，就像和人故意斗气似的，连手机都关闭了。可当他在黄河滩上溜达了差不多两年，看惯了大河一泻千里的气势，看清了河边芦苇的夏日蓬勃、暮秋飞絮的绿黄渐变，看明白了河上水鸟的自由翱翔，更看懂了黄河石并不是锤子的猛烈击打而是河水载歌载舞的结果之后，他释然了，轻松了，愉悦了。他不但开通了手机，而且重启了微信。"大官小官，退休了都是个老汉。"想起家乡的这句俗语，他索性将微信名改成了"黄河岸边的山里老汉"。他爱上了黄河，爱上了黄河滩，也爱上了黄河石。

每当他在黄河滩上有了新收获，就冲洗干净，摆放到博古架上，从不同的角度拍摄，然后发到朋友圈；或者就拍那河水、那芦苇、那飞鸟、那落日——只要机缘凑巧，捕捉到了他认为不可多得的一瞬，也定格下来，配上几行表达观感的文字，同样发朋友圈。一为自赏，二来也求同道品鉴。如此五年，他过得轻松自在，怡然自乐，也有了几个新的朋友。

然而，昨天一位陌生人的来电，让他寝食难安。

说实话，接通电话，当陌生人说出"惠泽经济贸易公司"并称呼他"王董事长"时，他顿感一块巨石砸向了平静的心湖，溅起的血液就像滔滔的黄河之水顺着血管奔涌上头，让他瞬间眩晕，变得恍惚起来。

陌生人说的是实情："谁都不知道那块地和那几间房是谁的。我费了老大的劲，才在原来地区工商局手写的登记簿上查到了您，打问到了您的手机号。"

差不多二十年了，连他自己都忘得一干二净了。当初的同事，调离的调离，退休的退休，好几个都不在这人世了。西原撤地设市，他当选副市长，卸任经济技术开发区管委会主任时，没有人追问当初地区财贸局下拨给管委会一百万成立"惠泽经济贸易公司"这笔钱是怎么花的；他离开西原市，调任黄河边上的滨河市市委书记，离任审计时同样没人问过那笔钱；退休后，就更没人知道这个事了。而当时，机械制造专业出身的他，懂什么经济、贸易！不过是用下拨的钱购买了一片荒地，盖了几间平房，在工商局注册，挂了个牌子而已。这么多年过去了，他忘了这件事，组织上好像也忘了。那片地上的荒草，早已遮蔽了那几间平房吧。

而现在，陌生人愿意出高价，购买那块"他私人的地"来搞开发："价钱好商量。"他告诉陌生的开发商："我需要好好想一想，明天答复您。"

他买了条烟，把戒掉多年的不良嗜好重续了起来。他孑然一身、在烟雾缭绕的房子里想了一夜，仔细回忆了当初的每个人、每件事、每个环节，甚至连公司牌子的材质都想了起来，但还是没有得出一个能说服自己的结论。天亮，他习惯性来到黄河滩，在鹅卵石缝隙里散落下许多金黄色的烟蒂。最后，他走累了，在水边的一块石头上坐了下来，抽着烟，看着河水。

河岸边，茂草和芦苇簇拥着浩荡的大河，一路向北，永不停息。身后，城市被遮挡在河岸的那一边。看得见的、看不见的，都系于他一身；知道的、不知道的，也聚于他一心；即将得到的或将来可能失去的，也在于他的一念。

日近正午，他掏出手机，平静地给陌生人发了一条短信。然后，他弯腰捡起一块鹅卵石，猛然起身，朝着河水，奋力地掷了出去。

他知道，在奔腾翻涌的黄河浪里，这小小的石块，激不起一丝涟漪。但他同样知道，这一刻，头顶，鸟已飞过。

# 突然响起的铃声

◎ 戴　涛

晚上我一般12点前睡觉，临睡前，我习惯性地先把手机关了，因为我始终认为，人休息了手机也该歇着了。

这个晚上与无数个夜晚没啥两样，我正准备关手机睡觉，突然手机铃声大作，将我吓了一跳，在如此寂静的深夜，铃声听起来特别刺耳，而当我看到手机上跳出的人名时，更是惊得目瞪口呆，这个人的姓名虽然还储存在我手机通讯录里，可代表这个姓名的人的生命早已经在一年前去了天国。

你怎么不接电话啊？妻子显然是被铃声吵醒了，她见我不理她，便凑过来要看我的手机。谁打的电话呀？当她看见手机上的名字——郑钢——显然是个男人的名字，便一下没了兴趣，转过身去睡她的觉了。

我正犹豫着要不要接听，手机终于沉默了，可我预感它还会随时响起来，所以我决定今晚不再关手机。直到天亮，手机铃声没有再响过，可我也没有再睡着过。没睡着，意味着大脑没有休息，它一直在浩瀚的夜空里试图寻找一个答案。

"郑钢"这个名字收录在我手机通讯录里应该有十年了，那天他到律师楼来找我，见我就说是朋友介绍来的，我问是哪个朋友介绍的，他笑而不答。我问有什么事。他说想咨询个事。我问是你的。他说是朋友的。接着他把事说了一遍，我听完了告诉他，无非有三种可能性：借款、挪用、贪污。

他的脸上显露出了不安，还没等我说下去，他便着急地问，那我说的情况哪种可能性大呢？

我答，挪用。

什么叫挪用？

就是擅自动用了公司的钱。

属于犯罪吗？

要看情节的。

他不再问下去，不停地喝茶，茶喝干了，他抬起头来说，朋友让我来找你，还特地介绍了你原来的身份是检察官。

哦，这个话题我无法接下去。

又坐了一会儿，他起身告辞，并随手拿出一个信封，我一看厚度就告诉他，不需要这么多，按律师的咨询收费标准来吧。

过了没几天，他又来了，我代朋友再来咨询一下，这事怎么解决对他本人最有利呢？

快把挪用的钱都还回去，如果有赚的钱，也一起还。

我朋友将钱全投到矿上去了，矿上说等两年，本钱就可以退回来。

那你朋友最好到其他地方借钱先还上，或者至少去把事情说清楚。

他郑重地点点头说，好的，我明白了。

临走时，我们互加了电话。他问，我以后可以电话咨询你吗？我答，当然可以。以后的一段时间，他既没有电话来也没有人来。

大概半年以后，他又来律师楼找我，我说你可以在电话上咨询的。他笑了笑说，电话上咨询我怎么缴费啊？

那次他还带了一个人来，是一个女人。他介绍说，小柳，我朋友公司的财务总监。我打量了一下她，应该要比郑钢年轻十多岁，给我的第一印象是既漂亮又有气质。

我这次是为小柳来咨询的，小柳想问，这个借款假如是总经理和财务总监通过气的，应该没什么事了吧？

可不能这么说，还有董事长呢，还有董事会呢。

董事长不管事，董事会也不开会。

那也要经他们的同意才行。

听完我说的话，他和小柳对视了一下说，好的，我明白了。

这以后他没有再来过律师楼，不过我们之间通过几次电话，他来电话主要是问一些别的事，当然我会主动问一下他朋友的那事，起先他说应该没什么问题了，后来一次他说矿上出了点儿状况，投资款可能没法按时拿回来了，再后来就没了他的消息。

一直到了前年，在一份公安的外逃经济犯罪人员通缉名单里，我突然看到了郑钢的名字，某知名企业总经理。唉，还是出事了。我不禁暗自叹息，立刻拿起了手机拨打他的电话，电话里传出的语音提示是：你拨打的电话已关机。

时间到了去年，我发现公安的通缉名单里已没了"郑钢"的名字，这是否意味着他没事了，还是被抓了？我通过公安经侦的一位老熟人打听情况。

郑钢死了。他在电话里告诉我。

我一惊，怎么死的？

他在加拿大出了车祸，人和车都被烧得面目全非。

你们如何知道的？

加拿大警方的通报。

我当时放下电话后，在心里反复默念着一句话，他是不应该死的。

那么，现在他还活着吗？我试着回拨过郑刚的电话，电话里传出的语音提示是：你拨打的电话不在服务区。

从此，每晚临睡前我再也不关手机了，因为我相信铃声还会响起，而且，我也想好了要说的第一句话，无论发生了什么事，你先回来。

# 吃看菜

◎ 胡金洲

　　每年过春节，母亲最先端上桌的总是一条大鲤鱼，香喷喷的，真让人嘴馋。可这鲤鱼能看不能吃。吃，得等到十五天后的元宵节。这是待家人的规矩。如果待亲友或族人，母亲则把大鲤鱼换成木头鱼，老家叫"雕鱼板"。雕鱼板是由一块檀香木刻的，周边刻着拇指高的池塘石。一塘清水，水漾鱼摆，十分生动。

　　后来，大酒店也兴看菜。但不是鲤鱼，也不是雕鱼，而是刀雕花卉——红白萝卜做的。红白萝卜贴刀，韧性好，大厨几乎想雕成什么就雕成什么。也有做龙凤的。招待尊贵客人几乎都上这道菜。龙凤在鲜花丛中，但无尾。客人发疑，这时大厨或服务员就会说，尾巴藏在云端了。见首不见尾，只有真龙天子拥有这个讲究。于是店家给做东的主人家又讨了一个上好的彩头。

　　家里过年的看菜迟早要吃的，酒店的属于真正的看菜。如果喜欢，您当工艺品打包带走也行。如果不舍得，当场下箸，就是犯了很低级的错误，会遭人埋汰或耻笑的。

　　我就见过一个人在大酒店兴冲冲吃看菜，而且还是个当官的。

　　这人是个镇长。这天他约县长上德华酒楼吃饭。当时我是县政府办公室行政秘书，给县长拎包前往。服务员首先端上一朵白菊花。县长皱皱眉头，随口而出："采菊东篱下，悠然见南山。这个陶渊明一心想着归隐山林，我们共产党人可不能学的哟！"镇长点点头，叫来大厨，问："为啥不做个别的？"大厨说："我也没办法，领导们都说喜欢清清白白。"镇长看了一眼县长，又对大厨说："你咋恁笨呢？咋就听不出话来呢？换吧！"大厨说："现在换来不及了，少说得两个钟头呢！"镇长挥挥手，抓起白菊花三掰两扯塞进口里，满嘴咯吱咯吱地响。县长直笑："好吃吗？"镇长说："好吃！"

后来，镇长当上了县长。

同年，我当上县政府民艺科科长，主办诗词内资《清水谣》。县诗词协会名誉会长就是这个县长。县长爱写旧体诗词，我发过他几首词，有首《南乡子》，讽刺酒鬼的，上阕是：

晨起望夕阳，"云海""天涯"（当地大酒店）思漫长。何时桌前杯碰盏？干干！电话邀君撮一场！

我改了一个字，将"漫"改为慢。县长一看："不错！到底是主编！"

后来在表姐家随便说起，表姐记到了心里。有一天，她就哭哭啼啼上门来求我。

原来她儿子职高毕业，一直没找到工作，在家闲着。表姐真哭了起来："我现在养得起他，可我有一天走了，谁来管他呢？"

一听到这话，我的勇气被调动起来了。于是去求县长。

县长忙，而且很忙。爬县政府大楼接连爬了三次，最后一次在洗手间逮住了他。三句话没说完，县长就哼哼着点头答应了。

外甥被安排到县政府办公室当文秘。

这天，我给县长送《清水谣》，借机向县长表达谢意。县长翻开，看着自己的大作，一脸喜悦，说："以后有事尽管来找我，没事的!"

我迟疑了一阵，说："我今天就是有事来找您的!"

"啥事?"

"请您吃饭!"

"摆饭局? 呵呵，免了吧!"

"我姐说了，这顿饭她非请不可! 她儿子以后还得请您多多关照哩!"

"免了吧，还是免了吧!"

"真的! 这顿饭她真要请不可!"

"实话跟你说吧，今天到下月底，饭局都排满了，你们就以后吧!"

表姐思忖，县长不吃饭，就改个办法谢吧。——两瓶茅台酒。可抵怹大个人情，显然是薄了一点儿。

后来发生的事全县人民都知道，县长被收监，进了"号子"。

县长不再是县长了，但为了叙述上的方便，我暂且还称他为县长。

忽一日，路上遇到县长夫人，上前招呼，知道夫人去接县长出狱，我就跟着去了。

"咣当"一声，县长像个孙悟空，手搭凉棚，眯缝着眼，迎着阳光从大铁门走了出来。

县长分外憔悴，人瘦得走了形。第一眼认出老婆，第二眼认出我，一笑，就上来调侃："你又来给我送《清水谣》？我在这里给你寄去五篇诗词了，用没用啊？"

我窘笑："《清水谣》停办了，欠发您大作没法补，欠您一顿饭局，今天得给补上！"

县长先愣，然后笑了："我现在是个啥人啊？你们还敢来请我？"

我说："桥归桥，路归路！"

县长夫人听说要请县长吃饭，看了县长一眼，说家里有事就转身走了。

我陪着县长来到酒店，表姐正站在门口等候。

进了包间，服务员开始上菜。其中一道，盘中盛开着一朵白菊花。

县长迟疑了一下："白菊花！又是你呀！——能吃吗？"

服务员说："能吃。"

"过去可没人吃！"县长说，"好吧，现在我把它消灭掉吧！"县长用两根指头夹起，利落地扔进了嘴里。

表姐安慰他说："县长到底是县长，提得起放得下，日后还有东山再起的日子呢。"

县长嘴里一边"咯嘣"一边说："东山？只剩西山啦！这几年我总算想明白了，人不能有一点儿权力，有一点儿权力就不知道自己姓啥啦！"

我说："您体会很深哩！写出来好好教育大家！"

县长直笑："我的体会多着呢！"指着白菊花："我来给你们讲一个段子吧，也算是我的一点儿感谢吧。"

县长的段子就是我开头给大家说的镇长吃白菊花的事。

县长说："老县长当时说那话是告诫我们，不要学有些古人不负责任。可我没听懂，我心里想的只是让老领导高兴。后来，心里就种下了这个种子，办啥只想让领导高兴。领导高兴我就高兴。"

吃了一口菜，县长接着说："有人就如法炮制，想着法子让我高兴……结果高兴成了今天这个样子！"放下筷子，他狠狠捆了自己一嘴巴。

我和表姐目瞪口呆。

# 孟照孔

◎ 唐　风

　　孟照孔是读过私塾的人，戴一顶软塌塌的旧毡帽，说话行事毕恭毕敬。孟照孔时常以细长的手指摘下旧毡帽躬身施礼，旧毡帽顶上左右两侧给捏出两个鸭蛋圆的坑儿。孟照孔走在街巷，遇到人们说些鸡飞狗跳的荤素笑话，立刻板起面孔，叹息世风不古，而后，倒剪着手，低着头，气哼哼地离去。

　　街巷，张三麻子李二哥，谁会顾及孟照孔的感受？孟照孔的用处在春节突显出来。春节，人们纷纷找上门来央求孟照孔写春联。孟照孔写春联十分讲究，来人须得"吃墨"。孟照孔所谓的"吃墨"就是研墨。研墨过后，孟照孔写字，来人无所事事，伸手摸摸孟照孔饭筐里的红薯，哟呵，还有些温热，就随手抱起吃些儿。孟照孔抬起头来，嗟叹道："为何食我之餐？"

　　孟照孔蹙起眉头这么一问，来人反倒吃得欢实。孟照孔无可奈何，摇摇头，又伏案沉沉地写字。

　　说来蹊跷，孟照孔是没有妻室的人。新中国成立前，孟照孔是富家公子，一般姑娘，孟照孔瞧不上；新中国成立后，事情来了个颠倒颠，一般姑娘又瞧不上古董般的孟照孔。孟照孔一直嘟哝着娶一房妻室，但嘟哝归嘟哝，许多年过去，孟照孔依然是孤家寡人。孟照孔大约是读过相书的人，夸我吉人吉相，央求我的父亲应允，拜认其为"干爹"。父亲同意了。腊月里，孟照孔写春联节省下来一些纸张。夜晚，孟照孔撩着长袍子，蹑手蹑脚到我家，自谦道："我这人吧，做檩子长，做椽子短，是没有大用处的人。这样吧，你家春联，我来打理，不用再张罗此事了！"

而后，孟照孔像办了一桩大事，点点头，离去。

其实，几张红纸值不了几个钱，不过，对于一介书生的孟照孔，俺家又能苛求什么呢？父亲很领孟照孔这份情。

我结婚的时候，因为孟照孔，父母犯了难。其一，此事告诉孟照孔，孟照孔必定送份礼金过来，父亲不愿囊中空空的孟照孔破费；其二，不告诉孟照孔也不太合适，因为孟照孔是我的干爹。最后，父母考虑到孟照孔膝下无子，很难还上这份礼金，结婚的事情还是不告诉孟照孔为好。我结婚的当天下午，客人散去，没承想，孟照孔过来了，满脸汗涔涔的，怀里抱着一只草鸡。孟照孔放下草鸡，质问道："俺长短是根棍，大小是个人。孩子婚姻大事，怎能不告诉我呢？"

父母不好意思把话挑明，赔着笑。孟照孔手指颤颤地指着草鸡，缓缓地说道："草鸡……卖掉……可惜了，权当礼金吧！"

孟照孔走后，有人告诉父母："在集市，孟照孔的鞋子跑丢了一只，草鸡也没有卖掉，又抱了回来……"

说是很难还上孟照孔这份礼金，接下来的事情着实有些突兀……

一天晚上，孟照孔气喘吁吁地赶到我家。在我的印象里，孟照孔从未如此慌张。孟照孔扯着父亲，手指颤颤地指着他家的方位："牛二笼头……在等我！"

牛二笼头，父亲相当熟悉，买卖牲口拉皮条的经纪人，俗称"行物"。集市交易冷淡了，牛二笼头操起第二职业——走街串户说大媒。孟照孔细长的手指弓拢成瓢状，悄声地说道："牛二笼头给我说合了一房妻室！"

父亲微微地笑了："牛二笼头，南地说话北地听，他的话，你也信？"

"牛二笼头大包大揽，新人不送入洞房，分文不取；新人入洞房，酬金：一条烟、两瓶酒！处世，我有经验，不见兔子不放鹰！"孟照孔小眼睛聚着光，说话急促且又斯文，"我是那么好糊弄的吗？"

孟照孔摊开手，很无奈："烟酒钱，可惜……手头拮据，我没有，只有烦劳老弟了！"

孟照孔把话说到这份儿上，父亲不敢怠慢，急忙取出五十元钱交给孟照孔。孟照孔踮起脚尖轻飘飘地离开，父亲又取出一沓钱来，说道："这沓钱是我随礼的礼金！"

"惭愧，难得，难得！"孟照孔转身深度鞠躬，千恩万谢。

第二天天亮，父亲赶往孟照孔的家里，一是道喜，二是看看嫂夫人的尊容。孟照孔的房门上贴着黄表纸，孟照孔坐在老式罗圈椅里发呆。看见父亲过来，孟照孔从袖管里抽出手来，指着木墩示意父亲坐下。父亲望着门板上的黄表纸，甚是疑惑。孟照孔沉着脸，说道："扫扫晦气！"

父亲没有弄明白，问道："嫂夫人呢？"

孟照孔顿足道："何来的嫂夫人？"

父亲怅然如痴。

孟照孔怏怏地说道："牛二笼头，辱我斯文也！"

父亲一惊。

孟照孔愤愤地说道："小解，女人蹲下，男人站着。难道说我没有吃过猪肉还没见过猪跑吗？夜间，小解，那人却是站着，牛二笼头指派人男扮女装糊弄了我！"

言罢，孟照孔垂下头去。

自此，孟照孔很少出门，偶尔遇到牛二笼头，头一低，急急离去，像是偷了他家的东西……

# 老街吃家

◎ 刘建超

老街人爱把食客分为三种。

一种为吃货。吃货是最招饭铺待见的那群人，要想生意兴隆，就要有成群结队的吃货。吃货只管饭菜顺口，呼呼啦啦尽往嘴里扒拉食物，一个个撑得是肚圆胃胀，打着饱嗝儿方才舒服。

再一种称为吃客。吃客是店里的老主顾，熟悉大厨的手艺，而大厨也知吃客口咸口酸，调剂得吃客味蕾全开。据传有位吃客跟着大厨吃了十几年炒面，大厨换了七八个主家，走了半个古城，吃客一路相随不离不弃。一日大厨有事，腾不出手，就让徒弟给吃客做了碗炒面。炒面上桌，吃客只吃了一口就吐了，说别蒙我，这不是你家大厨的手艺。徒弟只好把炒面原路端回。大厨一笑，把炒面倒回锅里，双手抓面揉搓了几下说中了。徒弟把炒面再端上去，吃客尝一口，嗯嗯，就是这味。

老街还有一种人被称为吃家。吃家在老街就是最高荣誉了，类似在电视餐饮大赛节目中的美食家评委，会吃会做会摆活，譬如今天要给您说的费爷。

老街很古老，九个朝代的皇帝都曾建都于此，老街人开店做生意也或多或少地滋生了些情怀，即便是柴米油盐酱醋茶也期望能调剂出古都的文化底蕴，显得有格调有格局。老街吃家就能把吃文化张扬得流光溢彩，把老街人不甘落魄的虚荣心吧唧得蓬蓬勃勃。

正是清晨匆忙时分，街上都是急匆匆奔走的人，许多人手里拿着早点边走边吃。费爷一身休闲唐装，脚踏千层底布鞋，背着手，仰着头，平稳地走在老街青石板路上。

熟人打招呼，费爷，您老这是去哪啊？

费爷头不低，步不停，喝汤。

您老今儿个是去哪家喝汤？

大石桥火街羊肉汤。

火街羊肉汤？才开张的铺子啊。您这"老吃家"去给新铺子捧场？

费爷微微笑着，不再搭讪，随即踏上大石桥。

老街有句谚语：吃喝不用瞅，只管跟着吃家走。费爷的身后就跟随了一群吃货。

生在古城，食在老街。外地人来老街吃个热闹，老街人却是要吃门道的。

老街人早餐爱喝汤，牛肉汤、羊肉汤、驴肉汤、杂肝汤、丸子汤、豆腐汤、胡辣汤、不翻汤，等等。花样繁多，口味丰盈。

在古城开个汤铺不难，难的是在老街开个汤铺子。老街人喝汤都喝成精怪了，嘴巴刁钻认熟欺生，爱逛老店铺，不太凑新店铺的热闹。你若开个新汤铺子，如果没老街吃家的光顾，三五年也别想在老街兴起。唉，还就这么邪。

费爷是老街公认的"老吃家"。老街洋洋十里，上百家的饭铺，他都能给你数叨一遍。费爷对老店铺的饮食文化故事更是如数家珍。在老街，吃着佳肴，听着吃家给你数叨着店铺的趣闻逸事，那才算得上是种享受。

费爷站在铺子前，并不急着进店，背着手看着店门上方的匾牌。

费爷自言自语道，火街羊肉汤这几个字撇捺放纵，笔画粗重，尤其这火字，夸大捺脚，雄健足可扛鼎。颜黄融化合度，磅礴大气。不必见款就知是老街写家高德位的风格，定是高德位的后人高满堂所书。

火街羊肉汤的老板叫袁成，四十岁开外的豫西汉子，憨厚豪爽。老板袁成迎出店外，拱手作揖连连点头称是。

费爷进店坐下，一碗羊汤，不放盐，不放辣，两个火烧。

随着费爷一同走店的人也附和着，一碗羊汤，不放盐，不放辣，两个火烧。

费爷说，火街，又叫双龙街。诞生了宋太祖赵匡胤、宋太宗赵光义两位天子。据传太祖诞生时，赤光照耀，满街通红，故名火街。咱们老街人的生活习俗啊就是从宋朝那会儿延续下来的。羊汤也是太祖太宗的喜好，火街的羊肉汤可是势张了上千年了呀。

羊汤端上，费爷端起碗先嗅了嗅，嘴贴着碗沿轻嘬一口。懂行的都知道，老街人喝羊汤是喝甜汤，这个甜就是汤中不放盐，淡的意思。

熬羊骨头汤你也达到个七八成了。费爷说，上好的羊汤，羊，要当天宰杀，羊骨砸断铺在锅底，再将成坨的羊肉羊杂铺在羊骨之上，放入自家的香料秘方，一锅汤烧开，中途不能再兑水，慢炖8个小时以上，这叫原汤原味。

费爷又夹起一片羊肉，眯着眼看看，放入口中慢嚼，说，羊是当地改良品种的绵羊，远闻清香，近闻不膻，肉质鲜嫩，味美清口。

费爷又有滋有味地喝了几口汤，说，添汤，双份辣。

吃货们也跟着喊，添汤，双份辣。

火烧一掰四牙儿，泡入红油汤中，呼呼啦啦满屋人喝得热汗淋漓，大呼过瘾。

费爷说，这汤稍显不足的是你用的葱花是外地大葱，应该用本地南关小香葱，压膻气，入味快，不粘牙。

袁老板点头称是。

袁老板的妻子望着费爷的背影，说，费爷帮着咱开这汤馆，咱这汤真有费爷说的那么好？

袁老板看着腿有残疾的妻子，想着家里卧床不起的儿子，没话，只望着外面。

太阳已升上了丽景门，老街，就笼罩在温润的阳光下……

# 诗 人

◎ 老 海

阿杰是个诗人。

阿杰是一个真正的诗人，起码我这样认为。能让我读得热血沸腾浮想联翩的，我认定就是好作品，我从不看作者有没有名气。

阿杰显然没什么名气。阿杰是个打工仔，住在城中村一个逼仄的出租屋里。他怎么可能有名气呢？

阿杰租住的出租屋在一个三岔路口，正对大门的一条路通往菜市场，人们在那里购买生活资料。菜市场旁边是一个低档超市，方便面卫生纸等日常用品应有尽有，而且价格便宜。这是令阿杰最满意的。

对于这个南方城市的"入侵者"来说，我的朋友少得可怜，甚至可以说几乎没有，阿杰是我的"唯一"。我是不是阿杰的"唯一"我不知道，想来情况也差不多，因为我在阿杰那个仅有六平方米的小屋里，没有见过除我之外的其他朋友。

南方本来就热，何况夏天？我每去阿杰那里都见他打着赤膊，坐在电脑前挥汗如雨。唯一的降温设备，就是一台从旧货市场淘来的桌扇，它仿佛不堪重负地摇头晃脑吱哇乱叫。他的电脑也是二手的，显示屏还是那种带个很大后勺把的一代联想。阿杰不好意思地搓着手说："咱又不打游戏看电影啥的，能显字就行了。"

我抱着个条纹大西瓜去看阿杰，这在夏天是最价廉物美的访友礼品。尽管阿杰汗水涔涔，却连连推辞。我们畅谈文学，他把他写的诗歌给我看，我说有意境，还接地气，像海子的作品一样。我把我的小说拿给他看，他看了说："李老师，你的小说写得好极了，有卡夫卡的风格。"我说："我学的是卡佛，不是卡夫卡。"他说："姓卡的都他妈的厉害……"我们一起笑了起来。整整一个上午，精神的愉悦充盈着阿杰的小屋，遮蔽了这狭小的空间如猪窝般的脏乱。

　　中午我借故还有事，坚辞了他的请饭，我不想让他破费。根据以往的经验，我们每在一起吃饭，他必抢先买单，根本拦不住。可是，当我走出门的时候，他抱着那个大西瓜追了上来，夹到我的自行车后座上，非要让我带回去。他甚至亲自推着我的自行车送出好远。

　　再来阿杰的小屋时，我不仅带了西瓜，还带了水果刀，进了门，不由分说，先杀西瓜，这样就避免了他再把西瓜送回。其实阿杰是非常喜欢吃西瓜的，他端起一块月牙状西瓜，嘴从这头横移到那头再回来，这么一个来回，红色的西瓜瓤就不见了。阿杰的这种快速吃瓜法我还是第一次见。他在横扫瓜瓤的过程中，瓜子从另一边嘴角像打机关枪一样喷射出来，十分好玩。

　　毫无征兆的一天，阿杰打来电话，说出事了。我跑到阿杰那里，看到屋里一片狼藉。坐在椅子上的阿杰一脸疲惫和沮丧。原来，他居住的出租屋进了小偷，电脑主机被偷走了。那里面储存着阿杰两年来在这个城市写的所有诗歌，而且没有其他备份。阿杰目光呆滞地反复说着一句话："你他妈的偷什么不好，为什么非要主机呢?"我说:"这很好理解,你这屋里,唯有电脑主机还值几个钱吧。据说小偷有个不成文的原则,只要出手,从不空归。"

阿杰的出租屋背后有一条小路,仅能容两个人错身而过,两侧尽是紧闭的窗口和窗口后隐秘的人生。晚上,这里一片昏暗,即便是年轻人,也很少单独而行,但这却是一条近路,可以让你方便地去往这个城市的各个角落。阿杰断定小偷得手后,就是从这条路逃走的,他借着夜色,踩着路边的青苔狂奔而去,拐过一个弯,消失不见。

小偷或许并不知道他偷走了阿杰的诗歌,那对他来说是一堆完全无用的东西,但对诗人来说,却是通行证,是纪念碑,是墓志铭。因为这些诗歌,这座城市曾给予过诗人赞美和荣耀;因为这些诗歌,阿杰能在那被惆怅和燠热浸泡得无比沉重的夜晚,重新鼓起勇气,把万家灯火视作星辰大海。

而这一切现在全都没了。

我安慰了阿杰,并陪同他去公安局报了案。接待我们的警察只是在本子上记了记,甚至都没说要出警去现场,他让我们回家等消息。我们知道这对公安局来说是再小不过的案件,他们根本就不重视。甚至从那接待员懒洋洋的口气上看,他觉得这么小的事,就不值得来麻烦他们。他们没当回事,我们当然也没抱希望。

公安人员当然不能理解电脑里那些诗歌的丢失对于一个诗人意味着什么。它对阿杰的打击是巨大的。阿杰那些天魂不守舍的样子和失恋没什么两样。最终,阿杰离开了这座城市。他在离去前对我说,这里是他的伤心地,他必须离开才能重新生活。我能说什么呢?这种时候,什么样的安慰话都显得多余。我们碰杯,双双喝得大醉。

阿杰走后，我们还时有联系，多是他打电话给我，说他又写了什么诗，读给我听。我有些敷衍地打着哈哈赞赏几句，如此而已。另外我还知道，他辗转了好多个城市，短则半年，长则一年。过了两年还是三年？之后就没了他的消息。我打他电话，被告知是空号。

匆匆又是数年过去，我似乎在这座城市里站稳了脚跟。可仔细想来，我也想不起我在这里都干了些什么。

他妈的！这些时光都到哪里去了？

然而，有一天，大约也是在文学圈的朋友聚会中，我偶然听到了有关阿杰的一个消息。这消息让我瞬间把被卷入生活旋涡的阿杰重新打捞出来：他一米六五左右的个子，颧骨高耸，胡子拉碴，长发拥脖，肋骨历历，唯有眼睛颇大，且目光清澈。他的笑像小孩子一样，天真无邪。

这消息让我流下了许多眼泪。

# 值 得

◎ 徐 东

我认识老罗十年了，常去老罗的画室喝茶。我去时通常也不提前打电话，但几乎每一次去他都在。他的画室不大，三十平方米左右，靠墙摆着一张三米长、一米二宽的画桌，墙上挂着些画。

十多年来，老罗夜以继日地作画，水平自然提高了，也完全担当得起"画家"这个称号了，只是他的画润格并不高，买画的人也一直不多。老罗租画室、买绘画的材料、日常生活开支都需要钱，而他的妻子没有工作。除了卖画，家里并没有别的收入。他有两个孩子，一个孩子刚考上大学，另一个也刚考上了研究生。算上两个孩子的学费与生活费，家里一年的花销大约要三十万。

我给老罗出主意说："你画了那么久，存了那么多画，而且画得相当不错了，却还从来没有办过一次个人画展。我可以帮你联系美术馆的馆长，免费办一次画展，到时多邀请些朋友和媒体记者捧场。说不定一次画展办下来，卖的画就凑够孩子一年的学费和生活费了。"

老罗抽着烟，沉思着说："办画展也需要一笔钱，装裱、布展、印画册，等等，下来少说也得四五万，到时成本也不见得能收回来，还是算了！"

我说："你是潮汕人，有那么多做大生意的老乡在深圳，会找不到人来赞助这笔钱吗？"

老罗叹了口气说："如果我厚着脸皮去找，可能也找得到，但你也知道我这个人多少还是有点儿艺术家的小清高，不愿意求人……"

我想了想说："要是你愿意放下身段去求人，说不定早就发了。要不这样吧，钱我先垫出来，等你的画卖出去再还我就好了。"

老罗笑着说："只是怕到时候画卖不出去，血本无归。我倒无所谓，只是你也不是大老板，钱多得没处花，我可不想让你做赔钱的买卖。"

我认真地说："为了艺术，我这点儿钱就是赔了也认了。如果我是有钱人，我肯定会把你捧火的。我看过一些画家的画展，你的画跟他们的比起来一点儿也不差，就差宣传了。——三五万我还拿得起，赔了也无所谓，你就当完成我的一个心愿。这些年我隔三岔五来你这儿喝茶，就当喝茶费好了！"

在我的再三劝说下，老罗同意了。

不久，画展办起来了。我们邀请了不少朋友来观展——有钱的、有地位的、有名的。然而正如老罗所说，我们请吃请喝，画却没有卖出去几幅，也没卖上好价钱，果然连成本都没有收回来。

老罗不好意思地对我说："我赔了画，你赔了钱，我们甚至还让别人赔了时间。通过这件事我感到，搞艺术的人真是难啊！"

我说："别人可以这么想，我们不能这么想。——我写作，你画画，这等于是在追求理想，追求理想在任何时代都是奢侈的，因为追求理想的人不像一般人那样可以牺牲自己的兴趣爱好而一门心思想着去赚更多的钱。很多人可以背叛甚至出卖自己去追求金钱和权力，我们比他们幸运多了！"

老罗笑着说："是啊，只是那些有钱有权力的人连附庸风雅都不愿意，这确实太让我失望了。"

我也笑着说："说得好，那种人我们都不屑于去同情他们。"

老罗点燃烟，深吸了一口说："等将来有钱了，我会把你的钱尽快还上。这些年我每天都早早起床，在外面随便吃个肠粉便来画室，中午有时在外面叫个快餐，晚上有时啃块面包或饼干，通常画到晚上十一二点才回家。这样努力却连孩子的学费都交不上了，说起来真可笑……"

我点头说："是啊，我能看得出你的努力……你别有压力，我看钱就不用还了。等你将来成为大画家，像王子武先生那样，大家都四处托人买你的画，到时给我两幅画我就赚到了。"

老罗感叹地说："你是一个有情怀的人，不过情怀不能当饭吃。你还没有结婚成家，以后花钱的地方多着呢。等我成名成家，那要等到猴年马月了。"

我说："艺术家们在没有大的成就之前通常都要过苦日子。你画画，我写作，都不是为了钱，而是为了理想。为了理想而活着的人自古以来讲的是安贫乐道。也可以说，别人在为了生存和发展奋斗的时候，我们已经是在享受人生了。"

老罗点头说："也是。尤其是在夜深人静的时候，我点上一炷香，听着古典音乐，能感受到笔在纸上发出沙沙的欢唱声，你知道吗？那种感觉让我想要流泪，因为那时我感到自己的那颗心是与天地万物一起跳动的……"

"是啊，艺术是艺术家的信仰，尽管画画不能使你发财，甚至有时会让你的生活陷入困境，但这一切都是值得的，你说是不是?"

"是啊，值得，我从来没有后悔过选择当画家。"

过了两个月，老罗打电话，请我去他的画室。

见面后老罗说："我有钱了，可以把你的钱还上了。"

我说："你怎么突然就有钱了?"

老罗说："我们把房子卖了。二十年前买的房子，当时两千多一平方米，全部付清三十万，你猜卖了多少钱?"

"五百万?"

"六百多万，我画了这么多年画都没有赚那么多。"

"你们住了二十年的房子，舍得卖?"

"不舍得也没办法，孩子们的学费要交，生活要继续下去，我的艺术梦也要做下去嘛!"

我感叹地说："这个城市真的是令人忧伤!"

老罗笑了笑说："不过，这一切都是值得的。"

我点点头说："是的，我们按我们想要的活法活着，做着我们想做的事情，没有随波逐流，这是值得的!"

# 字　帖

◎ 章小兵

老管自己都不知道，他什么时候爱上了书法。

生在穷乡僻壤，少年的时候，别说与书法无缘，除了几本教科书，就连闲书也看不到几本，更谈不上临摹碑拓与字帖了。不过，乡虽穷乡，地处山旮旯里，古时这里却出过几位朝廷大官。那些老屋斑驳的门板上，还残留着红漆书写的楹联，虽已残破不堪，仍能依稀辨出遒劲古韵，像什么"旧桃换新符，春风入屠苏""忠厚传家久，诗书继世长"，等等。这些时代久远的字，金钩银画像勾魂那样，勾住了老管当年那颗发烫的少年之心。骑在牛背上，没有纸和笔，老管就在老牛背上不停地临描。开始，老牛还以为小主人为自己挠痒痒。时间长了，老牛便感到不对劲，小主人的手指有时如蜻蜓点水，有时力透牛背，有时若杨柳轻拂。渐渐地，小管变成了老管，小山村也变成了旅游之乡。许多外出打工的村民都悄悄地回来了，老管也不声不响地在村中心开了一家小饭店。小饭店生意火爆不到哪里，也差不到哪里，反正供一家人的吃喝开销足够。老管不嗜好烟酒，更不打麻将扑克，无事的时候，就琢磨着怎么写字。小饭店中，他是老板，也是伙计，更是厨师。客人点韭菜时，他手中掌着勺子，脑子里却想着《韭花帖》。手剥黄鳝时，他在意念中笔走龙蛇。客散人静时，他收拾好碗碟，抹好桌椅，便手蘸清水，在光亮如镜的桌子上龙飞凤舞。写得尽兴时，仿佛历代书圣就站在他的身旁。他的一笔一画没有惊起风雷，却在小乡镇荡起了涟漪。乡下人好古，结婚贺寿不用市面上通行印刷的帖子，而是恭请通文墨的乡党，自写请柬。老管便常常被家有喜事的乡人请去。他有求必应，觉得在哪儿都是写，沾上喜气，喝点儿小酒，反而写得更加酣畅淋漓。某户乡人有一位宗亲住在省城，也是书家，接到从乡村快递过去的请柬，说是小侄喜结良缘，恭请叔叔大驾光临。开始，这位书家以为这份请柬是常见的那种印刷的大路货，便随手掷于书案上。当夜，灯光照耀之下，见那洒金的大红宣纸上，几行飘逸的行书似行云流水。书家惊觉这是功夫十分到家的书法，便连忙打电话询问乡下亲友，得到肯定答复后，击掌大呼："乡下藏龙卧虎哉！"书家到乡下赴宴时，无心饮酒，却特意造访老管。老管小饭店中无甚装潢，自书的条幅挂于四壁，室小而古意盎然，文气盈盈。室内二三桌，七八个人散淡地围炉漫话。前台不见老管，书家直奔后堂，只见老管站在炉火熊熊的灶台前，挥铲如同挥舞巨笔，一上一下，一左一右，一前一后，挥洒自如。书家心里叹羡道：难怪老管运笔如神，笔力千钧了。待老管忙完，书家问他："你是哪级书协会员？"老管茫然摇头，哪级皆不是。书家又问："你可参加过哪级书展？"老管仍然懵懂地摇头，从未参加。书家一迭声地惋惜道："可惜了！可惜了！人才啊！"老管听后颔首而笑，正在吃酒谈心的乡人却哄堂大笑。

半个月后，老管接到省城书家的微信，说马上就要举办五年一次的华东六省一市书法大赛，让老管按照他提供的地址，寄一幅自己的作品去。老管正忙着烧菜，有些不耐烦地回复说："参赛的事就算了。乡下狮子乡下舞，我写字不图什么赛不赛，就图自己高兴而已！"书家有些不悦，在微信中回复道："你怎么不图上进呢？寄一幅吧，就算是给我一个薄面。"乡下人什么都不怕，就怕拂别人的面子。老管也不例外，他也不想拂这位热心肠书家的面子。从来写书法都不装裱的老管，第二天，起个大早，在家中雄鸡啼鸣中挥毫，一气呵成地书写了一幅字，又特意赶到县城一家口碑最好价钱也最贵的大风堂装裱店，把这幅字装裱好，用京东快递寄给了书展大赛筹委会。几天后，老管接到书展大赛筹委会工作人员的电话："你是管老师吧？你这个人怎么搞的？书展参赛怎么寄来了一幅字帖？真搞笑啊！"老管听到这凶巴巴的呵责，愣了一会儿说："老师，请您仔细看看题签与图章啊！"对方也愣了一会儿，然后发出了一声长长的"啊"，既像感叹，更像惊奇。

# 找　药

◎ 邓建华

　　"老郎中开的药煎好了，你不先吃药，还天天斜着腰去冲什么冲？"老伴儿冲张得茂吼。

　　这样吼，也不是一次两次了，张得茂早已习惯。他给自家阳台的花浇水时，不忘给隔壁阳台上那盆蔫着的三角梅冲点儿水过去。老伴儿就说："人都不在，你给他冲什么冲？"张得茂说："话怎么能那样说呢？谁让他和咱指门对户？人不在了，那花不是还在吗？"老伴儿说："他也不是一年两年回得来的。三年半啊，你准备给他冲三年半啊？"张得茂不以为意："三年半也很快的，我们不是都做了二十多年的邻居了吗？"看张得茂不开窍，老伴儿急了，跺脚骂："你怎么就中邪了呢？他在位时就贪，就只知道什么东西都往家里拿，说不定这盆花就是哪个小王八蛋为了换个好车牌送他的呢！值得你那么珍惜吗？"张得茂将软水管捏扁了一点点，水柱喷射的力度刚好够得着隔壁阳台那盆花。这是个技术活儿，练久了也就熟练了，保证不会影响到楼下晾晒的东西。浇得差不多了，张得茂一边收拾水管子一边说："他贪的东西政府都给没收了。既然留在这儿，应该就是清白的。"老伴儿知道再说也是白搭，就嘟哝道："那你就好生养着吧，他老婆孩子都不要这屋了，都和他离了，走人了。就你，这个平时他最瞧不起的没出息的看门老头儿，给他守着吧！"

当年，他许还山当车管所所长时，找他的求他的那是排着长队啊！如今出了事，别说朋友没了，老婆、孩子也不住这儿了，老鼠、蟑螂等活物都转移了阵地。你说这盆三角梅要是也枯了，万一哪天他出来了，回到家，眼里还能看见一点儿鲜活的玩意儿？"指门对户啊！远亲不如近邻，近邻不如对门啊！他再怎么看不起我，我也得这样对他啊！老话就是这么说的啊！"

就这样，张得茂依时按季给花浇着水。那花挺好养，该开花时开花，该落叶时落叶，该长藤时长藤。一年多工夫，藤蔓爬满了阳台上的护栏。

张得茂去看过一次许还山。许还山没有想象中那么惨，在农场里劳动还时不时得到表扬，以前凸起的啤酒肚也没了，人精神了许多。许还山说："也好，我是什么都放下了，病也给治得差不多了。"张得茂说："可是老婆孩子都给你玩没了。"许还山笑道："我想开了，找不回的不找了。我现在急着把自己找回来，把以前那个我找回来，找回来吃好药再说。"张得茂听了很欣慰，就给他说了三角梅的事。

许还山瞪大了眼，叹道："远亲不如近邻，近邻不如对门！茂哥啊，你费心了！"许还山将房钥匙交给张得茂，说："那就拜托你了，客气话我不说了，谁让我们指门对户呢！"许还山到了这个地步，还这么大大咧咧的，要不是隔着玻璃，张得茂都想打他一拳。

有了钥匙，方便多了，张得茂时不时去给三角梅剪剪枝、施施肥。花旺时，拍一小段视频，有蜜蜂有蝴蝶有露珠。他要老伴儿在微信上转给许还山的老婆看。虽然离了婚,但毕竟她没再嫁。没再嫁,就还有救。找对一味药,说不定就缓过来了。

这一年冬天,冷得特别早,也特别凶。老伴儿见张得茂拿剪刀剪一条还可以穿的棉裤,又吼开了:"干什么呢你这是?"张得茂指了指对面的阳台。老伴儿说:"他们家的柜子里找不出破棉絮?再说这三角梅露在外面这么多年了,你以为是你那老腰啊,还怕这点儿冷?"

张得茂的腰一阵阵疼,钻心地疼。他觉得老伴儿的话有些道理,自己也不想动弹,就没给三角梅做御寒处理。

让张得茂万万没想到的是,几场雪下来,那盆看似生命力旺盛的三角梅竟然枯死了。张得茂后悔不迭。

他的腰疼得直不起来。"唉,这个老郎中怎么不显灵了呢?不都说他是神医吗?"老郎中是他农村老家那边的,祖上十三代起就擅长把脉问诊,能自制中草药,在整个洞庭湖区都有些名气。老郎中将药配好送过来时,都会搭句话过来:"先吃着,看能否有效。说白了就还差一味药,死活找不到。以前河坝边还长着呢,让狗日的'草甘膦'给灭了。"那一味不见的药,可能恰恰是张得茂腰疼的克星。他吃下的中草药,都养得活一头牛了,腰却仍三天两头地疼。

这个腰都直不起来的人,偏偏还记得要去清理对门的阳台。他又是剪护栏上的枯蔓,又是给花盆松土施肥,看样子,是准备寻一个好天气,再去移一兜新的三角梅。

春天一到,温度嗖嗖就升上来了。

张得茂找了个蛇皮袋,就去推楼梯口的电动车。

老伴儿冲下楼来，吼道："等一下老郎中会来，你出门去？"

张得茂说："你不晓得帮我先招呼一下？"

老伴儿道："你腰疼还是我腰疼？他不见你人怎么看得了病？"

张得茂拍了拍心窝子，说："不去补一苑三角梅，这里又会憋出病。他下半年就回来，我承诺过他的。"

老伴儿说："你还不晓得吧，那花盆里长有好多花，就这几天长的。"

张得茂不解，问："什么花？天女散花？"

老伴儿笑骂道："天天有黑牛屎八哥在那花盆里翻来捡去，肯定是拉了鸟屎，带了些花草种子进来，没几天就长出来了，一眨眼就开得红红绿绿的，有的花还是我做细妹子时挖猪菜见过的。"

张得茂听得出神，有这等事？哼，准是这鬼婆怕我出门瞎编的。他还是寻找抹布，揩电动车上的灰。

恰好，老郎中搭车来了。现在老人持老年卡坐公交车不要钱了，老郎中就早早出了门。

张得茂赶紧将老郎中迎到自家。老郎中给张得茂看腰，又问吃了药后的疗效，而后叹道："要不，扎一下银针，或者贴个膏药试一试？我这也是巧妇难为无米之炊啊！少了那一味药……"

一阵风吹过来，纱窗布飘起。

老郎中闻到了一阵淡淡的草木香，问道："你这楼下是山地？"

张得茂说："是个水泥坪。"

老郎中停住手中的活儿，使劲嗅了嗅，说："不可能！"

老郎中扶正了老花镜，将信将疑地望望窗外："是的，水泥坪。"

老郎中怯生生地走到张得茂的阳台，他的鼻子马上捕获了花香的位置。

　　看着隔壁那个花盆里攒动的红红绿绿的花草，老郎中叫道："我的天，我找了多年的药啊！你怎么就藏在这里?"

# 雨林蝴蝶

◎ 大　正

　　五点四十六分，我起床洗漱后，坐在餐桌边喝速溶咖啡，吃冰箱里被冻得硬邦邦的吐司。微信朋友圈里较之前夜多了两张自拍、四条广告与一则公众号文章的分享。就这样，我看到了一篇有关Nonexstentpapilio的文章。

　　Nonexstentpapilio是一种蝴蝶，翅膀为黄色，上面点缀有巨大的黑色"眼睛"。这种蝴蝶近期刚被人类发现，尚无对应的中文名。它出生在多米尼加共和国与海地交界处的一片雨林之中。该雨林究竟该隶属于多米尼加共和国还是海地，国际社会尚有争论，姑且不论。在雨林中，越冬苏醒后的第一代蝶，往北向墨西哥飞行，飞至瓜达卢佩岛产卵后死去。第二代蝶经历卵期幼虫期蛹期并羽化后转而向西，夏末时来到夏威夷群岛，再次产卵。第三代蝶会在冬天到来前迁徙至日本的种子岛。横渡太平洋的蝴蝶们会趴在一种会发热的树上越冬，当地人称这种树为"比丘卡托"，意思是长满蝴蝶的树。冬天过后，苏醒的蝴蝶继续往西飞行，飞至中国越城的象背山。

　　在文章末尾处，小编写道："现在尚无人知晓，Nonexstentpapilio为何会耗费数代蝶的生命横渡整个太平洋来到越城象背山，象背山上并无罕见花卉与特殊景致。不过此事留给科学家去研究，欢迎对此感兴趣的市民到蝴蝶博物馆观看Nonexstentpapilio。友情提示：Nonexstentpapilio已被列为全球特级保护动物，切勿私自上山捕捉，以免引起国际纠纷。"

读罢文章，我点开图片仔细研究，不过与其说是研究，还不如说我是在放空大脑，等待即将到来的面试。

前公司倒闭后，我一直没能找到新工作，在家里待了超过半年。两个礼拜前，有公司发邮件过来，问我是否愿意做他们的测试题。我完成后发送回去，等了三天，电话打来，一个声音动听得有些不真实的女人请我参加面试。

"我姓管，是这家公司的人事专员，之前与你通过电话。"管小姐短发，脸很小，肤色与轮廓有点儿像黄种人与白种人的混血，嘴巴红得叫人心惊肉跳，无法直视。年纪不太能看出来，说三十没有问题，说四十也行。

我开始陈述自己过往的经历、对人体结构的理解、使用3D软件的种种心得。她频频点头，时不时拿起笔在我的简历上写写画画，偶尔也会说出几个软件名，问我有没有接触过。听得出来，她对她口中的软件完全不了解，她只是在扮演面试中自己应该扮演的角色。

"你对制作3D模型相当熟悉。"

"自己说倒是不太好意思，但我的确是专业人士。"

"我这里没有问题，不过得等总监决定。总监昨天去日本出差了。"

"明白。"

"如果没有其他想说的，今天的面试到此结束。"管小姐拿起我的简历在桌上蹾了一下，纸张与木板碰撞发出清脆的声响。

"想说说蝴蝶。"我说。

"什么？"

"Nonexstentpapilio，一种蝴蝶，不知您是否有时间。"

管小姐看着我，脸上露出惊疑不定的表情，她说："你听到了什么传言吗？"

"我应该听到什么吗？"

"确定没有恶意？"

"可以发誓。"我说。

她再次盯视我，最后像是下定决心一般说："好，你说。"

我深吸一口气，把早晨在公众号里看到的内容复述了出来。她听得极为认真，甚至在我简历的空白处做了笔记。

"这样交给总监不要紧吗？"我指了指自己的简历。

"没关系。既然你说了蝴蝶，我也对你说个秘密吧，总监根本不会看你的简历。"

"啊？"

"我们把项目以考题的形式发出去，回收模型后，择优提交给客户。换句话说，模型留下，人不要。"

"这……为什么？"我说。

"公司的营收刚好够支付办公楼的租金，所以……你懂了吧？"她止住话头儿，盯视我的眼睛。

"好吧。想问最后一个问题。"

"知道你要说什么。因为蝴蝶。我喜欢蝴蝶，周末正要去蝴蝶博物馆面试，所以不想欺骗喜欢蝴蝶的人。"

"不想欺骗喜欢蝴蝶的人。"我在心里重复了一遍，站起来与她告别。

她将我送至电梯口，问道："以后有什么打算？"

"继续找工作。"我说。

"结婚了吗？"

"单身。"

"房子有吗？"

"有一套，不到五十平方米，失业时结清了贷款。"

"车呢？"

"别克，十年前的老款，公里数倒是不多。"

"现在靠什么生活？"

"存款。"

"还多吗？"

"这怎么好说呢？"我想了想，"节约的话，还能再坚持两三个月。"

电梯到了，她与我一起走进去，狭小的空间里立刻充满香水味。电梯落地，她重又开口："我有个想法，如果你愿意的话——不过不要误会，我是看在蝴蝶的分儿上——我家还有一个空房间，可以免费给你住。你把你的房子租出去，租金用作生活费是够的，我想。如果你愿意打扫卫生、买菜做饭，我还可以付你一点儿工资，当然不会很多。"

我停住脚步，看着她。

"我离婚了，带着六岁的儿子，家里有不少事情需要男人处理，六岁的男孩也需要跟成年男性相处，而不是整天跟女人待在一起。"

"不觉得男人危险？"我问。

"你不是那种人，我看得出来。"

"看得出来？"

"因为蝴蝶。"

虽然不明白蝴蝶怎么了，但我想不宜再追问下去。关于蝴蝶，我可以说一无所知，除了Nonexstentpapilio。

周末，我接到管小姐的电话。

"骗子。"她说，"博物馆的人说根本就没有从多米尼加飞过来的蝴蝶，我们的约定就此作废。"

根本没有给我说话的机会，她便挂断了电话。

怎么会呢？我打开微信，搜索Nonexstentpapilio，的确是什么也没有。这到底是怎么回事，我至今也没搞明白，工作也同样没有着落。

# 安　生

◎ 刘博文

孜然，蒜末，小米辣。

蚝油，白糖，香葱切成碎花。

熬制秘方酱料，朝炉槽中均匀加入炭块，持蒲扇重重挥舞，不多不少正好三下，火舌腾地蹿起，汗滴进炉槽，发出噗刺噗刺的叫苦声。

烟熏人眼。

熏得江海抄起毛巾的手抬起复又放下，最终将沾满汗渍和油烟的白里透黄的毛巾紧紧攥在掌心，转过身去，要签子的工夫把阿笙训了一顿："哪儿买的炭？"

"依你吩咐，陆石河对岸胡祠堂巷尾撖，还能哪里？"学徒阿笙递过竹签，各忙各的俩人没抬眼对视。

"胡说，好木炭烧出来成这样，当我瞎？"

江海手执竹签，一根根穿起。此时街边人声渐浓，墙上挂钟撞过六下，已至下班晚高峰。

天边，月隐在云里，不时得见其清浅身影，显然，碗一样大盛着乳白色鱼汤的月亮，没能借到太阳公公的光。

"要我说，今晚天气有变。"

"那照你意思，干脆别出摊，回家躺着万事大吉对不？"

"有道理！"阿笙吐出舌尖，朝里屋奔去。他早预料到脑门要挨一下，只是借取尼龙雨布的名头匆忙避开，尽管师父出手的形式大于内容。

"我可不小了，还一天到晚被说性子皮！"思索再三，埋怨终未出口，随喉结滚动落回肚子里，憋出阿笙满脸闷气。

都是人，都要面子的。

闷声不响撑开坐落于门脸外的凉棚支架，搭上尼龙雨布，简易的烧烤摊儿现出雏形。待过会儿人潮涌到雨布前头，有他忙的。

"该！"

阿笙穿一把签子就朝炉槽偷瞥上两眼，烟渐渐小了，师父的额头上渗出滴滴汗珠。做学徒已有三年，想当初刚来老城时，师父可不是这么承诺的。

什么两年就能出徒，简直是满嘴胡言。

不是什么事都能被时间磨合好的，久之师徒间便生了嫌隙。三年又三年，空口无凭的承诺等同于炉槽里炭火燃后的灰烬，风一吹就散。

大不该听家里人介绍前来打工学艺，这年头工作得自己找才安生。

许是心头装事太多，一支竹签不偏不倚扎中了阿笙右手食指，所幸档口活路正忙，师父自顾不暇，没曾发觉。

不然，又要挨顿臭骂。

如他挂在嘴边的念叨般。

"烧烤，最重要讲究个鲜。张大爷清早河边收起的鱼虾篓子、李婆下堰塘深一脚浅一脚踩出的莲藕……还有木炭，别看同食材无关，干柴烧制出的炭块也确实没工业炭生火来得快，但它烧出的味道，有股木材原始的清香，与烧烤的鲜相辅相成。老主顾能咂出味来。烤到酥麻兼带点点焦煳方为上品。都是学问。"

典型的小和尚念经——有口无心。半句关于秘制酱料的话都没讲，怕教会徒弟饿死师父？

切，少给人玩虚头巴脑的！

阿笙心里杂乱着，手头的活路却有条不紊地往下行进。给每张支开的折叠桌上摆放好烧至滚烫的三皮罐茶水，一天辛苦自此开始。阿笙负责写单子配菜，江海上手烤，末了，撒上葱花提鲜。

时间就这么日复一日地过去，如同小时候散落在抽屉里那些舍不得吃掉、过期化掉的糖果，进入冬天复又在包装纸内凝固成形，等待某天再度见到阳光。

人越大，越喜欢站在对立面看问题，从中生出的怨气就叫脾气。

对待烧烤，江海明显发觉，徒弟近来愈发不上心，经常找机会溜出去，像是在和谁谈事。

难不成他也晓得老城改造的事？

就在刚刚，因为征地的问题，江海跟拆迁办负责规划的六生在桥边大吵了一架：

"就不能给我们老辈人留块门脸过点安生日子？咱早就过了推倒重来的年纪，经不起瞎折腾。"

回到摊位，阿笙又不见踪影，愈发证实了江海的判断。

隔日，阿笙居然带着六生一道回来了，江海大手摆晃："说什么我都不会搬走，不信你们敢硬来。"

却不料二人根本没理会他，径自走过，在烧烤摊旁支起了卖三皮罐茶叶的流动摊。

打不过就加入？——没来由地，江海想起之前阿笙他们年轻人开玩笑时总说的话。徒弟像是看中了他的心思，接上他未曾出口的话头："师父，咱可不是加入，确切地说叫加盟。"

"加盟？"

"对啊，老街翻新后，您老人家还是安生忙烧烤，阿笙出来单干，以加盟的名义，将老少咸宜的夜市三皮罐茶叶打造成品牌，以烧烤伴侣的名头捆绑推出，绝不抢烧烤的生意，您意下如何？"

"还意下如何，"江海撇撇嘴，"不怎么样！"

"傻小子，以为我真怕你出去抢生意？别人总说什么教会徒弟饿死师父的，我才不信！晓得拆迁为啥一直没松口，无非想多争取点还迁门面，给你接班时好大干一场，也对得起你妈的嘱托。"江海接着说道。

"真的？"

"难不成是煮的？师父我，大半辈子可只会一门手艺——烤的。之前无非想熬实你那皮性，往后想做啥做啥，师父给你打下手。"

阿笙闻言心头一抖。

"抽空回去看看你妈。寡老一个，有你回去她的心才安生。"江海说着，敲敲阿笙的脑门，这回是成了他给徒弟递东西——

不是竹签，六生瞧得清楚，一枚创可贴，明晃晃的宛若天边弦月。

# 忐 忑

◎ 江红斌

　　医院的ICU病房设在顶楼，顶楼下层的楼梯口是个大厅。我们所有病人家属用被褥在大厅里占据一块地方，昼夜守候，等待抢救室里亲人的消息。我们像寻觅食物的鸭子一样伸长脖子，眼睁睁地盯着楼梯口。但凡有轻微的动静，我们的目光会齐刷刷地望向楼上。我们的等待充满焦虑，单调而枯燥，乏味而无奈。每天早上，医生会准时下楼来，报告亲人的病情。吃饭时，我们把破壁机打出的流质饮食端给等着的护士拿上楼去。护士还会不定时下楼来，向等候差遣的人们发号施令：某某家属，送一包尿不湿，要快；某某家属，把这几瓶血样送到化验室，迟了上午拿不出结果；某某家属，去缴费，否则停药了。收到命令的家属飞也似的跑下楼去，没任务的只好作鸟兽散。

　　余下的时间依然是漫长的等待。抢救室里正在抢救自己的亲人，大家看似镇静，内心的躁动却能从阴郁的脸上找到痕迹。在烦躁的等待里，我让目光在大厅里巡视，以此缓解不宁的心绪。当我看到旁边那位女士时，居然暂时忘记了不安。

　　那女士五官端正、身材匀称，尽管脸色苍白憔悴，但我也能猜出，她原来是个非常漂亮的女人。她长得极像著名歌星龚琳娜，这也是让我忘记不安的主要原因。龚琳娜是我最喜欢的歌星之一，她的法国音乐家丈夫给她写了一首无歌词的曲子《忐忑》，让她红极一时。那首曲子我能从头哼到尾，韵律优美，节奏感很强。

她太像龚琳娜，就叫她龚琳娜吧，不知道她会不会唱《忐忑》。她在大厅里占据的位置最佳，就在我的右侧，靠近一扇大大的玻璃窗，阳光照来暖融融的，而且视野开阔，能俯瞰楼下匆忙而过的人。她在那里放了一张折叠床，上面放着叠放整齐的花被褥，不像我们在冰凉的地板上垫几层纸箱板凑合着睡觉。最让我垂涎的是，那里三面有墙，如果把开放的一侧封闭，俨然是一个房间。这让我眼红，我觊觎那块地方。

她不像我们那样呆若木鸡，而是非常忙碌。她的大部分时间都在为流质饮食做准备，比如：花老长时间清洗破壁机的每个角落；青菜叶子要一片片地择，尤其是韭菜，每一根都要审视两三遍；大米、小米、黑米、香米，黄豆、绿豆、豇豆、豌豆……每一样都往破壁机里加一点儿。有一次我看到她在破壁机里放了两块回锅肉，听她小声咕哝说："这么多天没吃肉，一定饿瘦了。"

她的感觉异常灵敏。楼上稍有动静，她就像一只轻便的蜻蜓那样迅速飘到楼梯口。她第一个跟医生交流病情，第一个把流质饮食递到护士手中，第一个接住血样，飞速下楼。有时候，护士只是通知其他人去缴费，她便快快地扭身离开，脚步变得迟滞、沉重。

她的精力非常旺盛，每天睡觉很晚。有天一觉醒来，月光下，我看见她大睁两眼，在折叠床上翻来翻去，嘴里喃喃地说着什么话。她早上总是比我们醒得早，像一部定时报晓的手机。我们要在她盥洗的轻微叮当声中才醒来。

某天早上，当她第一个冲到楼梯口时，医生把她拉到折叠床边，低声说："这二十多天，你尽心尽力了。算了吧。"

　　她紧张地说："我有个远房表妹也许还能凑一点儿钱，我这就打电话。"

　　医生说："不必了，你丈夫依靠呼吸机才有呼吸，其他所有的生命体征都没有。"

　　她说："也许……医学奇迹……"

　　医生打断她说："放弃幻想吧。请你在放弃治疗的意见书上签字，还不至于人财两空。"

　　她脸色煞白，怯懦地说："可……可我下不去手。"

　　"可以让你的亲属代签。"

　　"家里就我们俩。"

　　见医生要走，她低声说："他哥在南方。多年没来往。"

　　"这个节点，他哥会来。"医生说完，忙去了。

　　她呆在原地，一会儿掏出手机，一会儿又装进口袋，犹豫不定。半晌，她才抖着身子好像针扎似的拨通了电话。

　　打电话耽误了太多时间，她最后一个送中午的流质饮食。

　　她丈夫的哥哥来到了大厅。他两只脚交替着支撑身体，每次重心偏移，都要抽一口烟。"弟妹，后半辈子不要埋怨我。"

　　"再不会了！"

　　哥哥不再偏移身体重心，从牙缝里挤出个字："签！"

　　在哥哥上楼签字的短暂时间里，我看见她一改往日的忙碌，一声不吭地坐在折叠床上。她那双细长白皙的手仿佛是身体的多余物件，一会儿握住，一会儿松开；放在腿上，又放在被褥上，最后竟然放在脖子后面，把头压得很低。

哥哥终于下楼了。她猛地站起身，颤声问："完了？"

"完了。"

她身子摇晃了几下。

"五分钟，正好五分钟。护士拔掉呼吸机的管子，五分钟，眼皮就慢慢合上了。"

她不再听，俯身收好东西，拎在手里说："走。"她在前面走，哥哥拎着折叠床跟在后面。我的心情非常沉重，目光越过哥哥追寻她的身影。在下楼的一瞬间，我看到她好看的腿脚软了一下，身体打了一个趔趄。她会去哪儿呢？我的心一阵忐忑。

等看不见他们的身影后，我的目光再一次审视她曾摆放折叠床的位置。这真是个绝佳的位置！但我没有了觊觎的想法，目光却变得恶狠狠的，瞪着那个地方。

# 丑 妻

◎ 赵淑萍

　　小周村的一大片地，就数李二那块长势最好，一年四季郁郁葱葱。韭菜、蚕豆、雪里蕻、榨菜、白菜……人勤地不懒，李二种的作物，季季丰收。

　　李二和他的老婆，几乎每天都泡在地里。天下起了毛毛雨，他们埋头除草，没察觉，后来雨下大了，他们好像还是没察觉。这时，他们的女儿，头上扎一对花蝴蝶结，蹦蹦跳跳地过来给他们送雨衣了。秋天，天黑得早。在浓重的暮色中，李二踏着三轮车，载着农具或者收割的作物。他把车速放慢，他老婆则在后紧跟着。有时候，没有农活儿可干，他们也要到地里来绕一圈。

　　李二的老婆，大骨架，方脸，发短眉粗，身材平板，少有女人味。她像一个锯了嘴的葫芦，从不和人言语，也没任何表情。她小时患过脑膜炎，反应有点儿迟钝。李二呢？小时读书很刻苦，成绩也好，后来中专毕业分到乡里当会计。那时，他算吃上了皇粮，是个有身份的人。但李二家一贫如洗，家徒四壁，于是，他就起了邪念，贪污了几十元钱。那年代这是个大事，后来，他被开除，回到了村里。李二从此就每天泡在自留地里，起早贪黑，有意地躲避着村人的目光。他家里穷，样貌一般，又有污点，到了该成家的时候，哪家的闺女愿意嫁他？后来就娶了这个老婆。

娶了老婆后，常常是两个人一起在地里忙。李二比先前开朗了些，在路上也能淡定地和人打招呼了。可妻子总是闷着头干活儿，闷着头走路。不久，他们有了个女儿。这女儿眉清目秀，还咿咿呀呀特会说话。李二的老婆也开始跟姐妹们一起到镇上逛街。她自己很少添置新衣，倒是舍得给女儿买漂亮衣服。后来，还学着给女儿梳辫子。女孩儿的两根羊角辫上扎一对花蝴蝶结，走起路来，一颤一颤的，甚是好看。小女孩儿后来上学了，成绩也很好。

李二的老婆虽然丑，而且有些痴呆，但是，从不拿别人家东西，不像东头的王五媳妇。那位也得过脑膜炎，口齿不清，但还特爱缠着人说话。她老是采人家地里的东西，摘人家树上的果子。有人告诉王五，王五就说："她傻痴，你们还跟她较真儿？"李二的老婆手脚干净。有一次，她女儿摘人家地里的番茄，被她狠狠地用镰刀柄给打了，打得自己都眼含泪花。她干活儿手脚慢，但从不偷懒。有一样活儿她很拿手，那就是挑荠菜。荠菜若长在干硬的泥土上或是道路边，叶比较硬，紧紧匍匐在地上。然而在松软肥沃的田地里，它傍着菜长，青葱碧绿，肥肥长长。李二老婆专门在菜地里挑荠菜，动作熟练，一会儿就挑满了那只老旧的杭州篮。她女儿最爱吃的就是荠菜炒年糕。

这么勤劳的两口子，没有口角，没有是非，村里人都对他们心存怜悯。只是人们暗中也疑惑，这样的一对夫妻究竟恩不恩爱？李二到底对媳妇好不好？

那一年李二盖起了房子，房子很高，很气派，这让人对他们刮目相看。那一年李二地里的南瓜丰收，装了一车又一车，卖了好几千块钱。但是，那天，他老婆突然不省人事。李二发现时，已没了脉搏，手脚已经凉了。尽管如此，李二还是执意让女儿叫救护车，好像在期盼发生奇迹似的。当医院告诉他已经回天无力时，李二就像一个泄气的皮球一样。回来后，李二拿出装修的钱，对妻子娘家人说："后事要办得风光，样样不能少，不能亏待了她。"那日，李二为老婆换上了新衣服，而且请人给她化了妆。"其实她一打扮也还齐整的。"人们说。李二为老婆整整守了三天三夜的灵，悲伤得不能自已。李二还在棺材边说："总以为你每天有使不完的劲儿，从来没想过你会累，会生病……"

李二家的那块地，从此荒芜了。李二地里有好多堆放着的南瓜，本来是准备继续装车去卖的。后来，就任它们堆放在那里，到最后都腐烂了。地里长满了杂草，荠菜的茎抽得老高，顶着密密的花。以前，李二老婆都要挑最嫩的荠菜去给女儿炒年糕的，由不得它们长老。"老婆一死，李二没精神种地了。"人们说。

"爸爸，我要吃荠菜炒年糕。妈妈以前经常给我炒的。"女儿那天对李二说。

父女俩第二天跑到了地里。再过三天就是元宵节了。这里有"正月十五烧坏虫"的习惯。但是，李二提前烧了起来，很快，野草和枯枝都成了灰。"李二，等十五烧吧。"有人喊。"过几天要变天了。"李二说。而李二的女儿，这时候梳着一条马尾辫，绑了一个发夹，在那儿跟她爹一起烧。小女孩儿好像突然长大了。

过了几天，在那被烧得干干净净的地上，李二种了菜籽。"过几天一下雨，这菜籽马上就长。"李二站在田间小路上，对人说。其实，他心里想，菜长起来了，傍着菜长的荠菜又肥又嫩，这样，闺女又可以吃荠菜炒年糕了。他又想起走了的妻子，总觉得她还在地里，想一想就发呆。愣了片刻，他又向地里走去。

# 柯先生和他的朋友们

◎ 朱　宏

　　柯先生告诉我，他是和"爱美丽"一起来看的电影。这显然是个女性的名字，我问道："那她人呢？"柯先生笑笑说："她是个神秘人物，藏起来了。"这是他的隐私，我不再多问。

　　我和柯先生是在电影散场时相遇的。当时我拉开商场的玻璃门正要走出去，忽然发现他在我身后，便拉住门把手示意他先走。他表达了感谢。

　　当我们走下商场的台阶，马上就要分道扬镳的时候，他在我背后说："小伙子，一块儿喝一杯吧？"我从未接受过陌生人的邀请，所以一时不置可否。他说："一站路外有个啤酒屋，我们去喝一杯精酿啤酒吧。"

　　十几分钟后我们坐在了啤酒屋的吧台上，两个人都要了印度淡色艾尔啤酒。柯先生跟我碰了一下杯说："看来我们口味相同啊，喜欢看这种文艺片，也喜欢这种口味的啤酒。"他说他没事的时候喜欢和老朋友"卡普"喝一杯，有时候也喝点儿白酒，白酒和"老孔"喝的次数最多。

　　柯先生跟我提到了很多人名，他说他最喜欢的是"缇薇"，钟丽缇的"缇"，蔷薇的"薇"；最喜欢在一起做饭的是"琳达"。他提到的人有男有女，女性居多。我感觉他和这些女性的关系有些暧昧，心想，这个看起来已经有60岁的老头儿还蛮风流呢。

我喝了一口啤酒，又苦又香，暗藏着玫瑰的馥郁。是什么人发明了这种液体？明明让你吃苦，还让你尝到芳香，这让我想到了爱情。柯先生说："说说你吧。"我说："我是来这儿打工的，在这个城市没有亲人，上个月和女朋友分手了，所以只能一个人来看电影。看电影是我的爱好。"我的精气神都被职场抽干了，生活不像柯先生那么丰富多彩。他有那么多朋友，令我羡慕。

柯先生突然想起来似的说："哎呀，我还没请教你的名字。"我说："哪敢说'请教'，你就叫我小王吧。"说完感觉有点儿失误，他却抢先笑了，呛得直咳嗽。他从口袋里掏出一个老人手机，记下了我的名字和电话号码。我并没有主动要他的电话号码，不知道他是否感到我有些失礼。很多偶然遇到的人，偶然记下来的号码，一万年都不会拨通一次，后来都想不起来谁是谁了。所以我就干脆不记了。

从酒吧出来，他说他往左走。其实我也应该往左走，但是我故意选择了向右——我不想再听他说那些和我毫无关系的人名了。

隔了一天，我收到了一个陌生人的电话，接通以后才知道居然是柯先生。我说："柯先生您好。"他说："别叫我柯先生了，显得生分。我们是一起喝过酒的朋友，就叫我老哥吧。"我说："好的老柯哥，您什么事？"老柯说："想你了呗，我正在和老孔喝酒，要不要参与一下？"

我当然谢绝了老柯的邀请，我们算哪门子朋友？他想我什么想！我们的交集只是喝了一次啤酒而已，而且采用的还是国际流行的AA制。

大约三个月后，我接到警察打来的电话，对方问我是不是认识一个叫柯春荣的人。我对这个名字感到陌生，便说："不认识。"警察说："不对，他的手机上有你的名字，而且最近一次的通话也是打给你的，你最好来一趟。"

　　我恍然大悟，可能是柯先生。

　　我按照警察提供的地址来到一个老旧的工厂的家属院。警察说："人已经被殡仪馆拉走了，初步判断是心梗，自然死亡。"我回答完警察的问题，打量这所逼仄的房子。柯先生的手机扣在方桌上，手机背后的标签上写着"爱美丽"。方桌上还有一只小酒杯，上面贴着标签"老孔"。我陆续有了更多发现：电视机的商标被标签纸覆盖了，上面写着"缇薇"，落地电扇贴着"任来风"。当然我也找到了名叫"卡普"的啤酒杯和名叫"琳达"的围裙。

　　柯先生的房子里贴着数不清的标签，每件物品都有一个名字。他们都是柯先生的朋友。

# 擦肩而过

◎ 李秋善

三大爷虽然也姓李，却和我们利津李氏不是一家。我叫他三大爷，是按街坊的叫法。

三大娘共生了三个女儿，二女儿叫福子。

"福子"是哪两个字，已不可考。我们老家有种野菜叫"福子苗"（学名不详），开出的花很鲜艳。大概三大娘给二女儿取名字时想到了福子苗的花，就叫她"福子"了，或许也有祈愿她多福的意思。

福子是一九七三年的高中毕业生，那时的垦利一中校名也改了，叫五七红校。那两三届的高中生基本没学文化课，学生们分成文艺班、卫生班和农机班三个班。福子长得漂亮，自然分到文艺班。在文艺班也没学到啥正经玩意儿，很快就毕业了。毕业以后，要回家了，课本才发下来。

福子就这样回到左家庄的生产队当了农民。

三大娘家条件好，福子爱打扮，穿什么衣服都好看。她身材不高也不矮，该凸的地方凸，该翘的地方翘。面皮白里透着红，红里显着白。大辫子油汪汪，两只眼睛明亮亮的，透露着凛然不可侵犯的傲气。人们感叹，十里八乡就没有这么漂亮的人儿。

左家庄出了福子这样的人物，又是高中生，自然不能让她和粗笨的姑娘一样干农活儿，便安排她给社员们记记工分，干点儿轻快的零活儿。

有没有男青年对福子有过非分之想呢？我想没有，因为她太美了，本村同龄的男青年在她面前会感到自惭形秽，在学校也没有哪个男生敢追求她。所以福子为姑娘时尽管是个大美人，却没有任何绯闻。

村里放露天电影，县放映队有个小伙叫小宋的，比福子大四岁，人长得很精神，颇有奶油小生的味道。有一次迎面遇见福子，他便被福子的美貌吸引住了，开始追求福子。福子刚看到小宋的时候也吃了一惊，感叹天底下还有这么标致的人物。只见这小宋，身高一米七五，不胖也不瘦，头发自来卷，面皮白净，一双眼睛仿佛会说话。

左家庄离县城十几里路。每到礼拜天，小宋便骑着自行车到左家庄和福子见面。福子爱看小说，小宋便从县图书馆借图书给她看，什么《渔岛怒潮》《烈火金刚》《林海雪原》《大刀记》《万山红遍》，等等。小宋只读了三年书，福子看小说，他也跟着看，至于能不能看懂就不知道了。

小宋怎么到的县放映队呢？那年县里到村里招工，给了四十三户村一个名额，在村里当大队书记的小宋的哥哥就把这个名额给了小宋。刚招上去时他进了县府当勤务员，后来又调到县放映队当放映员。

那时候小宋在家里还有个童养媳，比小宋小两岁，娘家是大宁海村的。小宋的这个童养媳按说和我们家族还有些渊源。我们利津李氏是个大家族，人员散布在黄河入海口的两岸，小宋的这个童养媳就是我本家的一个远房姑姑，叫凤。如今她的叔伯哥哥还在左家庄居住。

我的这个姑姑家庭成分是地主，一九六二年，父母都饿死了。凤有个姑姑，是小宋的叔伯奶奶，她把凤带到了四十三户村，起初说给小宋妈做闺女，后来干脆做了小宋的童养媳。按说差着辈呢，但也管不了那么多了。

凤十岁就到了小宋家，听她后来说，到小宋家的当天便开始干活儿了。小孩子别的活儿干不了，放羊是能放的，小宋的妈妈就让她放羊。

后来能干地里的活儿了，凤便随着生产队的社员下地干活儿挣工分。出工的时候，小宋他娘给凤带的干粮和给小宋的哥哥带的不一样——给小宋的哥哥带的是玉米面窝头，给凤带的是野菜菜籽团的团子。每到馏干粮的时候，凤都不好意思拿出来让人馏——菜籽团子玉米面太少，团不成团，怕人家笑话。

既然小宋有了福子，自然是要跟家里的那个童养媳悔婚的。

被悔婚的凤自然是很难过的，她也知道小宋是有了福子这个情敌才变心的。这是迟早的事儿，即便没有福子，也会有其他女人。凤早就看出来了，小宋是个不安分的主儿。问题是在人家家里出了十几年的力，还没过门却又被退回来了，娘家又没人，即便有，怎么回？真是左右为难。幸好本村另一家姓宋的愿意娶她，这个男人比小宋还大一辈，年龄也比凤大几岁，她就顺水推舟嫁给了小宋的那个叔叔。

扫清了障碍，福子和小宋终于可以幸福地在一起了。

说来奇怪，人们对福子的美好印象只停留在她出嫁前，那时候她像个公主一样。出嫁以后人们好像遗忘了这个左家庄走出去的大美女。

其实福子的生活在她结婚后就开始变得狼狈不堪了。

结婚后的福子没有跟随小宋在县城安家，而是住在小宋在农村的家，住在两间矮矮的土坯房里。仅靠小宋微薄的工资显然不行，为了生活得想别的法。最直接的办法，就是和童养媳刚来时一样，放羊。

随着一女一儿的降生，福子的生活更显得捉襟见肘。

放羊并不轻闲。大风下雨天，没法放羊，羊也不能饿着。特别是羊要下羔时候，得像给人伺候月子一样伺候着。婚前的福子哪受过这个罪？没办法，生活硬生生把一个林黛玉逼成了孙二娘。

婚后的福子很少回娘家住了，主要是羊太耗费她的精力。

后来，小宋所在的放映队嫌人太多，那时候文教还是一家，他被下放到镇中学，接着又被调到护林中学。在学校，小宋只能做点儿后勤工作。

小宋在护林中学这段时间，福子还在护林乡政府驻地开过饭店。小宋风流成性，到处拈花惹草，福子拿他没办法。

有一次，小宋骑摩托载着福子出门，在上坡时与下坡的车辆相撞。小宋伤得比较轻，福子却伤得较重——命是保住了，却落得个下肢瘫痪。如今的福子，出门得坐轮椅，还得垫上尿不湿。

现在，凤住在县城和我相邻的小区。她和儿子在一起生活，每天都到广场上散散步，有时候也打打扑克，生活得很惬意。跟我说起她当童养媳时的那段经历，她还对小宋的母亲耿耿于怀。

小宋退休后也在县城买了房子。这一天，凤正在广场上散步，看到一个男人推着一个轮椅走过来，男人鬓角都白了。她认出来了，男人是小宋。不对，应该叫老宋了，七十多岁了。轮椅上的女人是福子。只见福子相貌丑陋（与车祸有关），目光呆滞，牙都掉光了。老宋也认出了凤，两人都没有说话，就这么擦肩而过。

# 月　珍

◎ 李晓寅

　　她一直是娇弱的、没有经受过磨难的小公主，直到10岁那年参加邻居一位青年警察的葬礼。警察只有22岁，在上山追捕逃犯时不幸身亡。

　　葬礼是在冬天，那是她第一次与死亡挨得这么近，近得可以看到年轻人鼻翼上的毛孔。她头一次感到了死神的冷酷与残忍。

　　在葬礼上，她听见了许多人的喁喁细语，大概是在说这个不幸的家庭。前年父亲因病去世，欠下的债务使这个家庭一贫如洗。儿子去年从警校毕业参加工作，日子开始慢慢好了起来。可是，不幸再次降临。这一次是儿子，他因为中枪，血液慢慢流干，不治身亡。

　　血液在身体里慢慢流干，这是一种多么可怕的死亡！她不由自主地打了个哆嗦，茫然地抬起头，想在人群中找寻这位儿子的母亲。她看见了，这个不幸的女人，先后经历了夫死子亡的悲剧，可是，仍然有着皎洁如明月般的容颜，闪现着熠熠光泽，穿一身黑色的粗衣布衫，面孔中悲愤又有孤傲。

　　那时候她还是少年，可是，却已经有了一颗敏感善思的心。在回家的路上，她对母亲说："妈妈，这个隔壁的阿姨好可怜呢！我们帮帮她吧！"

母亲怔了怔，良久才说："这世界上的可怜人太多了，谁都要接受不得不接受的别离。"

她的心中隐隐有些愤恨，又很惘然。她在想："什么是不得不接受的别离呢？"

很快，这种别离就让她轮上了。是一只叫鲁鲁的猫，她养的，养了好多年，每天晚上都钻进她的被窝里睡觉。她也习惯了，常想，这只猫，或许前世是她的一个孩子呢！

是个秋天的早晨吧！她从床上醒来，照例去摸趴在枕边的鲁鲁，摸到了一只尖尖的、冰冷的耳朵。她起身，看到身边躺着的，是七窍流血的鲁鲁。

她尖叫一声就躺在了床上，迷蒙中听到了有人在抬她的身体，她嘟囔着说："这孩子，不就是不小心压死了一只猫吗？怎么就吓成了这个样子？"

这时她才知道鲁鲁是被自己睡觉时翻身压死的。她大叫一声，从黑暗的深渊中走出来。她要赎罪，赎自己的罪。她要好好埋葬鲁鲁，她要……

她要做的事儿太多了，可是一件也没有做成。鲁鲁是父母带到乡下的菜地里埋的，她在家中由姐姐陪着，整天挂葡萄糖水。她吃不下，睡不着，头一次明白了什么叫别离。她在想："那位失去丈夫又失去儿子的阿姨，是怎么样活下去的呢？"

是的，隔壁那位阿姨，她不仅活下来了，而且，一直活得很好。大病初愈的她前去拜访了这位阿姨。看到她来时，阿姨微微笑，盘腿坐在炕上，剪着她的剪纸。她的剪纸很好看，有龙凤呈祥图，也有寻常人家的喜鹊报喜图。冬天的暖炕上散落着这些红色剪纸，整个房间也变得红彤彤、喜洋洋起来。

她坐在阿姨身边，认真地对阿姨说起了她的困惑，她对这世上别离的不接受。她看到阿姨笑了起来："人啊，总要接受不得不接受的别离，可是，你得有一个自己的喜好与技艺。它是一个人的魂儿。即使全世界都抛弃了你，它也会永远跟着你。只要有它在，你就不会垮，你就会踏踏实实地活下去。"

那时候她还小，还不太懂阿姨的话。她说："阿姨，要不我也跟着你学剪纸吧！你剪纸的样子，特别好看。"

后来她就真的开始跟着阿姨学起了剪纸。可惜的是，她没有这方面的天赋，她剪的纸总是中规中矩，没有灵气。她有些沮丧。学剪纸并没有拯救她，她心中仍然有无数困惑，对于别离的困惑。

难受时，她开始了写作。她的笔在纸上灵活地游走，有点儿像剪刀。在她的笔下，她看见了许许多多离开她的事物——鲁鲁、窗前盛开而突然被邻居孩子偷走的白色茉莉、初恋男子曾送给她的戒指（薄情寡义的他后来又无耻地索回）等，后来，又包括她的父亲，因突发性心脏病而离开了她。那一次她是多么悲痛啊！她以为自己再也渡不过这一关了。她坐在太平间冰凉的水泥地面上，一遍遍抚摸着父亲虽然柔软却冰冷的肌肤。那种别离的疼痛，像一枚钉子生生敲入了眼睛，不能遗忘。

她的作品渐渐有了名气，有许多约稿，又出了书。她忙不过来，丈夫帮她接编辑的电话。她完成作品后总是第一个给丈夫看。他笑着说："你写得真是好！"她也笑，其实她知道不是的，没有他说的那样好，可是因为他爱她，所以，她的一切，他都觉得好。

可是到底他也离开了她，因为一场车祸。他被送到医院时已经剩最后一口气，可是他还记得她的声音。真的，所有人都说他已经没有了意识，陷入了脑昏迷的状态，但当她来到他的身边，在他身边摇晃着他的胳膊，哭着呼唤他的小名时，她看见了眼前这个男人眼眶中有一滴泪缓缓落下。她用手摸，这滴泪，还是热的。

这一刻，她面目素净，容颜姣好，可是心已冷、已碎。她不能明白，这人间的别离，为何这样多。

她无法得知生命的真相，亦没有相信。所以她要不停地写，止不住地写。在写的时候，她想起了隔壁那个阿姨的话："人啊，总要接受不得不接受的别离，可是，你得有一个自己的喜好与技艺。它是一个人的魂儿。即使全世界都抛弃了你，它也会永远跟着你。"

写作就是她的魂儿。在经历了一次次的别离后，她终于明白了阿姨的话。人生的路是这样漫长，谁也不能永远跟着她，而她，早已不是那个娇弱的、没有经历过磨难的小公主了。她手中永远有一支笔，有几页纸。有一张纸上，写着两个字——月珍，这是她即将开始写作的小说题目。谁也不知道，这也是她的名字，"月亮"的"月"，"珍宝"的"珍"。在八月十五的月光抚慰下，她一遍遍念着"月珍"这个名字，开始了这篇小说的写作。

# 邂逅

◎ 张忠霞

王小芬送孙子去幼儿园后，拐到菜市街。

冬至饺子祭灶面，年节到了。现在大多数过来人觉出年味越来越淡，寡薄如白开水。大鱼大肉硬是吃出怕来，年轻人天天喊着要增肌减脂，同时却觉得自己越来越像个穷人：侬有几套房？车是啥牌的？不拉出来遛遛，怎知是骡还是马？

不管咋样，冬至饺子还是要包的，鬼神祖宗总得拿碗清汤饺子供供吧。饺子还是猪肉白菜馅儿，猪肉最好是后坐墩，臀尖红白分明，不腻不柴。黑猪肉贵得咬手，咬咬牙，为了小孙子，图便宜省几块钱也置不来高房大屋。葱姜白菜剥好洗净，面出门前和好醒上了。

儿子开个小店，一直唠叨不赚钱，就是不关门。媳妇前些年做安利，做食用菌，做黑茶。据她讲，都是赚钱的营生，就是前期投入大；只要人脉广，一年提豪车不是故事。如今，都成为故事。儿子大专毕业，早些年托人进个单位，好容易吃上财政，却是清水衙门。小科员见不着荤腥，工资单不好示人，兼职开店也是努力的标志。一小县城，房价奔万，不拼咋办！凯旋王城是学区房，首付凑上了。王小芬在超市打份工，上夜班，白天孙子要接要送。替儿担点儿月供，媳妇脸色才不恁难看。化肥厂下岗职工，退休金少得可怜，王小芬两口子抱怨委屈了多年，认命啦。

黄桃罐头！黄桃罐头！孙子爱死黄桃罐头了。随份子赴宴，王小芬会带上孙子。呀，蜜汁黄桃！就是蜜汁黄桃，带给孙子多少快乐！想起孙子，王小芬心软得一塌糊涂。孙子会背《弟子规》，会背《三字经》，会背好几首唐诗，在王小芬眼里简直就是神童。神童的黄桃罐头，来一箱！比她打工的超市便宜五块钱！

包饺子是大工程。路过孙子的幼儿园，孩子们稚嫩的童音如天籁灌耳。王小芬浑身加了力，紧踩几脚，自行车嗖嗖带风，哪吒的风火轮一样。

王小芬路过打工的金阳光超市。人像蚂蚁一样拥进超市。超市东西死贵，菠菜都两三块三四块一斤，菜市街一块多，又新鲜，人家咋都恁有钱！王小芬知道，身上没钱腰不直。王小芬拼命扒扯，似乎愧疚自己没能耐，亏了儿孙。能为儿孙添一砖一瓦，下世见了祖宗好挂住脸面。王小芬在人缝里穿行，总觉时间被耽搁了。时间，时间，时间都哪儿去了？王小芬除了打工接送孙子做饭，得空就绣上几针十字绣，穿个珠串，打个彩结。勤动动手，十块八块，三十二十，攒起来都是钱。老伴儿烦她掉钱眼儿里，说："就不兴跟人家娘们儿一样跳跳广场舞？儿孙自有儿孙福，不明白这个理儿，累死不亏！"王小芬不回嘴。老头儿挣多挣少都交她手里，不吸烟不喝酒，不打麻将不钓鱼，也不会操心。家有百口，主事一人，王小芬不主事不中啊！王小芬觉出自家的窘迫，老头儿和儿子似乎都不大可能爆发，只有自己这个陀螺转得更快些。时间，时间，时间就是钱！好在身体都没啥毛病，该唠叨唠叨，该挣钱挣钱。贫贱夫妻百事哀，早已不是神仙伴侣，只要不打不闹，就是恩爱夫妻。如果时光能倒流，如果一切能重来，比如，她要是当年没有死乞白赖地托人进化肥厂当工人，就不会遇到刚部队转业的他，她会有怎样不同的人生？王小芬偶尔也会思想跑偏，想些没根由的事。

忽然，前面路口围了很多人，王小芬皱了皱眉，下车挤过去。一辆混凝土搅拌车斜横在路中间。

"头没了！头没了！"

王小芬天灵盖一激灵，抬眼瞄了一下。搅拌车轮底下，一摊红的白的。王小芬一阵恶心。

王小芬不敢再看第二眼。王小芬后悔多那一眼，不净还是不见为好。回到家切肉剁馅儿，红红白白的黑猪肉真的很新鲜。老伴儿告诉她，买肉就要"好色"。老伴儿下岗以后在县委招待所做厨师，吃过早饭就到金阳光超市买菜买肉，公家机关要正规发票。

咣当咣当，红的白的剁在一起，王小芬眼里满是车轮下那摊红的白的，又是一阵恶心。不净，不净，不净走开！王小芬就想小孙子。小孙子背唐诗："鹅，鹅，鹅，曲项向天歌。"背得咋恁好听呢！王小芬心里瞬间熨帖，浑身力量倍增。孙子就是战斗力。个个饺子周周正正。瞅眼挂钟，十一点，麻利洗手，解下围裙。孙子要求奶奶一定要第一名接。孙子的命令就是集结号。

风火轮嗖嗖带风。王小芬的第一名总是令孙子很开心。王小芬满脑子都是孙子。孙子奔跑着扑到她怀里，小猫一样拱呀拱。孙子，孙子，心头肉啊！心头肉牵在手，世界一团圆满。

饺子煮好，孙子嫌烫。冷冷冷冷，小狗等等。孙子在看动画片。县电视台一直播《猫和老鼠》，孙子喜欢得不行。王小芬忙着煮饺子，儿子儿媳该回来了。

饺子煮好了，儿子儿媳还没回来。王小芬坐下来，哄孙子赶紧吃饺子，再不吃就粘一块儿了。孙子被《猫和老鼠》逗得咯咯咯笑，顾不上吃饺子。王小芬喂他。黑猪肉果然好吃，孙子吃得那叫一个香！王小芬笑成了一朵菊花。

猫和老鼠都定住了，插播新闻。孙子的屁股一蹴的一蹴的，撒泼打滚儿不高兴。新闻时间到了，谁能挡得住？王小芬趁机哄小祖宗多吃几口。电视台播音员一本正经的乡味普通话，雷暴一样击中了王小芬。

电视画面是王小芬邂逅的车祸现场。

搅拌车轮子底下那红的白的打了马赛克，旁边还有一辆倒地的电动车，毛线织就的座套。一个头颈部打了马赛克的人仆倒在地，藏蓝色羽绒服破了，羽绒从破口飘散，似圣诞夜的飘雪。最后，是"道路千万条，安全第一条"，斜体美术字，血滴淋淋。

电动车，赛克牌，八年前买的。碎毛线座套，杂色，王小芬亲手织的。羽绒服，金阳光超市促销，原价五百多，打折后二百八，藏蓝色，王小芬狠狠心给老头儿置办了一件，今早刚上身。

# 偷狗人

◎ 周泽宇

阿板是我养的一只小黑狗，它失踪了。

好不容易才找到他的照片，还是我给好不容易开花的君子兰拍照时，它站到了角落里。这才做出一份寻狗启事。

起初，我以为我不会这么想它。

我养了阿板快一年了，它是一条流浪狗。我常见他早晨趴在花园里的冬青树上睡觉，觉得这狗挺有意思，它是怕冷才把冬青树当床，那聪明劲儿，就快要变成个人了。

拿点儿牛奶和饼干，它就跟着我进了家门。

我每天喂它最好的狗粮，以此弥补不能带它出去玩的失职。每次我一进门，就听到它在门下用爪子抓门来迎接我，久而久之，木头门被抓出一条条的痕迹。后来，门下面让它掏出一个洞，它就把眼睛贴在洞上看我，等我回家。

成了宠物狗，也依然不改爱翻垃圾的旧习，房子里的三个垃圾桶，总被他搜刮一空，我骂它，不管用，用脚踹了它几次，才改过来。

一周前，阿板翻了衣柜，把我最贵的一套裙子扯了个稀巴烂。我生气了，大半夜，打开门，把阿板赶了出去。一整夜我都听得见它在外面扒门，但我就是没开，铁了心要惩罚它，甚至怨恨地希望它最好走了再也别回来。

　　果然，第二天阿板已经不在门口了。外面太冷，初春夜里又黑又冷，和寒冬腊月没有区别，很难熬。

　　阿板这么容易就离开了我，果然还是养不亲。我一开始这么想。也许阿板走不远，说不定在去年的冬青树上睡觉呢。但没有，阿板真的失踪了。

　　一条爱闯祸的狗而已，用不着伤心。说是这么说，回到家后看不见围着自己瞎蹦乱转的黑色身影，还是感觉心里寂寞，一天天过去，它失踪得越久，我就越想。

　　一天，和同事合作的项目出了纰漏，但老板只批评了我一个，我只好加班把漏洞改好，不仅没有加班费而且还被扣了工资。老板头一回发那么大的火，我强忍委屈，憋了一整天，晚上挤在地铁上老板的话还萦绕在耳边，看着周围陌生的面孔，觉得自己遭受了覆盆之冤无处倾诉，心里更加难受。

　　回到家一开门，就到处找阿板，没人同情我，至少还有狗能陪我。至少在这世上，还有一个活物会陪我伤心。找了一圈，那个熟悉的身影怎么都找不到，它窸窸窣窣在门后掏挖的声音，又小又长的黑色身子，都不见了。

　　我这才想起来，它丢了。

　　我痛哭起来。阿板的名字是我起的，它很怕冷，刚来那几天，喜欢把家里的毯子披在身上，像寓言里的蜾蠃，只要是它看见的被子、毛巾、毯子、衣服，它都喜欢往身上揽。我就给他起名阿板。这毛病它半年后改了，后来我装了地暖，它就整天四肢摊开肚皮贴在地板上，眯着眼睛睡觉，模样可爱极了。

现在，我把它弄丢了。我开始找它，到处张贴寻狗启事。

走在路上，我想它会不会突然从路边蹿出来，窸窸窣窣地蹭着地，欢快地认出我，朝我跑来。或者，某一天我的手机响起，有人问我看到了一条黑狗是不是我的。

我整天心神不宁，担心得睡不着，怕它在外面被车轧了，让人抓了卖狗肉，或者被人看上养在家里，那我就再也见不着它了。可恶的偷狗贼！我咬牙切齿。

我制定了一条寻狗路线图，把我方圆两公里的地方，分成四个区域，每出去找阿板一次，就走一个区域，我每周找两次，一个月能把周边找两次。

就这样找了很久，春天也快过去了，花园里的冬青长高了，阿板还没有回来，我的电话也从未响起。

某个周六早晨，我出去买菜，顺便在附近走走，找找阿板。一出单元门，我就听到了熟悉的声音，窸窸窣窣和爪子踩地的节奏，我循声找过去，看见远处一个衣衫褴褛的大爷在翻小区的垃圾，背着一个比人还高的编织袋，捡了不少塑料瓶和纸板，杂七杂八放在里面，样子和刚来我家时的阿板一样。而阿板，正跟在大爷后面，身上脏了，穿了一件用秋裤腿管子改做的背心，背上还背了一个小包袱，包袱里不知道是什么。老人用一根棉绳拴在阿板身上，阿板紧紧跟着他，和他一起翻垃圾。

老人找瓶子，阿板找吃食。

他们越走越近，我赶紧躲进单元楼里，继续偷看他们。蹒跚的捡垃圾老人，就是我找了两个月的偷狗人。而我的狗，又回到了它最熟悉的生活，慢慢跟在老人后面，像一对祖孙，又像一对伴侣，知足又幸福。

　　一会儿，老人累了，坐到草坪上，解开阿板身上的包袱，里面有水有馒头，人和狗一起吃，阿板欢快地摇着尾巴，跳起来舔老人的下巴。老人操一口东北话，阿板有了新名字，玄玄。没坐一会儿，老人又起来继续翻垃圾桶，阿板摇着尾巴跟在后面，和以前见到我时一样。

　　我没上去叫阿板，躲在门口看他俩亲亲热热地走远，才放心走出大门。

# 老伴儿

◎ 村　姑


太阳已挪到槐树的西枝，燥热渐渐下去了，铁老汉拿起苍蝇拍，口袋里装把刷子，牵起了树下卧着的牛。

老王头儿弯着腰从街上过，叫他："走，打牌去。"铁老汉说："明天吧，该放牛了。"老王头儿说："这牛上辈子不知积了什么德，来到你家了。"

一两年一个犊，孩子结婚的钱都是它挣来的。铁老汉想，我上辈子也是积了啥德，遇到了这头牛。

路边的"野谷苗"摇着绿茸茸的穗，节节草挤挤扛扛的又半尺高。想当年，家家养牛，这头牛捞一嘴，那头牛捞一嘴，路边草都贴着地皮。现在村里只有他家这一头牛了，想怎么吃就怎么吃。

铁老汉把绳绕在牛角上，专心挥着苍蝇拍围着牛转。草里苍蝇蚊子多，趴在牛的眼睛边、脖子上、肚子上，真硌硬人。牛虻最可恨，叮在牛肚子的软肉上，刺出一个口子吸血，牛干蹬腿就是踢不到。铁老汉以前也曾被牛虻叮过，小腿上现在还有一个疤。

牛肚鼓起来了，铁老汉把牛牵到路边的大皂角树下开始刷毛。脖子、脊背、肚子、屁股，每一处都细细刷到。风溜溜地吹过。阳光从树枝中散下来，像一条条线，光斑落在牛枣红色的身子上，牛身上油光光的，阳光似乎挂不住。牛一动也不动，那双黑眼睛透亮透亮的，温温静静地看着他，还带着娇态，像刚过门的新媳妇。老伴儿刚嫁过来时，穿着红袄，眼神也是这样哩。——呀，看你想到哪儿去了？

"好牛啊！"听到有人说话，铁老汉扭过头看，是一个端着相机的人。

铁老汉笑了，黑红脸上的皱纹变换着方向。那人说刚才拍了一些他和牛的照片，"很入画"。

铁老汉没听懂"入画"是啥，但说起牛，话就多了："是头好牛啊！套上车往地里送粪，往家里拉玉米，能干！犁地，'打打'向右，'咧咧'向左，听话着呢！也有犯犟的时候。比如发情了，闻到种牛的气息就不安分，有一次把绳子挣断了去'私奔'，一点儿都不害臊。还护犊。有个孩子拿根树枝撩牛犊，它瞪着眼，头一低，把人家拱翻了，幸亏没大碍。"

拍照人止不住地笑，要他牵着牛在长满草和野花的小径上走，再拽一根牵牛花藤绕在牛角上。铁老汉忸怩着照他说的做，像给新媳妇戴花哩。拍照人却连说好。

拍照人满意地走了，铁老汉藏在心里好几天的事却给翻浆似的搅动了起来——牛要卖了。

儿子说："如今种地都是大机器，牛也老得不能再生犊了，养着有啥用？夏天还好说，冬天要拉草、铡草，还要出牛粪、垫干土，你还能干得动？"

他也的确干不动了，稍微干点儿活就腰酸背痛，跟年轻时是没法比了。听着儿子说，他一声不吭，没点头，也没摇头。

这些天他老睡不着，半夜里忍不住侧耳听听牛铃声，起床去看看它。乡村的夜格外静，只有月亮圆圆地照着牛栏。他的牛一点儿也不知情，卧在圈里，轻轻咀嚼着，铃声细碎地响，像梦呓，像陪着他说话。老伴儿活着的时候，夜里醒来，两人就絮絮地说了这个孩子说那个。牛也说孩子吗？牛也是十月怀胎的呢！每牵走一个犊，它都要四五天不吃不喝，一声声地唤，直到嗓子唤哑。那声音撞在铁老汉心上，让他又疼又愧疚，觉得自己坏了良心。他能做的就是多抓把麦麸撒在草料上，把黄豆炒了磨了给它拌料。

谁还会买一头老牛呢？他能想到结局。有时从牛肉汤馆前过，看到拴在那儿的牛眼角都挂着长长的泪痕，他总是快步走过，仿佛坏良心的人是他。

铁老汉牵着牛走在回家的路上，神思有些恍惚，心被一个又一个或清晰或模糊的想法塞得满满的。太阳快落下了，把他和牛的影子拉得老长。

# 就是你了

◎ 赵　新

　　乡政府向沟里村要一位服务人员，负责打扫乡政府的卫生，保持乡政府大院清洁亮堂的办公环境。具体任务是每天清扫乡政府办公楼的楼上楼下，清除大院里各个角落的废物垃圾，一天24小时保持乡政府清洁卫生；如果还有时间，可以帮着烧烧开水，收收报纸信件，搞搞厕所卫生。具体要求是：一、身体健康，45岁到55岁的有身份证的沟里村男性村民。二、热爱劳动，勤快干净，初中以上文化程度。三、品质优良，礼貌周全，谦虚谨慎，和蔼可亲。待遇是每月工资3000元，每月15日前结账发清。

　　沟里村的村委会主任名叫赵三喜，58岁，个头不高，身体结实，人很精神。接到乡政府的通知，三喜犯了难：哎呀，这个人找谁呢？要说近，乡政府离沟里村最近，满打满算5里地，骑车子放个屁的工夫就能赶到，保证耽误不了事情；要说简单，活儿确实简单，不必动用计算机，没有什么高科技，挥挥扫帚动动抹布就行；挣的工资也不少，每个月干茬茬的3000块；可以在家里吃、家里住，守着老婆孩子亲戚朋友，强似在大城市里要面对租房住呀买饭吃呀等诸多问题给人打工！可是让谁去呢？这样一份美差，找自己的三兄弟去？找自己的小舅子去？近水楼台先得月，自己就是村委会主任，自己说了就算数，可以保证一家子甚至两家子都高兴！可是那不被人说长道短、不被人骂死吗？虽然自己的兄弟、自己的小舅子两个人非常非常合乎条件，非常非常知己，非常非常勤恳，但是不行不行绝对不行。自己这个村主任不是给他们两个当的，这两个人不予考虑，还是请他们靠边站，让他们去做他们正在做的事情！

那么找谁呢？谁才有这样的福气、这样的运气呢？

想了又想，赵三喜还是没有想出比较理想的人物，他问女人："哎，我说，咱们找谁去呀？这么好的工作，这么好的工作环境！"

女人说："我的意见是，除了你的兄弟，除了我的兄弟，别人谁去都行。全村就他们两个不行，绝对不行！"

他说："这个我知道，请你放心！"

女人说："那你们就开个村委会研究研究，讨论讨论，一定找一个不怕苦不怕累不怕脏的勤快人，给人家把事情做好做漂亮，给你争一份脸面，也给咱沟里村争一份光荣！"

听了女人说出这番话，他很激动，他很兴奋。他说："谢谢你的理解和支持。我现在才悟出一条道理来：做男人，有什么财富也不如有个好女人！"

女人说："哎呀，你知道吗？对于女人来说，有什么也不如有个好男人！"

他们两个都笑了，声音不大，但是笑得很默契，很知己，很真诚。

第二天晚上，经过深思熟虑，赵三喜决定召开一个村委会，研究、讨论、决定这件招工的事情。说是村委会，其实是村委委员扩大会——除了村委会委员必须参加外，村里的村民小组长、片儿长也必须参加，为的是发扬民主，坚决做到公开、公正、公平。开会前赵三喜把到会的人员数了数，点了到，大大小小、老老少少总计22个人。

会议就在村委会的办公室召开。赵三喜首先讲话。他很严肃地说："同志们，乡亲们，叔叔大伯婶子大娘姐姐妹妹哥哥兄弟们，乡政府朝我们沟里村要一位清洁工人，这是对我们的鼓励，对我们的信任！请大家想一想，我们让谁去。谁能够踏踏实实漂漂亮亮地完成任务，承担这样的责任？"

没人举手。没人举手也就没人发言。

赵三喜说："待遇也不错，守家在地儿，既不吹风，又不淋雨，每月工资3000元，这是上好的差事。大家要好好想一想，好好琢磨琢磨！有报名的请举手，你毛遂自荐也行，推荐别人也行！"

还是没人发言，会场的气氛闷了起来。

赵三喜说："我是村委会主任，我放弃这次机会。大家不必拘束，想说什么就说什么，你给自己报名也行，你看着谁比较合适，推荐他人也行！"

还是没人发言，会场里一片寂静，一片沉闷。

赵三喜明白，这是在座的各位都想推荐自己的亲友和家人，又都不好意思敞明叫响说出来，所以腼腆了，所以羞涩了，所以你看我我看他，所以先让别人说，然后自己说。

面对这样一个难堪的局面，赵三喜忽然心生一计。他立起身来，笑嘻嘻地说："好好好，好好好，请大家先认真地负责任地考虑考虑，一会儿咱们再做决定。我有一个特殊事，请大家多多原谅多多理解，我得先到外面的茅房里去一趟，然后咱们再接着开会。"

赵三喜出去了。

有人笑了，还有人拍了拍巴掌。

可是赵三喜很快就回来了。赵三喜说："哎呀，大事不好，有个老汉跌倒在茅房里，喊也喊不应，搬也搬不动，弄得浑身泥泥水水，肯定是病了。"他说他自己想把老汉扶起来，无奈身单力薄搬不动，请大家……

话未说完，就有一位小名叫"老好"的中年男人"嗖"的一声跑了出去。

他跑出去一看，并没有人跌倒在茅房里。

他喘着粗气对赵三喜说："主任，你撒谎，茅房根本没人!"

赵三喜笑着回答："兄弟，就是你了，就是你了!"

老好还不明白："什么就是我了，就是我了?"

赵三喜重复说："好兄弟，就是你了，就是你了!"

# 完　善

◎ 郭　戈


　　芳子眼见老公德明风卷残云地吃完饭，来不及抹把额头沁出的汗，伸手欲抓桌上的电动车钥匙出门，就有些不舒坦不耐烦了，她拿一只空碗扣上钥匙说："别出去了，年前只有十来天了，帮我做几天事吧！"眼光中有怨怼，有商量，甚至有乞求。德明说："正因为临近春节，所以我还不可疏忽大意，还要完善完善！"

　　"完善"一词，不光芳子的耳朵听出了老茧，而且全村上下也耳熟能详。自从当上米畈村村支书，德明书记就有一句口头禅："工作还要完善完善！"此时听到老公似乎义正词严，芳子的火气就按捺不住："完善个屁！外头抓完善，家中稀巴烂！"

　　"你又瞎胡扯，哪里稀巴烂？三十挖藕价钱好，开春修塘正当时，两件事我保证不推！村里的工作确实需要完善完善！"德明边说边不容置疑地掀碗取出钥匙，骑上电动车风驰电掣地跑了……

　　芳子手搭凉棚一望，见德明的车又进了村福利院，便不屑地"哼"了一声，思量道："个傻男人啰！福利院里精怪多，你想完善能几何？有的怨年饭鱼肉多，有的怨没有老婆太寂寞……看你哪来三头六臂，如何摆平！"

　　德明书记与村医许正华在福利院相约碰面，许医生问他："书记，今年能把老人的诉求解决吗？能完善到位吗？"德明胸有成竹地答："能，能！今天找你就是一起完善一下。"他俩为老人量罢体温，又和院长莲凤嫂子一起合议分工：春节前后，莲凤负责为院民每天测量体温，许医生负责每两天上门一次为两个患了肺炎的老人做雾化，若有重症由德明自己开车送到市医院。莲凤嫂子说："分工明确，措施完善，值得点赞！"德明书记摆了摆手说："哪里能完善得了？还有冬桂老头儿一直埋怨我不操心，不帮他找老婆过年。若能成全他的美事多好啊！"院长和医生异口同声说："这有点儿难，有点儿难！"

德明书记叮嘱完点点滴滴，定好老人年饭的菜谱，刚出院子又让榜发捏了车刹，听他风急火燎地讲述了一桩糗事：榜发心旌摇曳地首见网友，刚进她家院子，对上暗语，还没握上手，她在外打工的丈夫就到家了，榜发与他不期而遇。"他是谁？"网友老公厉色紧问。"我请的工，挖藕的，挖藕的！"网友答道。榜发也随声附和："挖藕的挖藕的！"就这样，榜发在网友老公的严厉监督下，拼死拼活挖了三天藕，睡的茅草房，吃的萝卜菜。最后她老公付工钱时，网友一脸坦荡地说："已付了已付了。"榜发回家反复琢磨，料定是受了骗，他拉住德明的手，说："书记，你为我撑腰，我要找她算账！"

德明哈哈大笑，说："天上不会掉馅饼，流了臭汗买教训！你还有脸找回去？我给你三百元你去老婆那里交账，就说另外的钱上馆子喝酒了。"

"那算了，哪个要你书记的钱去堵眼？"榜发说完红着脸匆匆地走了。

德明想，你去讨说法，还不是讨一场架，为我讨一身麻烦？

那样我的年就真过不好啦！

天麻黑时，德明才赶到人民医院。他要探望炳成大伯，祈祷炳成大伯"龙体大安"。对于米畈村而言，炳成大伯堪称一宝咧！他的儿子在广东办企业，做得风生水起，因为思念父亲，想把产业移至家乡，所谓"父母在，不远游"。合同已经草签，可是如果炳成大伯不在了，岂不是麻雀落在粗糠里——空欢喜？

真好！炳成大伯打了几天球蛋白，经过专家组全力救治，已从重症室转普通病房，不久即可出院了。德明书记找到主治医生，握手感谢哽咽不止。医生以为炳成大伯是他父亲，听罢原委也是唏嘘连连……

从医院出来，德明的手机响个不停。他以为是老婆催回，一听是莲凤嫂子欣喜的声音："书记，冬桂老头儿敞开了心扉，告诉我说他的相好丧偶后住在麻岭福利院。我下午让两位老人一起谈了心、表了态，他们愿意从此相伴，欢度余生。如果你同意，明天就办迁院手续。"

"同意，好事，注意完善手续！"

腊月之夜的北风有些薄寒，德明书记的心头却无比惬意。他想，回家之后再喝杯酒，就特别完善了。

# 突然多了一棵树

◎ 许心龙

一

村北坑塘，突然多了一棵树。

一棵钻天杨，有小黑碗一般粗，把坑塘里的弯榆树、歪脖柳等都比了下去，比得没了亮色。

直说了吧，这棵树显眼得跟村支书一样，是羊群里跑出了只骆驼。

坑塘南岸是村支书的麦田，毗邻的是良仁的麦田。

村支书望一眼钻天杨，又望一眼良仁，问："这棵树栽得好不好？"没等回答，又说："这树啊，你我都可以乘凉，还能防止水土流失，我看是有百利而无一害。"支书好像在开会，在发表热情洋溢的讲话。

良仁浅笑一声："好，好。"

其实良仁想诘问村支书："这有点儿不对劲吧，你咋把树栽到俺家地头上来了，你分不清地界吗？"

村支书就是村支书，他一眼就看出了良仁的那一点儿心思，笑说："黑夜办啥事都不得眼，你说对不？这树栽得是有点儿偏了，要不刨掉重栽？白天村里事真多，栽树只能选择晚上。"

良仁忙摆摆手："树刚返青，再挪恐怕挪死了。挪死了我可担当不起啊！"

其实良仁心里在咒骂："支书你这是鼻子大压嘴，心眼不正！"他只能在心里默念而已，谁叫人家是支书呢！好在良仁心里又找到了一个平衡点——这年儿子和平考上了郑州大学。其实，良仁猜不到，就是他儿子和平考取了大学，才让村支书产生了栽一棵树压压他的气势的念头。村支书的儿子原生可没和平幸运，考了几次都名落孙山，最后只能出去打工了。

看良仁并没因儿子考取大学而张扬和傲慢，对自己栽的这棵钻天杨还无非议，村支书就笑了，笑着转身离开了坑塘，离开了良仁。

笑声没了，人影也没了，却留下了团团浓烈的酒味。那酒味太难闻了，恶臭恶臭的。良仁实在忍不住，呕吐了起来。只是良仁没想到他竟把呕出来的秽物奋力吐向了那棵钻天杨。

二

村支书的儿子原生打工回来过年，溜达到村北地，发现坑塘边多了那棵树，还发现那棵树栽到了良仁大伯地头上，就叹了一声，皱起了眉头。原生已耳闻栽这棵树是当村支书的老子所为，何必呢？有意思吗？为此原生过年破例没喝酒，他怕喝酒了会多言，多言了会惹老子生气。知父莫若子，原生知道老子心眼儿小，官不大却好逞强。老子天天喝酒，好像不喝酒他就不是支书了，且一喝就醉，有几次就醉卧在了村北坑塘里。原生实在忍不住，就在母亲面前发牢骚："喝，喝，我看早晚喝出事！"母亲知道儿子看不惯老爹的德行，叹了一声，也没多言语。

三

岁月是把杀猪刀。大家都认为酒也是把杀猪刀，因为村支书喝酒喝死了，或者说被酒杀死了。

村支书死了，大家都认为这下良仁可以松口气了——村北坑塘那棵树真让他压抑得不轻，弄不好他连夜就会把那棵树刨掉解解恨。

村支书之死，不知道和平有反应没有，反正多年前支书摸黑栽树，和平是没做出任何反应。大家都认为，那时和平才高中毕业，现在可不是学生娃了，他混成了一个啥科长了。其实，村民理解错了，当时刚读大学的和平听说村支书把树栽到他家地头，气得连吃饭的瓷碗都摔了，非连夜坐高铁回来不可。后来之所以不了了之，是良仁硬压下了，良仁说："哪个宰相没有肚量？你还是个大学生呢，一棵小树都容不下？"

于是，村民都暗中观察当了科长的和平的反应。要是他不回来参加村支书的葬礼也正常，村支书活着时做得也太过分了。

然而，和平却赶回来了！

原生出门相迎，跪下行大礼。

原生欲言又止。

"和平哥，从前的事多谅解。"最终，原生嘶哑着嗓子诚恳地说，"那棵树一直在你家地头生长，树是你们的了。"

和平忙说："你节哀！今天不说这个话题，尽孝当紧。我心里有数。"

## 四

把父亲送走，原生就听不少人说村北坑塘边突然又多了一棵树，一棵大树，是移植过来的，跟先前那棵钻天杨一般粗细。原生还听说那棵新移植的钻天杨，竟栽种到了他家地头上！

原生猛地明白了什么，忙赶向村北坑塘。

远远地，原生望见那两棵高低一致的钻天杨茂密的枝叶随风摇曳，并排挺拔生长着，成了难得的一处风景。

待走近了，原生发现自家地头的这棵树的树干上挂着一块蓝色牌子，牌子上印着"原生家的钻天杨"几个字。

原生忙去找父亲当支书时栽的那棵树上的牌子，寻了一圈并未发现有啥牌子。原生心想，这棵树上应该挂上一块写有"和平家的钻天杨"的牌子。和平哥的胸襟宽广，果然一级是一级的水平。

久久望着眼前这两棵树，听着风吹树叶的簌簌声，原生顿时心生感叹："突然多了一棵树，突然又多了一棵树。这突然多的一棵树，与突然多的另一棵树，真是不可同日而语。"

# 霜　降

◎ 袁正华

　　几个人爬上屋顶，从屋脊开始，把紫红的琉璃瓦一片一片掀下来。不到一个小时，昨天还高大气派的房子就像是被剥光了衣裳的庄稼汉，露出了搓板一样嶙峋的肋条骨。

　　桂花蹲在院子里，两手绞着腰间的围裙，眼看着自己住了大半辈子的房子被拆得一片狼藉，泪水顺着脸颊无声地流了下来，很快就在脚边落满灰尘的水泥地上滴出了两个圆圆的"眼窝"。

　　透过院子里飞扬的尘土，桂花看见了丈夫明诚。

　　明诚拉着桂花，在院子东南角栽下一棵桂花树和一棵柿子树。明诚说："等柿子树开始挂果的时候，我们的孩子就该上学了。到时候，我给你们做柿饼，做桂花酱。"桂花轻抚微微隆起的肚子，哧哧地娇笑。

　　桂花开了，满院暗香浮动。中秋节的晚上，院子里的供桌上摆满了花生和菱角，还有几只油光光的月饼。桂花树和柿子树的身影在院场上盛开了一幅静谧的水墨画。微风吹动，圆圆的柿子在枝叶间忽隐忽现，仿佛一只只调皮的眼睛。明诚看了一眼供桌上祭月的茶水碗，假装惊奇地呼叫："桂花快来看，月宫仙子来我家了，祭月的茶水喝掉了半碗，月饼也吃了半块。"刚上小学的女儿婵娟躲在桂花身后偷偷地笑。婵娟问明诚："爸爸，我家什么时候盖新房呀？"明诚摸着婵娟的羊角辫："等你考上初中了，爸爸就给你盖新房。"

新房盖起来了，青砖青瓦七架梁。婵娟考上了初中，皱纹也悄悄爬上了明诚的眼角。

明诚和桂花是光明庄的一对普通夫妻，守着几亩责任田，男耕女织。明诚置办了拖拉机、水泵、脱粒机，不仅自己家用，也帮本庄村民耕种收割。桂花侍弄庄稼，侍候丈夫和女儿，一家人亲亲热热地过着自家的小日子。

婵娟读大学的时候，家里翻建了新房，贴瓷砖，盖琉璃瓦，不仅建了卫生间，装了浴缸和马桶，连储粮的仓房都换上了铝合金门窗，再也不用担心老鼠把收好的粮食给糟蹋了。

婵娟要远嫁到千里之外的浙江去。出嫁那天，明诚哭得像个孩子，隔着车窗拉住婵娟的手："等柿子熟了，记得回来吃。我再干几年，给你建一栋别墅，你生几个孩子回家都住得下。"

明诚的别墅最终没能建起来，他病倒了，食管癌晚期。

婵娟一次次来回奔波，还是没能留住明诚的生命，偌大的院子里只留下两棵树陪伴着桂花。中秋时节，桂花收好满树的金黄和清香，腌制成橙黄透明的桂花酱；霜降时节，桂花摘下满树的"红灯笼"，腌制成挂霜的柿饼。那些来自光明庄的味道，连同地里新出的萝卜、山芋、蒜苗、菠菜、菜籽油、大米一次次通过顺丰快递送到婵娟手上。婵娟生了两个女儿，她一次次带着老公和孩子回到光明庄，看望孤独的母亲，还有那个沉睡在串场河边坟地里的父亲。

岁月染白了桂花的黑发，婵娟想要把她带到浙江去，桂花不肯："桂花树在这里，柿子树在这里，你爸也在这里。"

责任田被流转了，桂花在附近一家小厂找了一份工作，平时侍弄几分自留地，晚上和两个外孙女视频通话："有没有想外婆呀？"两张粉嘟嘟的小嘴抢着说："想了！"桂花就心满意足地笑："等柿子熟了，外婆给你们做柿饼吃。"

年轻人大多在城里买了房，光明庄上的人越来越少了，只剩下一些形单影只的空巢老人和一栋栋破败的老房子。政府规划新农村建设，准备将那些闲置的空房拆除复垦。桂花不想离开老家，可她怕将来整个村庄就剩下她一个人。婵娟想让她去浙江，她说："桂花树在这里，柿子树在这里，你爸也在这里。我走了，就剩你爸一个人，他会害怕的。"

桂花和村里签了拆迁合同，可拆迁款根本不够在镇上买两间二手房，没办法，只好先在镇上租了两间民房栖身。

拆迁队很快就来了，只半天工夫，桂花和明诚半辈子的心血就变成了一堆瓦砾。桂花摸摸门窗，摸摸条台，摸摸碗橱，摸摸玻璃中堂。摸到哪一样，她都会想起当年和明诚一起置办时的幸福。她一样也不想落下，可出租房太小了，她什么也不能带走。

桂花站在废墟前流了半天泪，一步三回头地离开了。

桂花依旧天天到小厂去上班，偶尔骑上半小时电瓶车到老家自留地里摘些大蒜和芫荽。没有了农具，没有了家，她不知道明年这些自留地该怎么种。

霜降的晚上，桂花和外孙女打视频电话："柿子熟了，明天外婆回去摘柿子，给你们做柿饼吃。"

桂花回到曾经的院子，发现那两棵树被连根刨了，乱七八糟地倒在一片废墟里。满树的叶子早已枯萎，风一吹，光秃秃的树枝发出痛苦的呻吟。那些红彤彤的柿子七零八落地落了满地，有的被鸟儿啄去了一半，有的摔得稀烂，有的已经干瘪成了一张张皱巴巴的丑脸。

桂花蹲在瓦砾上放声痛哭，头顶落满了寒霜。

# 秋　叶

◎ 张诗尧


王升本打算去后山转转，"转转"的意思是去看看守山的林大爷，但是刚出门，他便改了主意，打算去村里的土路上，去看一棵树。

那是一棵长在土路旁边的树，一棵他叫不上名字的树，王升刚入秋就注意到它了。它的叶子同村里其他的树都不一样，有一片叶子尤为特别。就算是常听人说世界上没有两片相同的叶子，可有谁看过全世界的叶子呢？难保有些叶子就是长得一模一样。尽管抱着这样的质疑，王升还是敢打赌，眼前的这片叶子，世界上绝对找不到第二片这么好看的了。

王升想把它摘下来，夹在自己的书里头——一本崭新的《看不见的城市》，崭新到他从来都没有翻看过。王升只有这一本像样的书。其他武侠或者男孩子偷偷看的那些书，因为东塞西藏、这样那样的原因，早已经皱巴巴的、缺角少页了。这本他不曾翻过的书，至今都完好地摆在书柜里头。

可王升没摘那片叶子，他想等它自己落下来，这样才不会破坏它天然的美。他时不时会跑来树下盯着它看。它的棱角、纹路，还有颜色，都是最最完美的叶子才具有的。王升无数次想过拥有它的感觉，那样的兴奋就像是被猫抓挠一样。他甚至为了这片叶子，认真地看了那本卡尔维诺的书。他决定把它夹在第87页。

王升家村后头有一片山——说是山，不如说是一大堆石头。林大爷就在那堆石头下盖了个破屋子，住在里头。

王升时常跑到石头堆下跟林大爷闲扯，林大爷也爱给他讲这石头堆里的故事。

"当年我还小呢，这山可不是这样光秃秃的，那会儿树可多了。不光有树，这山里头，还有野狼呢。"

"野狼究竟是啥样的？跟村里的狗子像吗？"

"像，但又不像，狼比村里头的有些狗子还瘦还小，可是狼的眼睛是绿色的，会发光，凶得很，村里头的狗子哪敢那样瞪着人看？"

"你见过狼不？"

"见过啊。有一回我进山打柴，一只狼就跟在我后头。我知道它跟着我，它八成也知道我注意到它了。它一直在等个机会好吃了我哩。我握着镰刀的手都发汗了好几轮，可我知道，我怕它也怕，这时候不能认。你要是先它一步腿抖了，那你就完了。"

听林大爷说，狼可精着呢，它们下手前会找最好的机会。它们可不是蛮干，不出手就不出手，一出手就要命。

"那后来呢？"

"后来那狼跟了我好久，一直到我出了山，还能在杂草堆里看到它发绿的眼睛哩。"

"现在山里头没狼了吗？"

"现在，现在嘛，谁知道呢？这些年也没什么人进山去了。"

王升还想追问些什么，林大爷摆摆手，去捣鼓自己的烟斗去了。那是一个黄铜烟斗，烟嘴都泛白了，上头还有一些齿痕。林大爷把烟斗在石头上磕了磕，又塞了新的烟丝进去，就着火吸了一大口。王升望向林大爷磕过的那块石头，上面有着深深浅浅的小坑，也不知道是石头上本来就有的，还是林大爷磕出来的。

后山现在不知道还有没有狼，但是树是肯定没有的了。有人搞来了大机器和炸药，后山就跟那块被林大爷每天用来磕烟斗的石头似的，大洞小坑比比皆是，就像是一个个望向天空的眼窝，也像是一个个没结好的疤，看上去触目惊心。

王升很好奇这些石头被炸下来后运到了哪儿，被用来干吗了，后来听林大爷说，这些石头被拿去敲碎，和在水泥里，铺了路，盖了高楼——楼可比这些石头堆高多了。

"最近村里头正在筹钱哩，得把进村的那条路修一下，不然一下雨，车都不好走，更别提人了。"林大爷说。

王升对这些不感兴趣，他惦记的，是还能往自己的书里夹一些什么稀奇玩意儿。他对林大爷的烟斗也很着迷，他有一次提出想要这个烟斗，林大爷抓起烟斗就在他头上磕了一下，从此他再没敢提过这样的话。

秋风愈加萧瑟了，那片叶子却迟迟不肯落下。可王升极有耐心，等待的时间越久，他就越兴奋与期待。

天气冷了，林大爷就开始喝酒了。每次王升去后山，都要给林大爷捎上一壶村口的廉价酒。那酒他喝过，辣口得很，即使他分不清酒的好坏，他也知道，这一定不是什么好酒。

林大爷告诉他，现在科技发达啦，感冒时吃的药如果跟酒一起咽下去，会出人命的，所以在得小感冒的时候，可不能胡乱吃药，免得自己喝酒的时候忘了。感冒算是个什么病呢？以前的人没有感冒药，不也活得好好的吗？现在的人就是娇生惯养的，才造出这么多的事儿。

王升没把这话放在心上，他不是不怕死，只是他从不喝酒，也很少感冒。

林大爷又往嘴里灌了一口酒，接着说道："老咯，现在时代可是进步了，我以前哪里敢想？那时候拾柴火来回得走个把钟头的山路，现在一脚油门就过去了。"

某天早上，村口传来了轰隆隆的声音，王升爬起来，发现土路边停了辆搅混凝土的车，堆了很多后山的被敲碎的石头。路边的树早已不见踪影，只有叶子落了一地，黄黄绿绿，一片狼藉。他小心翼翼地蹲下来，一片一片地筛选起来。

他就那样翻找了一个小时，每一片叶子都像是他的那片叶子，每一片叶子又都不是他的那片叶子。最后，他已经记不得那片让自己着迷了许久的叶子了。

冷风刮过，灌进他的喉咙，他下意识地伸出舌头，每一口呼吸都带着淡淡的血腥气味。他突然想起后山一个又一个的石头坑和不知道还存不存在的野狼。

他想到他本打算夹叶子的《看不见的城市》第87页，上面有一句话："记忆中的形象一旦被词语固定住，就给抹掉了。"以后的人会怎样记住这些逝去的事物呢？后山、野狼和土路，这些鲜活的形象，好像最后都只能变成茶余饭后大家的谈资。

王升一片叶子也没有带走，他想，如果每片叶子都独一无二的话，跟每片叶子都相同又有什么区别呢？

# 家里来了个锢锅匠

◎ 张志明

水玉去西地给猪薅菜回来，在胡家桥村口碰到了锢漏锅的锢匠，就领他一路回了家。前几天刷锅不小心，水玉把菜锅摔了一道缝。

锢匠五十岁上下，话不多，进门放下挑子就掏家什摆阵势，一样样一件件在自己身前摆成了扇面形，军阵似的。

一切准备停当，锢匠坐到马扎上，先用小刷把锅裂缝边缘刷干净，然后两腿夹紧，拉动摇钻，微皱眉，凝定脸，往裂缝两边钻眼儿。水玉在煤矿上工作的男人这时忽然进了门，一身衣裳像刚从水里捞出来。

水玉半张着嘴站起来，嗔道："咋了，掉河里了？"

男人抬手扒拉扒拉脸胡噜胡噜头发，笑道："东边下得可大，到咱这儿了发现没下。"

水玉笑着横了一眼男人，说："你真会赶！"

"一会儿咱这儿也得下。"男人说着向屋里走。

丢下锢漏锅的，水玉跟男人进了屋，边问男人晚上想吃啥，边打开柜子给男人找衣裳换。

男人跟水玉进了里间，水玉一回头就看他眼神不对，急忙把衣服扔到床上便往外走，说："甭想啊，人家在外面。"拿手指指院里。

男人换了衣裳出来，坐在正间大椅上点了一根烟，吸了两口，讪讪着起身对水玉说去西边瞧瞧父母，叨着烟出了屋。

水玉在屋里喊："晚上吃啥饭？"

院里的男人回了声："吃汤面条吧。"走了。

水玉正要和面擀面条，院里锢匠喊锅补好了。水玉放下面盆出去。

锢匠让水玉舀点儿水试试。锅补得很精细，就像巧手女人把烂衣裳补得也好看。

水玉蹲在那儿瞧着锅，锢匠开始收拾东西。阴了半下午的天果然下起了雨。

瞧着天黑了，水玉就让锢匠住下别走了。

水玉说完才想起刚回来的男人，可话已收不回来。

锢匠看看天，看看雨，答应了。

水玉让锢匠晚上睡灶屋，两人忙着把挑子工具啥的往灶屋拿。

最后剩下个破皮包，里面鼓鼓的，锢匠拿起放到了枣树下。水玉一见，赶忙掇过来拿进了灶屋。锢匠赶忙拿起又放回去，说："这不用拿进来。"

水玉又跨两步出去拿回来放水缸边，说："哎呀没事，啥东西也甭叫淋了！"

锢匠见状，再次弯腰把皮包拿起又放到了枣树下，道："真不用真不用，灶屋地方小，放外头就中。"脸就有点儿红。

水玉没瞧锢匠的脸，又跨进雨里掇起皮包拿来："哎呀大哥甭客气，别管是个啥，你叫它淋了干啥？"

水玉又要往水缸边搁，锔匠再次伸手去水玉手里抢，道："不是不是，这真不用往屋拿！"

俩人拉拽中，皮包口裂开了，水玉一下瞧见，包里居然装着一个夜壶。

像被啥咬了手，水玉一下丢开，脸"呼"一下火烫。

锔匠退到煤火前，水玉走到灶屋门口。外边雨越来越大，两人半天没说话。

过了会儿，水玉回头："大哥你晚上吃啥？俺准备下汤面条。"

锔匠往前站站，道："晌午在裴闸炒的菜攒的面条都还有，借借恁的火，我下碗捞面条。"忽然想起什么似的，他蹲下去解开一个袋子，说："你吃面条，我这儿啥都有。"

他掏出来一堆，有一把青菜、蒜苗、两根葱、半瓣姜，还有油盐酱醋、锅碗瓢盆、水壶茶缸，竟然还有烙馍小鏊和蒜臼蒜槌。青菜蒜苗葱捆扎得整整齐齐。

水玉一双丹凤眼都大了，说："大哥，你带得真全！"

锔匠说："成天不在家，不想再亏待自己。"

锔匠把他的锅碗瓢盆在水玉家灶台一角摆得错落有致。天天在外游村串乡的他浑身上下干干净净，整整齐齐。

扎开煤火，让锔匠先做，水玉回屋擀面条。她走到堂屋门口时，锔匠在灶屋门口道："我没蒜了，借我两瓣，我好吃蒜。"

"窗台上有，大哥随便吃。"水玉回道。

吃了晚饭，水玉添好火，把灶屋归置归置，腾出地方，招呼锔匠铺被褥，就和男人回了屋。

准备睡觉的时候，男人出去上茅房。雨停了，有个大月亮，刮起了风。一阵风过，灶屋门口的皮包翻了，男人正好走到跟前，就瞧见了那露出来的夜壶。

回来后，男人边笑边小声嘀咕："这货肯定是个神经病！"

"咋了？"已经在床上的水玉仰头问。

"他还带个夜壶！"

水玉便"扑哧"笑了，一翻身趴起，两只圆白臂膀撑起身，把傍黑那一幕一五一十学给男人。

俩人笑够了，男人说："成天背个夜壶到处跑，你说他是不是神经病！"

水玉说："人家那是会过日子，天冷了不用一趟一趟出来。一人在外，不好受了谁管？"

男人正要拉灭电灯，锢匠突然在外面喊："弟妹，有渣头（酵母面）没有？我想和点儿面，明个早上烙个锅盔。"

水玉急忙回道："有，等会儿啊！"

男人咬牙低声恨骂："神经病神经病，绝对是个神经病。"

水玉披衣起来去外间掰了块自己留的渣头，让男人送过去。

男人不动，嘴里还在小声骂。水玉伸手掐了男人的腿，他才不情愿地爬起来接过渣头走出去。

开了门，男人咬着牙递出去，道："大哥真是个讲究人呀，会享受！"

锢匠虚着声，道："胃不好，不敢吃死面馍。"

男人没接话，退步关门，乒哩乓啷的。

第二天，锢匠起得早，自己先熬了稀饭烙了馍。水玉开门出来时，锢匠准备走了，他递过几张毛票和几个钢镚儿，说："我算了下，用恁两回火、两瓣蒜、一疙瘩渣头，给恁四毛九吧，中不中？"

"哎哟大哥，瞧你说的，出门在外不容易，给啥钱哩！"水玉推回锢匠的手。

"要给要给，不少就中！"锢匠把钱放到枣树下的石头上，挑起了挑子。然后他看看挑上，看看灶屋，又看看院里，左看右看，瞧了好几遍，才挑起挑子出门而去。

送走锢匠，水玉给男人准备早饭。进灶屋一看，锢匠收拾得干干净净，规规矩矩，样样东西摆放得比原来还整齐，好看，小灶屋大变样。水玉心里不由得感叹了一下。

坐上锅添了水，等水滚的间隙，水玉回堂屋，忽然看着哪儿哪儿都不顺眼了，忍不住搬搬弄弄，又扫又擦。怕惊动男人，她猫一样轻手轻脚。

男人从里间出来，眼睛一亮，屋里不多的桌椅板凳盆盆罐罐，被水玉重新摆了放了，焕然一新。

"哟，大早上发啥神经？"

"人家天天在外，都比咱干净。"

"拉倒吧，别学他神经。"

"我不觉得人家神经，那叫讲究。"

"行，随便你。"男人说着洗手吃饭。

吃了饭送男人到院里时，水玉笑着说："下次回来也给你买个夜壶带走。"

"买我也不拿。"

"那以后冬天夜里着凉别回来。"

"不回来，找相好去。"

"你敢！"水玉抬腿去踢男人，男人往前一跳，笑着跑出了家。

# 薅 草

◎ 陈德鸿

男人到水田的时候，女人已经薅了好一阵儿草了。

女人远远瞥见男人，并没有停下手中的动作。

男人在水渠边的柳树下点了支烟，看了看远处的山近处的玉米地和眼前绿葱葱的水田，眼睛便落在女人身上。

男人的稻田在北，女人的稻田在南，中间隔了一条细长的田埂。

女人的腰弯得很低。她戴着草帽，穿着一双黑色的靴子，两手不停地在水里抓弄。

不长时间，女人薅到了田头，折回身时，见男人正直愣愣地望着自己，忙又低头薅起草来。

男人摁灭烟头，脱了鞋袜下到田里。田里的杂草并不多，三棱草刚刚钻出水，水葫芦则零零散散漂浮在水面上。这些草用手一划拉，就能扯断根叶。最可恨的是根子扎得很深的稻稗，不仅长得像水稻，又往往和水稻长在一起，不仔细分辨，很容易就会漏掉。

男人眼光毒，稻稗伪装得再好，他一搭眼也能看出来。遇到稻稗，男人总是很小心地把它和水稻分开，用力薅出来，然后"咔咔"拧成几截，摁进泥里，再狠狠踩上一脚。

男人薅草的速度很快，两只手三划拉两划拉就到了田头。女人仍在不紧不慢地薅着草，一顶草帽遮住了大半个身子。

男人在田头站了站，见女人始终不抬头，便又转身往回薅。薅到一丛大稻稗，踩到泥里后，他不由得回了下头。没想到，女人竟然也回了头，两人的目光撞到了一起。霎时，女人的脸变得通红，男人也显得有些尴尬，两人几乎同时又把头转了过去。

再到田头时，男人决定从西边的那块田开始薅，这样，就不能直接看到女人的后背了。还没等迈步，发现女人正往自家西边的田里走去。

快中午时，男人"吧嗒吧嗒"走到水渠边涮了涮脚，倚在柳树上抽起了烟，边抽边冲女人喊："快晌午了，上来歇歇吧！"

女人仿佛没听到似的，仍旧在田里弯着腰慢慢挪动。男人觉得无趣，钻到不远处的玉米地里撒了泡尿，往回走时，见女人已从田里出来，"呱唧呱唧"正向回村的小路上走。

男人问："咋，没带饭回家吃？"

女人说："带了呀！"

男人问："那这是——"

女人白了男人一眼："啥都问！"

男人不好意思地笑了。

女人回来时，男人已在树下铺好了一大块塑料布。女人摘下草帽，想把自己带的塑料布拿出来，被男人拦住了："树下就这么大点儿阴凉儿，你想铺到日头底下啊？"

男人和女人分别坐在塑料布的东侧和西侧，中间隔了一尺多的距离。

男人和女人各自拿出带的午饭，却都是从小卖店中买的麻花：女人买了一根，男人买了两根。

男人说："我还寻思你能带点儿好吃的让我沾点儿光呢。"

女人说："这大热天懒得做饭。"

"其实，我知道你买麻花了，我还带了汽水和咸菜。"男人说完，用镰刀头磕开一瓶汽水，递给女人。

女人不接："我带着白开水呢。在水田里干活儿，感觉不到渴。"

男人把汽水放到女人身边，又用牙咬开一瓶汽水，"咕嘟嘟"喝了一大口说："虽说有些温乎，也能败败心火。"

女人抓过汽水，喝了一小口，泪光却从眼里溢了出来。

男人问："你……没盘算盘算往后的日子?"

"走一步看一步吧。"女人说完，眼睛盯住了不远处的一棵蒿子，上面落着一对交尾的蜻蜓。

女人的丈夫做生意发了财，硬生生甩掉女人，娶了新欢。

男人兀自喝光瓶中的汽水，嚼了几块咸菜，然后把咸菜瓶推给女人："尝尝我娘腌的咸菜。"

女人从瓶中抓出一小块洋姜，放进嘴里嚼了嚼，说："脆生，好吃。"顿了顿，问，"你娘的病好了?"

"这阵子倒好些，不定啥时再犯。"男人说，"要不是我娘得意这不打药的大米，身边不能离人，我哪还有闲种水田? 早上外面打工去了。你看看这四周，都把水田改成旱田了。"

"我种啥田无所谓，就是想干活儿解解心烦。"女人说，"这几年多亏你用心，水压得好，草长不起来。不过，咱这田里的大米确实好吃。"

"你放心，只要我娘活着，这水田我就一直种下去。"男人说完，眼睛也落在了那对交尾的蜻蜓上。

女人说："你种我就种，我也爱吃这田里的大米，咋都吃不够。"

太阳快落山时，女人薅完了田里的草，磨蹭了一阵儿，见男人也薅完了草，便"噼里扑通"跑上田埂，惊叫道："水里有长虫啊！"

男人奔过来，待水清了一些，"呵呵"笑了："那不是长虫，是七星鱼，你以前还抓过呢！"

女人说："那是以前，现在我可害怕。不捉到它们，我以后都不敢到这儿来了。"

男人说："我先把上面的水口堵上，待这里的水放差不多了，就好抓了。"

女人说："我想想都害怕，不敢在这里待了，我先回家了。我家插销坏了，你今晚说啥也得帮我修一下，要不我不敢睡觉。"说完，"呱唧呱唧"顾自走了，连头都没回。

男人愣在原地，直到田里的水快放干了，才想起应该抓那些蛇一样的七星鱼。

女人一夜没睡，泪水洇湿了大半个枕头。做好的饭菜早已凉透，她没动一口。那扇卸掉插销的房门始终没人推开。

男人一夜没睡。他在院里转了不知多少圈，脑子里总是浮现出自己已故妻子的影子，想着她对自己的好、对娘的好。

# 羊　事

◎ 李德霞

清晨，薄雾散去。村子里，炊烟袅袅，鸡鸣狗叫。

一辆三轮车进了村，停在胡老爹的院门口。车门打开，一高一矮两个羊贩子下了车，径直走进胡老爹的院子里。

他们是来拉羊的。

羊圈门大开着，圈里没一只羊。高个儿羊贩子说："羊呢？"

矮个儿羊贩子跑到屋门口，踮脚往屋里一瞅，没人。矮个儿羊贩子说："是老头儿反悔了，不想把羊卖给咱们了？"

"看老头儿挺实诚的，不会吧？"

俩人正说着话，院门口响起咩咩的叫声。扭头一看，就见胡老爹赶着他的羊群唰唰啦啦进了院。胡老爹一声吆喝，羊们井然有序地走进羊圈里。

矮个儿羊贩子说："你去放羊了？"

胡老爹说："放惯了，一天不放，心里难受。"

"可这群羊……都卖给我们了呀！"

"羊在我的羊圈里，就还是我的。"

矮个儿羊贩子挠挠头，笑了："对对对，你说得对。"

高个儿羊贩子掏出一盒烟，抖出一支，递给胡老爹说："时候不早了，那咱先装羊吧。装完羊给你点钱，你看行不？"

胡老爹说:"行。"

高个儿羊贩子一抬腿,咚地跳进羊圈里。羊们轰地扎成一堆儿。高个儿羊贩子弯下腰,麻利地逮住一条羊腿,连拉带拽把羊拖到羊圈门口。矮个儿羊贩子上前帮忙,俩人合力抬起羊,送到门口的三轮车上。

一趟又一趟。

前院的顺子挑水路过院门口,停下脚步问胡老爹:"叔,啥价?"

胡老爹说:"论个头儿,一只二百块。"

顺子说:"你这羊,膘肥体壮的,卖二百,贱了。我哥前天卖了五只羊,个头儿没你的大,膘没你的肥,一只还二百二呢。"

高个儿羊贩子忙插嘴说:"一时一个价。明天啥价,谁也说不准,没准儿还不值二百呢。"

胡老爹说:"不是急着用钱,贵贱我也不会卖的。"

"叔,别怪我多嘴,卖羊救个白眼狼,不值当啊!"顺子说完,挑着水桶走远了。

胡老爹半天没回过神来。

工夫不大,四十只羊都装上了车。

高个儿羊贩子从钱包里抽出一沓钱,数了数,交给胡老爹。胡老爹蘸着唾沫连数三遍,钱不多不少,整整八千块。

胡老爹顾不上回屋吃早饭,揣着钱出了门。他知道,得赶紧把钱送到胡狗家里去。

胡狗的家在村东头,独门独院。胡老爹进门时,胡狗娘正给小孙女喂饭吃。小孙女一岁半,从没离开过娘,脸蛋上糊着一道一道的泪痕。

胡老爹问："英子啥时回来？"

英子是胡狗的媳妇。

胡狗娘说："已经搭上了班车，晌午到家。"

"胡狗后天做手术？"

"后天做。"

"要不，我跟英子去吧。"

"胡狗他……不待见你，就别去了。"

胡老爹从口袋里掏出钱，放在炕上："这是八千块，你交给英子。"

"你把羊都卖了？"

"不卖羊，没有别的辙。"

胡狗娘的眼圈儿红了，哽咽着说："胡狗五岁没了爹，我带他跟你二十二年了，你视他如亲生。可胡狗死犟死犟的，从没喊过你一声爹……"

"没喊就没喊吧，又不会少一块肉。"

胡狗娘抽抽搭搭哭起来。

"哭啥？小心吓着孩子。"

"我们娘儿俩……就是你的讨债鬼。"

"一家人不说两家话。"

傍晚，夕阳西下，暮色低垂。胡老爹背一捆嫩绿的羊草回来。羊圈是空的，可他分明听到羊们咩咩的叫声……

# 过　年

◎ 齐川红

　　盼着，叨念着，新年到了。那一年来得早，因为没有腊月三十，二十九就是三十。

　　爹一直没有去赶集，卖猪的钱还没要来，没要来就没有钱，没有钱就赶不了集，赶不了集就买不了年货。二十八晚上钱才到手——猪201斤，6毛一斤，一百二十块零六毛，我早算过了。少给了1毛。爹说存一百到信用社，攒着翻修瓦房子，二十留着过年用。爹早早起来赶集。天阴沉沉的，刮着尖风。本来爹说带我一起去，可是太冷。爹用扁担挑着两个筐子独自走了。

　　已经下午了，我在堂屋烤着炉火，望着空空的院子。下雪了，洁白的雪花从空中飘飘悠悠落下来。

　　爹终于回来了，我赶紧蹿出去，看到筐子里空空无物，吃惊又失望。爹不说话，进屋放下扁担、筐，一言不发，拍打着身上的雪。串门子的娘也回来了，看到爹第一眼也笑吟吟的，可是往筐里一瞟，脸当即凝固了："买的东西哩？"

　　爹坐下垂着头："没买。"

　　"没买你上街干啥？没有卖的？"年三十是"叫花子集"，娘怀疑都收摊过年了。

　　"不是，我……钱丢了……"爹吞吞吐吐。

261

我哭丧着脸，娘气得发抖，语不成声："恁大个人，咋能丢？你咋不给你丢了！"说着滚下泪，哽咽着，"这年咋过？啥也没有！"

爹气弱小声地说："隔不到年外。"

"你是没本事人说话！大人好说，娃咋过年？连个糖疙瘩也没有！"

听见提到我，我"哇"一声哭了。

爹给我擦泪："乖，不哭，爹不好。"

娘叨唠："我起早贪黑，养了一年的猪，生产队收工回来抽空薅一把草，顿顿饭舍不得吃完，给它留一点儿……"

理亏的爹不说话。每次娘一发火，爹都这样。外面谁家孩子放了几个炮，提醒了娘。想着爹可能还没吃饭，娘就笼火气呼呼拉着风匣给爹炕个馍干。

爹偷偷问我："你不是有一块钱？"前几天娘带我给一个亲戚家送几双新做的棉靴，走时，亲戚大方地给我了一块钱。娘推让着不叫我要，亲戚还是塞给了我，我一直装在贴身的口袋里。我不吭气。爹有点儿低声下气："一年到头，咋说也要给先人送点儿纸钱。"娘撇撇嘴："丢人不，问娃要？"我看爹难为情的样，凉手伸进棉袄里掏出了那带着体温的一块钱。

气归气，心疼归心疼，大过年的，不能吵架，不能骂人，只能忍着。娘重重叹叹气，不再埋怨爹。娘去准备扁食馅儿，没有肉，只好包素的，好在还有点儿猪油渣。

爹从坟上回来，赔着小心帮娘包。沉默了一会儿，娘说："我串门子，听说前头大奶肚子疼得厉害，一大早大爷拉上街了，他儿子还没回来，唉！"我知道那一家，辈分高，儿子在东北当兵。爹心不在焉，"哦"了一声。娘像安慰爹，说："大过年的，看来人好好的比啥都强。"

雪更大了，一会儿地上全白了，夜色也暗下来了。爹娘包好了扁食，等煮好出锅，我就可以放炮了。炮是前几天去舅家玩时那儿炮厂的姑娘媳妇塞给我的零炮，表姐给编成了串。这时进来了一个人，娘一看，叫道："哟，大叔回来了？"来人穿着军大衣，笑着说："回来了。"他手里拿着一块腊肉、一条干鱼、一个报纸包的啥子。娘疑惑地说："这是咋？大奶她——"娘住了口，怕说出来不合适。

来人看着爹说："多亏了大侄子。要不是他，我妈恐怕没命了。"娘看着不说话的爹，又看看来人，迷惑不解。来人掏出一沓钱："这是一百二，点点。"娘更糊涂了。

"我妈不美气（方言，身体不适），我爹拉上街，半路遇上大侄子帮助拉到了医院。是盲肠炎，再晚一点儿就没命了。我爹钱带得不多，是大侄子……"来人说完事情的缘由，从口袋里掏出两个子弹壳，递给我："做个摔炮玩。"我高兴地接住了。

来人走后，娘问爹："你咋不说清？"

"还不是怕你不愿意？也说不准啥时候才能给。"

娘说："买不来东西算了，反正在屋里吃红薯疙瘩也没人知道。年晃一下就过了。开春再逮个猪娃。"

我点燃了鞭炮，鞭炮噼噼啪啪响了起来。紧接着，整个村子都响起了鞭炮声。

# 雪中相送

◎ 伍中正

　　罗小蓝是腊月二十四回来的。

　　她一身珠光宝气地从车上下来，村里见到她的人都说她在城里养白了。谢云飞见到她时，也说她擦了粉的脸蛋白里透红，比结婚时还好看。

　　一年很漫长，也很短暂。谢云飞与罗小蓝有一年时间没有在一起。他认为罗小蓝就像一只候鸟，在村庄和城市之间来回飞。啥时候飞出去，啥时候飞回来，都取决于罗小蓝。

　　谢云飞很明白，罗小蓝是回家过年的。她跟很多回来的女人一样，都是奔过年才匆匆回来的。

　　过完年，谢云飞听罗小蓝说，正月初十就出去打工。

　　从腊月二十四到正月初十，两人在一起也算把年过热闹了。要走了，多留一天少留一天，意义不大。就是舍不得让她走，也得让她走。谢云飞满口答应罗小蓝初十出门。

　　正月初十早晨，罗小蓝窝在被窝里，轻微的鼾声时有时无。谢云飞起得早，他没有叫醒罗小蓝。他有充足的理由，让出门前的罗小蓝睡个安稳踏实觉。

　　往年出门，罗小蓝要带的行李是谢云飞放进行李箱的。谢云飞完全有把握把她需要的所有物件放进去。他在行李箱里放了她要穿的衣服和裙子，放了她要穿的高跟鞋和平底鞋，还有她化妆喜欢用的眉笔和粉霜。每放一样东西，他都仔细看上两眼。一样一样的东西，他放得很有层次。

只要出门，又将是一年，罗小蓝在外面吃不到腌制的腊肉。在合上行李箱前，谢云飞觉得还要放进一块腊肉。

谢云飞从柜子里挑了一小块品相诱人的腊肉，用又软又薄的保鲜袋装了，放进行李箱。

做完这些，天渐渐地亮了。

谢云飞想给罗小蓝做几个卤鸡蛋。他从冰箱里拿出四个新鲜的土鸡蛋。用水煮蛋，用酱油红糖炒卤，用卤水卤蛋，他样样上手。很快，卤鸡蛋的香味飘进了罗小蓝的鼻孔。

罗小蓝是闻着香味醒来的。等罗小蓝洗漱完，谢云飞就把卤鸡蛋端到她面前。他在一旁看着她很优雅地吃着卤蛋。

罗小蓝吃得满意，谢云飞越看越高兴。

天已大白。谢云飞出门看了看天，天上雪花飞舞。

"下雪了。"谢云飞说。

罗小蓝不信，出门看了看，是纷纷扬扬的雪。

罗小蓝决定不吃早餐了，她要坐上中午以前去城里的客车。谢云飞依了罗小蓝。

天气冷。罗小蓝时不时还哆嗦一两下。

临出门，谢云飞打开衣柜，从柜子里拿出一条红色围巾，围在罗小蓝的脖子上。罗小蓝没有拒绝。

地上有了浅浅一层雪，很白，也很扎眼。

罗小蓝走前面，谢云飞走后面。谢云飞看着罗小蓝的一串脚印，有时踩，有时不踩。只要他睁眼，就能看见她脖子上的围巾，红得像火。

一路上，他们有说有笑。雪飘在谢云飞身上，也飘在罗小蓝身上。

"开春就喂猪，年底杀猪腌腊肉。"谢云飞把过年时没有说出的想法说了。

"喂猪！"罗小蓝脸上有笑，回过头来，对着谢云飞说。

"再不到茶馆打麻将了，打麻将没意思。"谢云飞把过年时说过的想法重复了一遍。

"莫打了，麻将馆的女老板老哄男人们的钱。"罗小蓝脸上的笑容淡了一点，回过头来对谢云飞说。

"年底回来，一定接你！"谢云飞说。

"腊月二十四，要你接哦！"罗小蓝语气有点儿严肃。

这句话，就像一个约定，谢云飞记在了心上。

雪放肆地飘向大柳树。树枝上，有了些许白白的雪。城里来的客车就停在村口的大柳树下。

客车的车顶上，也落了一层白白的雪。上车前，谢云飞把行李箱放在了地上。

谢云飞的身子让罗小蓝紧紧抱住。那一刻，他眼里的泪，很快滴落在她的背上。

谢云飞站着没动，他看着罗小蓝提着行李箱上了车。

车开动了，罗小蓝打开窗玻璃，解下围巾，用手不停地抖动。远看，围巾像雪中跳动的火焰。

谢云飞眼里，围巾与雪共舞，越飘越远，渐渐模糊。

站了很久，谢云飞才满身是雪地回来。

罗小蓝走后，谢云飞就开始喂猪。

年底，谢云飞喂养的猪长到了三百多斤。他请屠夫杀猪那天，还摆了两桌酒。

腊月二十四，谢云飞等罗小蓝回来。

罗小蓝没有回来。

又一年，腊月二十四，谢云飞等罗小蓝回来。

罗小蓝仍旧没有回来。

罗小蓝那年正月初十出去打工，就再没有回来。

十年后，谢云飞似疯。

每年腊月二十四和正月初十，谢云飞就从柜子里翻出一条红围巾。他手拿红围巾，走到大柳树下，等到半夜才回来。

村里人发现，那条红围巾很干净很鲜艳。

村里人担心，罗小蓝再不回来，谢云飞真的要疯了。

# 村庄的气质

◎ 吴卫华

　　村庄是有气质的：鲜活、神奇、万物勃发。越是僻静的村庄，这样的气质就越明显。

　　夏季几场突如其来扯天接地的大雨后，村庄里就沟平坑满了。灌足了水分的植物比赛着疯长，塘坑里的野麻棵、撂荒地的杂灌木，但凡能长出地面的，都不遗余力地从泥土里长出来，往大里长向高处蹿。任何一处看着像死水的塘里，在水面的浮枝乱草中，往往会突然响起"呱"的一声，小声小气的，试探般。"呱——"水塘的另一边有了和声。稍静片刻，确信安全，先前叫的就抛下了谨慎："呱——呱——"也不知水塘里有多少青蛙，很快都加入了大合唱："呱呱呱……"尽目力向叫声处搜寻，蹲伏在水塘边的、探头在混浊水面上的，大的如拳，小的似核桃，一只只怒睛鼓腮。村庄一时就笼罩在蛙声中了。

　　十岁的毛小三长得像条黑泥鳅，眼睛很小。从城里回奶奶家过暑假的丫丫，带回一纸箱子画册。在夏日炎炎的午后，丫丫常常坐在街门过道里的竹床上，翻看那些画册，消遣无聊的午后时光。

　　夏天从不喜欢穿背心的毛小三，自从丫丫来了后，就翻箱倒柜地找出一件破了两个小洞的背心穿了起来。每逢丫丫在过道里看画册，毛小三就装作路过的样子在她家门外晃悠。那天毛小三在丫丫家的门前来往了三趟，丫丫就问毛小三干什么去。毛小三故作神秘地说去看"响梆子"。丫丫问什么是"响梆子"，毛小三说叫起来像敲梆子那样脆亮的小东西。丫丫问能不能带上她，毛小三赶紧说能。

通向村外的土路，被大雨浇透过后又被太阳暴晒，路面硬皮内里绵软。丫丫脚穿红里透亮的系襻儿塑料凉鞋，步步都在路面上印出好看的鞋底。村外大路边的两排大杨树身上，睁着些俊气的大吊梢眼；被篱笆围起来的苹果园旁，有几棵老榆树，厚实的树鳞间支棱着许多温润透亮的黑木耳。这是树们的"千里眼"和"顺风耳"。它们虽然站在村庄外面，却知道村庄里的事情。树身向阳的一面已经干了，背阴处依然像刚淋过雨。

毛小三带着丫丫下到路边田地一条浅水沟边，泥土越来越粘脚，丫丫的红凉鞋终于陷入淤泥中拔不出了。毛小三让丫丫像他那样脱了凉鞋拿在手中。丫丫的光脚踩在被太阳晒得温热的泥里，软烂的细泥从她的脚趾间挤出来。

毛小三忽然说："响梆子。"丫丫顺着毛小三手指的方向看去，在玉米叶子闪亮亮的反光下，一只小小的青蛙蹲在浅水沟边，只有疙瘩枣大，却有着鲜艳的棕黄色。毛小三拉着丫丫悄悄向后退到玉米地里。响梆子很给毛小三长脸，没有让丫丫等得不耐烦，一会儿就"呱"地大叫了一声，声音大得能传两里地，清脆洪亮，真有敲梆子的感觉。丫丫吓得一屁股坐到泥里，惊得一只褐色小蛙一跃而去。丫丫忙向要拉她起来的毛小三说："刚才跳走一个响梆子。"毛小三仔细看看玉米棵下蹲着的另一只褐色小蛙，说：

"这是'泥咕嘟',地里多的是,满地蹦,跟'响梆子'一样,只能长这么大。"

自从跟毛小三看过"响梆子"和"泥咕嘟"后,丫丫就不再无聊地翻看画册了。村庄的夏天,看似寂寥无奇,丫丫却看到了万物涌动,只是跟人的地盘不同罢了。毛小三带着丫丫探索村庄的隐秘世界。毛小三在树上给丫丫逮来天牛。有着长长触角、一身漆黑硬壳上缀着白点的天牛,无论爬行还是飞翔,都气势威猛。在潮湿的泥土里,毛小三翻翻找找,就能寻出一只形容可怖喜欢夜间活动的地鳖——它是昆虫,体壳贝扁,颜色紫褐泛蓝光,在地上团团乱爬时像个丑陋的小老鳖。毛小三还小心地给丫丫看蚰蜒、蝎子、山西马蜂……毛小三对那些丑陋凶险的小生物的习性了如指掌。丫丫觉得这些生物太不可思议了,觉得毛小三太神奇了。

那天毛小三说要带丫丫去看"王八盖子"。丫丫跟着毛小三满村庄跑,奶奶警告说要告诉她妈。丫丫不听,丫丫完全被村庄里的生物迷住了。毛小三说丫丫绝对没见过"王八盖子",就在长有麻棵子的水坑里。

麻棵子长在坑里。雨水存储在坑里后,麻棵子就像水生植物了。毛小三拉着丫丫下进水坑里。水坑不大,也很平浅,刚漫过他们的小腿。烈日下蒸腾的水汽中混合着涩涩的青麻棵子味。

清水中有活泼的蝌蚪乱窜,还有长脚的"水拖车"在水皮子上飞快滑行,跟头虫像个舞蹈家。几只长着椭圆软盖子、分叉细虾尾的灵活大头怪,被毛小三从淤泥中扰动出来。它们体长六厘米左右,红色软腹下有许多对不停翻动的叶状腿,看得丫丫头皮

270

发麻。毛小三快速地从水中捞起一只："这就是'王八盖子'，它有三只眼睛，两黑一白。"

"丫丫，你还敢下坑玩水，不想活了！"水坑边上一声怒吼，丫丫的妈妈来了。

丫丫妈妈再不让丫丫回乡下过暑假了。丫丫后来从书本上知道："响梆子"是林蛙，"泥咕嘟"是泽蛙，土鳖是土元，"水拖车"是水黾，"王八盖子"更是有"活化石"之称的三眼恐龙虾，它在地球上存活两亿两千多万年了。丫丫希望骨子里有着村庄气质的毛小三知道这些知识。

# 月光刀

◎ 包兴桐

　　我们喜欢夏天。不管知了怎么拼命地叫，不管狗怎么拼命地吐舌头，我们还是喜欢。吃过晚饭，天慢慢暗了下来，蟋蟀们开始出洞，大人们开始三三两两坐到院子里说闲话。我们一个个像是被放入水里的鱼，几乎是带着点儿扑腾地游在发白的小路上。很快，大家聚到一起，游进了村边的溪坑里。

　　月亮已经出来了，在溪坑里照出了明明暗暗的世界。我们三五一伙地蹲在溪坑里。有时抓鱼，有时钓蟹，有时抓蟾蜍，有时候什么也不干，就在溪坑里瞎蹚。有人拿着手电，但也只是拿在手里做做样子。我们知道，手电、煤油灯和蜡烛，都是要省着用的。月光时明时暗，和着水声和虫鸣，有点儿清凉，但也只是有点儿清凉——那么多人在一起，就觉得月光是明晃晃的，很热闹。有时候，大家就坐在那张像操场一样的钓矶上，不走了。屁股一坐下来，大家就都噤了声，好像这是另一个世界。一抬头，月光看着果然有点儿陌生。

　　七月七到了，外婆或亲娘（干妈）会送来巧舌，八月十五会送来月饼。她们把巧舌和月饼递到我们手上，说是送给我们的，好像这两个节日就是我们的，和大人没有关系。月亮才在后山刚刚升起，我们就迫不及待催着大人。在院子里草草地拜了拜月神，我们就拿着巧舌——八月十五当然是切好的一小牙一小牙的月饼——和小伙伴飞出院子。大人们看到我们神气的样子，似乎有点儿小小的不甘，就告诫我们："月光有月神，还有月光刀，千万不要用手指指点点。不然，非要挨一刀不可。"看着天上那轮泛着青光的薄薄的月亮，觉得它真是锋利得很。就这样，在这个属于我们的节日里，我们带着兴奋和点点小心跑在月光下。大家分着手中的好吃的，嚼出特别香的味道。虽然我们都小心地尽量不用手指月亮，但每一个七夕过后，总有小伙伴的耳朵根开始慢慢地裂进去，露出越来越深的一道口子。我们知道，他准是挨了月光刀了。

但我们还是不怕，不像那些女孩子，月光下，连去溪坑都不敢。就是七月七，有那么清凉好吃的巧舌，她们也只能在院子里，挨在大人身边，一个人轻轻地咬着。八月十五要好一些，毕竟那月光刀已经没有一点儿刀的样子了。她们手里捏着一小牙月饼，小心地走出院子，走到白亮亮的路上。要是阿雪回来了，她们还会和我们一起跑到溪坑里。阿雪一家人在邻县做事，她在那儿上学，一年里，好像只有八月十五和过年回来。阿雪胆子也不大，白天里，她总是很文静，也没几句话，可一见月光，她就跳起来，就会拉着她们的手，跑在我们前面，跑进溪坑。有时候，她们把我们甩下老远。

大人们说，阿雪是"猫眼心"，在太阳下眯着，天暗了，她的心就大了。女孩子们听了，就都不吱声了，总是又惊疑又幽怨的样子，好像说到她们什么了。大人的话，我们照例是不大信的。谁知道他们的对错呢！他们还说，过了八月十五，晚上不能走出屋檐——秋露重，会伤身，他们说秋露也是月光刀。鬼话！难道月光刀会像蜡烛一样，把自己烧成烛泪，或者，像雪片一样，把自己化成水？

我们不信。过了八月十五，我们还是会小心地走出屋檐，走到院子里，走到月光下。不过说来也奇怪，放眼一望，好像世界真的有点儿伤心，有点儿冰。

# 杂草堆

◎ 于心亮

唐波扛着篓子去扢草，草没扢回来，却扢回一只大刺猬。他可高兴坏了，拿着小石子去硌刺猬的小脚，刺猬发出声声尖叫，满条街都能听见。我和建国看不下去，责怪他不该虐待小动物。唐波说："那你们说，该咋办？"建国说："不如用黄泥裹了，放火里烧烧吃？"

建国没挨打，唐波却挨打了。他妈拎着烧火棍追得他满街跑："我让你扢草烧饭，你却在这里耍刺猬！"我和建国偷偷把唐波家的猪放跑了，引得他妈又去撵猪，这才把唐波给解救了。唐波说："感谢二位好汉救命之恩！若下次恁妈揍你们，在下也必将拔刀相助！"

我和建国帮唐波去扢草。唐波家的麦秸草、苞米秸、花生秸堆放得很杂乱，动一下就有许多虫子跑出来。我说："我妈每次取草前，先把鸡赶过来，虫子没了，鸡也吃饱了。"建国说："我妈不这样。草里一旦拉上鸡屎，我妈烧火做饭的时候就恶心得不行……"

唐波抱起一束草，没想到草里夹了一条蛇，吓得他一甩手，把蛇扔到了建国脖子上。建国吓得嗷哇乱叫，要把蛇往我身上扔。我急忙撒腿跑开……被扔在地上的蛇昂着脑袋吐着芯子，见我们不愿跟它过招儿，便气哼哼地又钻回草堆里去了。

唐波惊魂未定，好半天才说："妈的，竟然有蛇！这要是我妈来扒草，还不给吓死！"

建国说："唐波你家草堆里怎么啥玩意儿都有，又是刺猬又是蛇的？"

我说："没什么奇怪的。老师说过，这叫食物链。唐波你家的杂草堆太乱了，里面绝对有老鼠，蛇是来吃老鼠的！"唐波说："那刺猬来干啥？它也是来吃老鼠的？"我说："刺猬是杂食性动物，什么都吃。"唐波说："你咋知道？"我说："多看书，书上说的。"

建国不信，他飞跑回家去查字典。我和唐波抬着一篓子草回他家去。唐波的妈已经把猪赶回了猪栏。我说："婶子，你家草垛里有条蛇。"唐波忙说："别听他胡说，草垛里只有一个刺猬……妈，我的刺猬呢？"唐波的妈说："瞅瞅去吧，跑狗窝里跟狗干仗呢！"

唐波家的狗可怜巴巴地趴在狗窝外头，那只挑衅的刺猬在狗窝里呼呼大睡……是的，你没听错，刺猬竟然在打呼噜！此时建国又飞跑回来，一进门就嚷："没错，刺猬是杂食性动物，你们想不到吧？它竟然还吃蛇！"唐波冷哼一声说："你想不到吧？刺猬还会打呼噜！"

建国继续翻字典："刺猬会打呼噜，蒙谁呢？"

我说："刺猬的确会打呼噜，我和唐波都听到了。"建国还是不相信。唐波让建国仔细听，但此时刺猬已经醒了，它又冲狗竖起了刺儿。唐波说："你不相信我们，难道还不相信李逵？老李，你说刚才刺猬是不是在打呼噜?"唐波的黑狗就"汪"地叫了一声。唐波认真地说:"听见了没? 我的狗说'是的'。"建国叹口气说:"字典要重新修订了,里面说得不全。"

但刺猬吃蛇这条信息,还是勾起了我们的兴趣。我们把刺猬放进篓子里,重新把它抬到杂草堆旁边。刺猬愣了一会儿,左嗅嗅,右闻闻,然后就慢悠悠地爬进草堆里去了。我们仨站累了就蹲着,蹲累就坐着……我们等了半天,没听见打斗声,知道是白等了。

但我们不泄气。草堆这么大,除了虫子、刺猬、老鼠和蛇,说不定还会有黄鼠狼和其他小动物呢! 我们先各自回家叼了口食儿,然后就兴冲冲地带着"队伍"浩浩荡荡地回来了……我赶着鸡群吃虫子,建国抱着名叫"张秀芬"的花猫捉老鼠,唐波还是带着他的黑狗李逵。

我们把杂乱的草堆进行了有序的整理:麦秸草垛一堆,苞米秸垛一堆,花生秸垛一堆。我们干得热火朝天,带来的帮手们也各显神通,又是啄又是咬,又是捕又是刨……我们忙活了老半天,把草堆整利索了,但我们没有看到蛇,那只刺猬也不见了。咦,它们哪儿去了呢?

草堆最底下,草都沤成泥土了。唐波把家里的猪赶来,用鼻子翻拱了半天,里面隐藏的粗大的蚯蚓和肥胖的蛴螬让猪大快朵颐。我们把带来的帮手们送回去,又回来研究那堆被猪翻拱过的泥土,想着怎样把它的价值发挥到最大……最后我们决定来种花!

通过查阅《十万个为什么》,我们决定把这些泥土烘炒一下,用以杀死里面的虫卵。于是建国负责运土,唐波负责烧火,我负责烘炒。一篓一篓的土运送来，一把一把草烧起来，一锅一锅热土烘炒好……我们有条不紊地干个不停。当大人们在地里干完活儿回家时，我们已经忙完了。

唐波他妈首先发现杂乱的草堆变了模样，很开心地夸奖了我们一通，还把从田里带回的甜瓜洗净了给我们吃。看着唐波他妈和蔼可亲的样子，我和建国都不太适应，低声问唐波："这……是你妈吗？"唐波小心地觑了他妈一眼，小声说："看着有点儿像，应该是吧。"

到了吃晚饭的时候，唐波他爸照旧端着饭碗走到胡同口来吃饭。他扒了一口就扭头喊："张秀芬，你他娘的做饭是不是没刷净锅，怎么一股子泥腥味呢？"过了没多大工夫，我和建国就瞧见唐波沿着胡同急匆匆跑来："恁俩今晚谁给我留个地方，我过来睡觉……"

唐波说完就跑了。不跑不行，他妈正拎着烧火棍撵呢！

# 极黑新材料

◎ 关　山

　　在试图得到这种材料之前，她从一份科技报刊上看到一则报道。报道称，这种新材料刚研制出来，极黑，比你想象中的任何黑色物质都要黑，超出想象，简直不可能存在。把它涂上墙壁，墙壁上就像是出现了一个无底的黑洞。把它涂满一幢大楼，大楼仿佛在你眼前消失。她感觉这种材料可以将三维世界拉向二维。

　　在得到这种材料的时候，她一时有些恍惚。她将一根塑料管子拿在手里，掂起来有点儿沉重，却也是正常的沉重，不像是渔夫从海里捞上来的魔瓶。小心翼翼地拧开盖子，看向里面，黑着，没有意料之外的光泽或是味道。

　　晚上，她将材料涂上自己的手机，把手机放到客厅的茶几上。手机壳本来就是黑色，茶几也是黑色玻璃，之前把手机放在茶几上就容易找不到。涂上新材料之后，手机的颜色果然更黑，却和茶几有了明显的区别，倒是容易发现了。她又将材料涂在自己的小手指上，放在灯光下看。在周围白色墙壁的映衬下，这根突兀的黑手指也更加鲜明。她索性将材料涂到家门的外面。刚涂完关上门，就听门外传来"砰"的一声——她的男人在外吃完酒席回家，一头撞到了门上。她跑过去拉开门，男人摇摇晃晃地进来，嘴里骂骂咧咧，直奔洗手间。她一声不吭，转身提了桶清水泼到门上。门迅速恢复了原先的灰白色。她看着地面，没有一点儿黑色痕迹。新材料化进水里了。

男人从洗手间出来，再次来到门前，看了半天，自言自语："怎么回事，我眼花了？"她接过话来："是啊，以后少喝点儿。"然后，给他端醒酒汤、洗脚水。和以往一样，他边喝汤边叫骂，将洗脚水也踢翻了。这次他的叫声比以往更气恼一些，将洗脚盆也多踢了几个滚儿。她默不作声，再次倒好温水，伸手去试了，端过来。

他已经睡着了，斜躺在沙发上，发出不均匀的鼾声。她吁了口气：今天运气真不错，男人喝得多了些，将手脚都喝老实了，没有打她耳光，也没有扯她头发；没有把孩子举到半空让他号叫，也没有拧他的小屁股。运气再好点儿的话，他会睡一整夜，不会半夜起来推开她房间的门。

闹离婚有段时间了，除了她自己乐意离，没有人乐意，包括她的娘家人也不乐意。他们都有一堆理由。这些理由一小堆一小堆地分散存放，等她动了离的念头时，这些小堆就合并成大堆，向她扑来。

从三年前结婚到现在，她有一年在怀孕生子，一年想离婚，还有一年，就是在寻找这种极黑的新材料。这天晚上，她关了灯，借着窗帘透进来的朦胧微光，将材料涂在自己的手臂上。手臂似乎消失了。又涂到另一只手臂上，进而慢慢涂满全身。她感觉自己消失在黑暗中了。这时，床上入睡的孩子突然哭了起来，她拍打着哄他再次入睡，然后起身去洗手间冲了个澡。

男人仍在沉睡，手脚耷拉在身体两侧，像是假肢。她从口袋里掏出剩下的半管新材料，搬起他的脚，从小脚趾开始，一根根地涂。涂了脚，涂小腿、大腿、全身。他陷入极黑之中，宛如消失了一般。她在他旁边坐下，隐约看到刚才自己给他盖的毯子在黑暗中发着微光，平展展地摊在沙发上。她伸手去摸，毯子下面什么也没有。她慌忙打开灯。沙发上什么也没有。房间里、整个家里，哪里也没找到他。

# 红拖鞋

◎ 杨　琪

　　老巫婆死了，留下了一双红拖鞋。死前她叮嘱女儿："千万不要穿这双红拖鞋，把它拿去烧了。"随后猝然而逝。

　　女儿十分疑惑：母亲向来身子健朗，怎么突然病重离世了呢？

　　这时，丈夫从门外跑了进来。他是一个木匠，家徒四壁。他清楚老巫婆家财万贯，屋宇奢华，有成百间猪舍、牛棚、羊圈，还有近千亩田地和上千名仆佣。他当初费尽心机骗娶她女儿便是图谋财产，可他没料到老巫婆竟然一分钱也不愿给他和自己的女儿，还将女儿逐出家门，断绝关系。如今老巫婆死了，他连忙赶来，想着此刻终于可以把老巫婆的产业据为己有了。

　　可等他赶到门外，却见屋宇宅院变成了一座矮小的破草房，猪舍、牛棚、田地、用人等都消失了，四周飘散着淡淡白雾。

　　木匠颇为震惊，急忙问他妻子："老巫婆死前给你留下了什么？"妻子说就留下了一双红拖鞋，但是不允许她穿，命她立刻拿去烧掉。

　　木匠心想："这双红拖鞋里一定藏着什么秘密！"于是一把从妻子手里夺过来，上下端详，左瞧右看，心想："这必是什么法宝！"

　　他嘴里试着念一些叽里咕噜的咒语，这些咒语尽是他凭空想象，红拖鞋没有丝毫反应。他想："是不是要穿在脚上念？"

他随即把红拖鞋穿在脚上，叽里呱啦又乱念一通，依旧没有动静。他顿时怒火中烧，走来走去，气得直跺脚。跺到第三下时，突然"砰"的一声，阵阵白雾从鞋面上喷薄而出。一只长着三只眼的怪物从烟雾中探出头来，体型壮大，头似蛇头，银白的嘴巴在上方，嘴里吐着芯子，三只眼睛却在脸的下方。

夫妻二人见了，魂不附体，脸色煞白，霎时跌坐在地。只听这只妖怪说："主人，请问您有什么吩咐？"声音响似雷霆洪钟。

木匠听后恍然大悟——老巫婆富甲一方，必然是向这妖物许了愿！于是他欣喜地高声说道："我要一座大宅子，不，一座纯金打造的楼阁。我要五个……十个猪圈、十间牛棚。我要一百亩田地、一百个仆人。"

妖怪说："好的，主人，马上就为您实现！"它伸出双手，啪地击了一下掌。

刹那间，老巫婆的茅草屋变成了一座四十层的纯金高楼，木匠耳听屋外传来猪哼牛叫声。走近窗户张望，他正居第五层，俯身望去，只见远处是广阔的良田，稻子金黄，日光之下，灿然生辉，不少收割的仆人看见他都向他挥手致意。

他登时满面春风，回头看去，却见妖怪的脸上少了一只眼，银白的嘴也成了青色。他问道："咦，你的眼睛怎么少了一只？"妖怪"嘿"地笑了一声，嘴里吐着芯子，没有应答，而后随着"砰"的一声，化作一团烟雾回到了鞋里。

木匠见妖怪离去，他也忙换了一双鞋，免得不留神再把它召唤出来。而后他立即上街买了四百多双鞋，想着一天换一双穿。

光阴流转，木匠觉得自己俨然是一个国王了。一日，木匠瞥见妻子愁容满面地从眼前走过，又瞧她脸布皱纹，鬓生白发，姿态也有些佝偻，他心想："我这么有钱的人应该有个漂亮的妻子！"

他哪里还记得妻子是为家里操心劳神而背驼鬓白的呢？

他穿上红拖鞋，连跺三脚，妖怪现身问道："主人，你有什么吩咐？"他说："给我一个年轻貌美的妻子。"妖怪瞥了一眼站在一旁的木匠妻子，她听了木匠的愿望，失望、愤怒、悔恨萦绕在心间，一时竟晕了过去。木匠冷冷地望着她倒在地上，但听得妖怪说："好的，马上就为您实现！"

妖怪手掌相击，一位花容月貌、亭亭玉立的女子便倚在了木匠怀里。这时，妖怪又少了一只眼睛，嘴由青色变成了紫色。

木匠笑望着怀里的女人，满眼温柔。妖怪"嘿嘿"笑了两声，吐着芯子，随即化成一团烟雾，又回到了鞋中。

木匠立刻把妻子和他的孩子一起逐出了家。

他如今怀抱倾城美人，又有万贯家私，便朝朝暮暮纸醉金迷、声色犬马。

这年冬天，一场大雪连下了三日，黄金的屋子里并不暖和。连受几日寒凉，木匠生了一场重病。他躺在病床上开始思考，觉得人迟早有一天会死的。他想起了老巫婆的结局，心想自己要是能长生不死，该有多好啊！随即暗笑老巫婆愚蠢，她居然没有许下这样的愿望，不然不就不会死了吗？

于是他赶忙从病床上起身，穿上红拖鞋，有气无力地跺了三下。砰的一声，妖怪笑着出现了，说道："你有什么吩咐？"

木匠说："我想永远不生病，永远也不会死去。"

妖怪笑问："是否像我一样不会生病，永生不死？"

木匠说："是的，像你一样永不生病，永远不死！"

妖怪说："好，只要你的灵魂成为我的一部分，就可以永远不生病，永远不死了。"

木匠顿时瞪大了眼睛，急忙说："不是这……"可是已然来不及了，妖怪张大了嘴，把木匠的灵魂吸到了自己的身体里。木匠的脸色瞬间变得苍白。一团白雾在屋内飘荡，飘向猪圈，弥漫田野……田地渐渐地消失了，猪圈、牛棚、美人、用人也渐渐隐没了，黄金的楼阁又变成了原来的破草房。

妖怪也徐徐化作了一团白雾，"嘿嘿"笑了两声回到了红拖鞋里。

木匠又躺在了病榻上，气息奄奄，不能动弹。他的妻子因为忧伤、怨恨，贫病交加，未到冬天来临就死去了。他的孩子在街上游荡，挨家挨户地乞讨。忽然，孩子在远处望见高大的黄金楼阁消失了，心里感到很奇怪，于是赶忙跑了过来，却见黄金屋变成了破草房。他走进去一看，父亲已经奄奄一息。

他走到了这个他日夜怨恨的父亲面前，但听得木匠用尽最后一丝气力说道："把……红拖鞋烧掉……"话音刚落，人便死去。

不明所以的孩子怨恨父亲抛弃了母亲和自己，心想他肯定是不希望自己拥有这双神奇的拖鞋。见父亲已死，他举起地上的红拖鞋，对着桌子狠狠敲击着以泄愤。敲第三下时，"砰"的一声，一团白雾从鞋面冒了出来。这个妖怪此刻脸上已经有了四只眼睛，它笑道："主人，请问您有什么吩咐？"

# 机器人

◎ 徐全庆

九点钟，手机里传来提示音："小雅提示您，十点钟公司开会，您可以起床了。"王伟揉揉惺忪的眼，快速穿衣、洗漱。早餐已准备好了，很对王伟的胃口。

王伟越来越喜欢妈妈给他买的机器人了。当初妈妈给他买这个机器人时，他把妈妈狠狠地数落了一番："我就是一个送外卖的，居然用个机器人伺候我，传出去不让别人笑话？"妈妈说："你不在我身边，我照顾不了你，买个机器人照顾你怎么了？总得有个人给你做饭吧。"

是的，王伟希望有人给他做饭，天天买着吃他也烦，常常怀念妈妈做的饭的味道。这个机器人真好，饭比妈妈做得还好。开始，机器人每天都会问他吃什么，他说什么机器人就做什么。他若一时想不好吃什么，说"随便"，机器人就随机做，往往不合他的口味。现在不一样了，机器人会猜他的心思了，能猜到他想吃什么，真有点儿像他妈妈了。

九点半，王伟在手机的提示下去上班，机器人问："主人，今晚您吃什么？"王伟说："随便。"说完骑上电动车去公司了。

十点半，第一单生意来了。王伟按照系统提示，骑上电动车去取餐点。快到一个十字路口时，手机里的系统提示道："这个路口的红灯还有七十八秒，建议您右转，驶入备选路线。"王伟毫不犹豫地服从了系统提示。

第一单刚送到，系统提示又接了两单，是从同一家餐馆订的餐。王伟取了餐，按系统规划的路线，拐过两个弯，来到一个十字路口。两个顾客的地址，一个由此处向左，一个向右。系统提示："现在是上午十点五十二分，距离客户 A 要求送餐的时间还有十六分钟，距离客户 B 要求的时间还有二十分钟。"

王伟向客户 A 的方向驶去。手机响起尖锐的嘀嘀声，接着提示道："建议您先给客户 B 送餐。"为什么呀？王伟纳闷儿，决定不听系统的，继续向客户 A 驶去。嘀嘀声再次响起，这次声音更加尖锐，在喧嚣的大街上仍然清晰刺耳："小雅提示您，客户 B 脾气暴躁，本月已经有四次给送餐员差评的记录了。"

王伟掉转车头向顾客 B 的方向驶去。没办法，他不能再有差评了，这个月他已经被扣 800 多元钱了；再有差评，罚款会大幅增加的。

订单接踵而至，虽然系统给他规划了最合理的路线，王伟仍忙得晕头转向。接下来的客户住在六楼，偏偏又是老旧小区，没有电梯，王伟跑上楼，喘得直不起腰。王伟把饭交到顾客手中时，电话响了，是一个朋友打来的。他正犹豫着要不要挂掉电话，顾客已做出关门的动作。王伟按下接听键，一边接电话，一边向楼下走。

系统提示音又响起："您刚才没有说'祝您用餐愉快'，有可能导致顾客对此次服务不满意，公司将对您进行处罚。"

妈的！王伟几乎脱口而出骂了出来，但他立刻捂住了嘴。一旦骂出声，公司会加重对他的处罚。他只能在心里狠狠骂骂公司，又埋怨朋友电话打得不是时候，并暗暗决定，今后送餐时谁的电话也不接。

王伟很久没有因为忘说"祝您用餐愉快"而被处罚了。刚当外卖员时倒是被处罚过几回。起初，王伟不服气，和公司理论。他认为虽然没说那句话，但顾客也没有表示不满意。公司说不能因此降低服务要求，必须每个环节都要做得更好。有什么办法呢？不说就会被处罚，只好强迫自己说。现在王伟早已说习惯了，可这次因为一个电话又忘记了，王伟怎么能不生气呢？

这一天送了三十多单，王伟觉得两条腿已成了木桩，不听使唤，但他很高兴，毕竟今天收入不错。

下班的时间到了，王伟却又接到一单。他真的不想再跑了，实在太累了，看到的东西总要反应半天才明白是什么。他只想早点儿回家休息。但是，公司派的单子是必须接的，否则，处罚将十分严厉。王伟扫了一眼单子，恰好是自己的小区，这让他心里好受了一点儿。

王伟跟着导航走，他累得懒得想回家的路。到了楼下，王伟开始给顾客打电话，这才发现，顾客居然没留电话号码。真是奇怪！好在门牌号写得清清楚楚，王伟按照门牌号往楼上走。越走越熟悉，这不是自己家吗？莫非母亲来看他了？

王伟按响门铃，门很快开了，机器人看着王伟手中的外卖，说："这是我给你叫的外卖。"

王伟愣愣地看着机器人，脑中一片空白。

机器人又说："我今天想休息。"

王伟听它的语气，很像一位顾客。

王伟机械地往屋里走，步伐僵硬，像机器人。

# 充气人

◎ 王大烨

公元5023年，地球环境恶化到顶点，可供人类生存的地域缩小为仅10万平方公里。夜晚时间更长，温度降到了零下五十多摄氏度。为了生存，人类不得不减少活动范围，降低自身消耗，最终靠着科技力量发展成了充气人。顾名思义，充气人即通过填充氧气生存。他们消除了骨骼，强化了纤维，同时将器官的柔韧性发展到了极限。

人类进化为充气人后，生活经历大为不同：每人每天的活动时间牢牢锁定在了八小时——地球白天的时长仅为十小时左右，八小时后，人类被智能机器人集中排气收集，像衣服一般折叠，挨个叠放在公寓中。用档案袋形容或许更为贴切，一个十平方米的档案袋，便可容纳一百多人居住。充气人在排掉气体后，会被智能机器人注入安眠泡腾片，泡腾片挥发的时间为八个小时。届时，智能机器人通过前期规划好的设定，将人类摊开并完成充气。这样，属于充气人的崭新一天便开始了。

A是充气时代的人类一员，职业为历史学家。在充气时代，历史学家太过于小众。不过，A非常满意这份工作：遨游在历史海洋，与先祖同频，这让他感到一丝光荣。A研究的方向为人类有骨时期，大约集中在公元3021年前，那年也是p4-1号陨石坠地的时刻。这颗巨大的陨石砸掉了南美洲，冲垮了南极洲。洪水滔天，幸存的人类被迫集中到了喜马拉雅山脉附近。为了生存，人类采用科学家高志勇的方案，吞食了化骨药水，又经过长期而又艰难的与自然环境的生存斗争，终于进化成了充气人的形态。

A并不满意这场人为的进化。相反，他分外怀念有骨时期。上古时代的中国有个词语，叫作"骨气"，用来形容刚强不屈的人格及操守。可是，充气时代，人类没有了骨头，自然也就不懂何为"骨气"，甚至精神也趋于委顿。从起床时短暂的精神澎湃，到工作完成后的疲乏瘫软，这一天的精神状态，犹如从前人类的一辈子般。而且，充气时代的人类根本见不到夜晚。"那是什么样的呢？"A不禁感叹道。在他被智能机器人植入安眠泡腾片后，他的生命就暂时息止了。无穷的黑暗迫近，身躯像一张白纸，完全没有了意识。

不过，偶然的一次机会，A发现了夜晚的奥秘。那一天，负责A所在区域的智能机器人出现了故障，喂食A的安眠泡腾片剂量比以往少了一点。A提前醒来了，他的头颅经过折叠，刚好能够看到格子外的世界：没有机器人给他充气，那些智能机器人换掉了呆板的面孔，聚在一起交谈，和人类别无二致。而在近处，则是一排排整齐划一的人类头颅，他们紧闭双眼，等待被唤醒的时间。A瞬间大悟，智能机器人有了自己的人格。可是，智能机器人为什么不除掉人类呢？在这样的时机下，人类不过待宰羔羊罢了。A还想继续思考，可是折叠状态的他太困太累。A强撑到充气时间，眼睁睁看着自己的双脚被展开，双手被打开，头颅像螺丝帽一般旋转。智能机器人抬手把他扔到了集装箱中，A顿时觉得自己才像个机器人。

回到工作状态下，A满脸愁容。他想把这事告诉同事，又怕引起恐慌，说不定同事还会认为他是疯子，是做了个怪梦。可A知道，这一切并不是梦，每天清早醒来的酸麻与疼痛，其实是智能机器人的粗暴对待造成的。一个智能机器仆人递来了新鲜的氧气，A粗暴地拿了过来。他想到了反击，可是目前的状况下，智能机器人似乎更占上风。他们有充足的手段来对付人类，却如此这般隐瞒，似乎是对人类的忍耐。

A想了很久，最终决定寻找一个不眠的时机，彻底看看在夜晚下，智能机器人都在做什么。于是，他开始收集氧气瓶。所谓氧气瓶，就是为防止人类在白天发生意外所提供的瓶装氧气，类似于上古时代的瓶装矿泉水。A搜集到了足量的氧气瓶后，偷偷躲藏到无人的角落，等待夜幕降临。A还找来许多棉服，希望自己不会在零下五十度的夜晚冻死。体内的氧气已经消耗殆尽，A一瓶一瓶地口灌着氧气，可是令他惊恐的黑暗寒夜并未出现。相反，夜空中出现了极光，而且温度适宜。夜晚竟如此美丽。他躲在角落中，听到空旷的街道传来一阵哨响，紧接着，电子屏幕慢慢展现，灯光也一一打开。很快，智能机器人上街了，街道变得热闹起来，他们欢歌起舞。A顿时明白了，这是一种妥协，白天属于人类，而夜晚属于机器。但是，依照现在的情景来看，人类才是奴隶：他们在酷热的白天工作，劳动成果却通通交付给了智能机器人。想到这里，A感到恼火：再怎么说，智能机器人也是人类制造出来的，他们才是奴隶。A决定明天一早就向人类公布这一切，可是，还未等他起身，一个机器人来到他的跟前。A抬头，发现是白天向他递茶的那个。A刚想像白天在公司那样训斥机器人的冒失，可是下一秒，智能机器人面无表情地绕到A的身后，打开了他的阀门。氧气开始顺着阀门流失。A想挣扎，可这时智能机器人拎起他的身躯，旋转头颅，交叉双臂，折叠双腿。在A即将失去意识的最后一秒，他看到自己被揉成一团，丢进了垃圾桶。